WARRIORS 貓戰士

幽暗異象

六部曲之II

雷電暗影

Thunder And Shadow

艾琳・杭特（Erin Hunter）著
高子梅 譯

晨星出版

特別感謝凱特・卡里

藤池：深藍色眼睛，銀白相間的母虎斑貓。

鴿翅：綠色眼睛的淺灰色母貓。

櫻桃落：薑黃色母貓。見習生：火花掌。

錢鼠鬚：棕黃乳白相間的公貓。

雪灌木：毛茸茸的白色公貓。

琥珀月：淺薑黃色母貓。

露鼻：灰白相間的公貓。

暴雲：以前叫法蘭奇，灰色公虎斑貓。

冬青叢：黑色母貓。

蕨歌：黃色公虎斑貓。

栗紋：暗棕色母貓。

見習生（六個月大以上的貓，正在接受戰士訓練）

火花掌：綠色眼睛的橘色母虎斑貓。導師：櫻桃落。

赤楊掌：琥珀色眼睛的暗薑黃色公貓。導師：松鴉羽。

貓后（懷孕或照顧幼貓的母貓）

黛西：來自馬場的雜黃褐色長毛母貓。

百合心：雜黃褐色和白色相間的母貓。生下小葉（雜黃褐色小母貓）、小雲雀（黑色小公貓）、小蜂蜜（帶有黃色斑點的白色小母貓），收養小嫩枝（綠色眼睛的灰色小母貓）。

長老（退休的戰士或退位的貓后）

波弟：肥胖的虎斑貓，曾是獨行貓，鼻口灰色。

灰紋：長毛的灰色公貓。

蜜妮：藍色眼睛的條紋灰母虎斑貓。

各族成員

雷族 *Thunderclan*

族長　**棘星**：琥珀色眼睛的暗棕色公虎斑貓。

副手　**松鼠飛**：綠色眼睛的暗薑黃色母貓，有一隻腳爪是白色。

巫醫　**葉池**：琥珀色眼睛、有白色腳爪和胸毛的淺棕色母虎斑貓。

松鴉羽：藍色盲眼的灰色公虎斑貓。見習生：赤楊掌。

戰士　（公貓，以及沒有子女的母貓）

蕨毛：金棕色的公虎斑貓。

雲尾：藍色眼睛的白色長毛公貓。

亮心：帶著薑黃色斑點的白色母貓。

刺爪：金棕色公虎斑貓。

白翅：綠色眼睛的白色母貓。

樺落：淺棕色的公虎斑貓。

莓鼻：乳白色公貓，尾巴只剩短短一截。

鼠鬚：灰白相間的公貓。

罌粟霜：雜黃褐色母貓。

煤心：灰色母虎斑貓。

獅焰：琥珀色眼睛的金色公虎斑貓。

玫瑰瓣：深乳色母貓。

薔光：暗棕色母貓，後腿癱瘓。

花落：雜黃褐色和白色相間的母貓，有花瓣狀的白色斑塊。

蜂紋：淡灰色公貓，有黑色條紋。

見習生（滿六個月大以上的貓，正在接受戰士訓練）

針掌：綠色眼睛的銀灰色母貓，有著白色胸毛。導師：褐皮。

光滑掌：黃色母貓。導師：虎心。

刺柏掌：黑色公貓。導師：石翅。

蓍草掌：薑黃色母貓。導師：穗毛

爆發掌：公虎斑貓。導師：黃蜂尾。

蜂掌：白色母貓，耳朵是黑色的。導師：曦皮。

貓后　（懷孕或照顧幼貓的母貓）

草心：淺棕色母虎斑貓。

松鼻：黑色母貓。生下小白樺（米黃色小公貓）、小獅（琥珀色眼睛黃色小母貓）、小水塘（白點棕色小公貓）和小板岩（灰色小公貓），收養小紫羅蘭（黑白相間的小母貓）。

長老　（退休的戰士或退位的貓后）

橡毛：體型較小的棕色公貓。

扭毛：毛髮賁張的長毛母虎斑貓。

鼠疤：棕色公貓，背上有條很長的疤。

影族 *Shadowclan*

族長　**花楸星**：薑黃色公貓。

副手　**鴉霜**：黑白相間的公貓。

巫醫　**小雲**：體型嬌小的公虎斑貓。

戰士　（公貓以及沒有子女的母貓）

褐皮：綠色眼睛的雜黃褐色母貓。見習生：針掌。

虎心：暗棕色公虎斑貓。見習生：光滑掌。

石翅：白色公貓。見習生：刺柏掌。

穗毛：暗棕色公貓，頭上有一撮毛。見習生：蓍草掌。

黃蜂尾：綠色眼睛的黃色母虎斑貓。見習生：爆發掌。

曦皮：乳白色母貓。見習生：蜂掌。

雪鳥：綠色眼睛的純白色母貓，毛色光滑、身手敏捷、肌肉發達。

焦毛：暗灰色公貓，耳朵被砍過，其中一隻裂開。

莓心：黑白相間的母貓。

苜蓿足：灰色母虎斑貓。

漣漪尾：白色公貓。

麻雀尾：魁梧的公虎斑貓。

霧雲：毛髮如刺蝟狀的淺灰色母貓。

見習生（滿六個月以上的貓，正在接受戰士訓練）

蕨掌：灰色母虎斑貓。導師：鴉羽。

斑掌：棕色斑點母貓。導師：夜雲。

雲雀掌：淺棕色母虎斑貓。導師：荊豆皮。

貓后（懷孕或照顧幼貓的母貓）

石楠尾：藍色眼睛的淺棕色母虎斑貓。生下小煙（灰色小母貓）及斑掌。

長老（退休的戰士和退位的貓后）

白尾：體型嬌小的白色母貓。

風族 *Windclan*

族長　**一星**：棕色公虎斑貓。

副手　**兔躍**：棕白相間公貓。

巫醫　**隼翔**：毛色斑駁的灰色公貓，身上的白色斑點很像隼的翅膀。

戰士　（公貓以及沒有子女的母貓）

夜雲：黑色母貓。見習生：斑掌。

金雀尾：藍色眼睛的淺灰白相間母貓。

鴉羽：暗灰色公貓。見習生：蕨掌。

葉尾：暗色公虎斑貓。

燼足：灰色公貓，有兩隻暗色腳爪。

風皮：琥珀色眼睛的黑色公貓。

荊豆皮：灰白相間母貓。見習生：雲雀掌。

莎草鬚：淺棕色母虎斑貓。

微足：黑色公貓，胸前有閃電狀的白色毛髮。

燕麥爪：淺棕色公貓。

羽皮：灰色母虎斑貓。

呼鬚：暗灰色公貓。

見習生（滿六個月以上的貓，正在接受戰士訓練）

夜掌：藍色眼睛的暗灰色母貓。導師：閃皮。

風掌：棕白相間的母貓。導師：鯉尾。

貓后　（懷孕或照顧幼貓的母貓）

湖心：灰色母虎斑貓，生下小兔、小斑紋、小金雀花、小溫柔。

長老　（退休的戰士或退位的貓后）

苔皮：雜黃褐色和白色相間的母貓。

河族 *Riverclan*

族長　**霧星**：藍色眼睛的灰色母貓。

副手　**蘆葦鬚**：黑色公貓。

巫醫　**蛾翅**：有斑紋的金色母貓。
柳光：灰色母虎斑貓。

戰士　（公貓以及沒有子女的母貓）
薄荷毛：淡灰色公虎斑貓。
麈毛：棕色母虎斑貓。
鯉尾：暗灰色母貓。見習生：風掌。
錦葵鼻：淺棕色公虎斑貓。
花瓣毛：灰白相間的母貓。
捲羽：淺棕色母貓。
豆莢光：灰白相間的公貓。
鷺翅：暗灰和黑色相間的公貓。
閃皮：銀色母貓。見習生：夜掌。
蜥蜴尾：淺棕色公貓。
黑文皮：黑白相間的母貓。
鱸翅：灰白相間的母貓。
噴嚏雲：灰白相間的公貓。
蕨皮：雜黃褐色母貓。
松鴉爪：灰色公貓。
鶚鼻：棕色公虎斑貓。
冰翅：藍色眼珠的白色母貓。
狐鼻：赤褐色公虎斑貓。
蔭皮：暗棕色母貓。

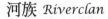

被遺棄的兩腳獸窩
月池
舊雷族小徑
雷族營地
天空橡樹
風族營地
斷半橋
兩腳獸地盤
馬兒地盤
轟雷路
雷族
河族
影族
風族
星族

綠葉
兩腳獸地盤
兩腳獸窩
空地
兩腳獸小徑
兩腳獸小徑
影族營地
半橋
小轟雷路
綠葉
兩腳獸地盤
半橋
湖
小島
小河
河族營地

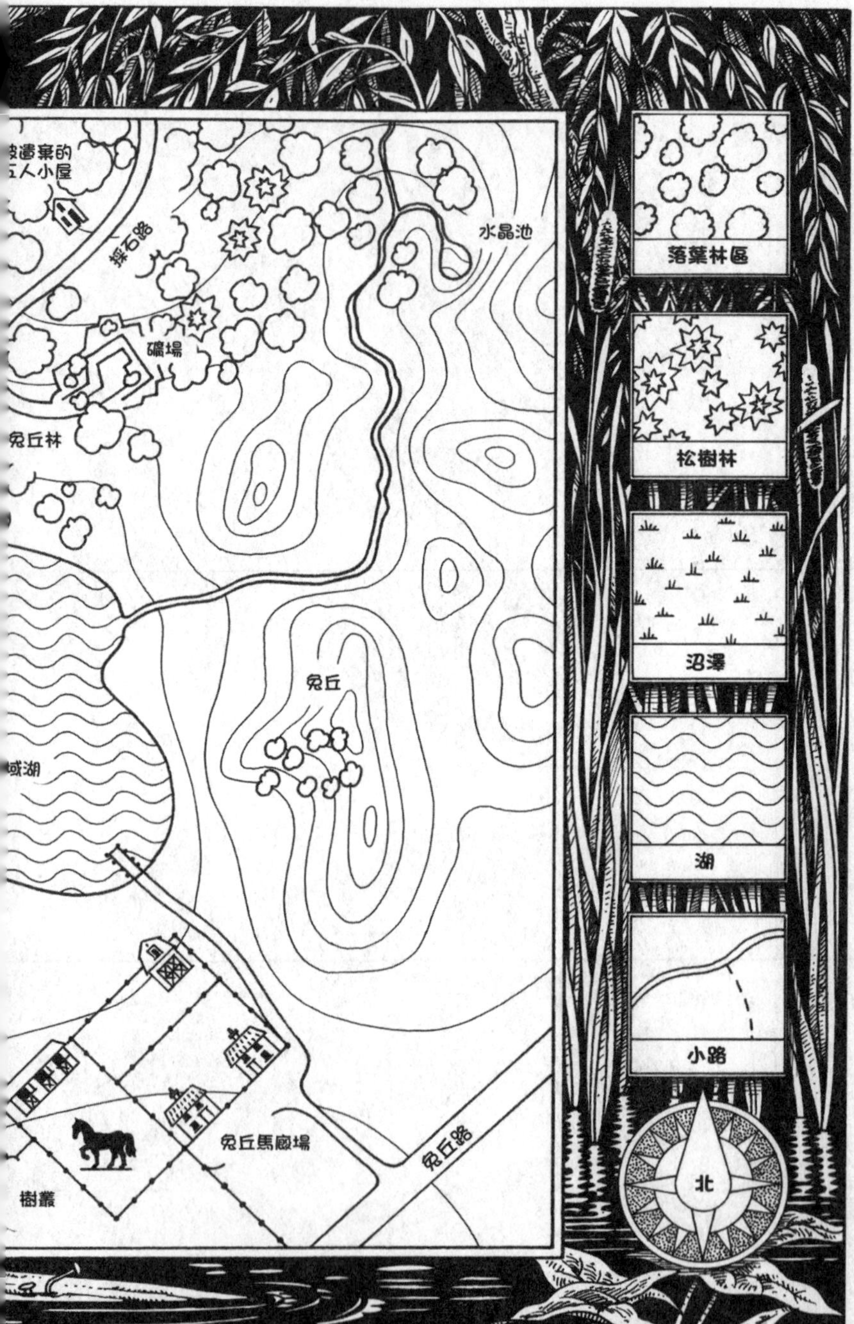

被遺棄的
石人小屋
採石路
水晶池
礦場
兔丘林
域湖
兔丘
兔丘馬廄場
兔丘路
樹叢
落葉林區
松樹林
沼澤
湖
小路
北

觀兔露營區
聖域農場
塞德勒森林區
小松路
小松乘船中心
小松島
艾柏河
魏特喬奇路

序章

陽光穿過回颯頭上枝葉的縫隙，劃出多道陰影，斑駁灑在林地上。她的後背被陽光晒得暖烘烘的，很是享受。一陣和煦的微風吹得樹葉沙沙作響，她開心甩打尾巴。鳥群在頭頂上方啾啾鳴唱。飢餓的回颯舔舔嘴脣。她會在太陽下山前去狩獵。

她頓了一下。

太陽下山前？

今天太陽不是已經下山了嗎？剛剛大雨不是還在猛抽狠打刺柏叢嗎？她那床孤伶伶的臥鋪就在那叢灌木底下。

沒錯！她是在如雷貫耳的雨聲中睡著的，當時她甚至還好奇早已流離失所的其他族貓們在暴風雨橫掃森林時，都到哪兒避難去了？

這是一場夢。

不過這夢的感覺太真實了。**莫非是異象？**她心情一振。上次夢見異象，已經是好久以前的事了，久到她都開始以為星族是否忘了天族，就像其他部族早在很久很久以前便遺忘了他們。

她聽見前方有毛髮刷過灌木叢的聲音，腳步聲朝她悄悄趨近。**有危險嗎？**回颯愣在原地，恐懼緊緊攫住她的肚子。**不**。她冷靜下來。**這是異象，我在這裡很安全**。她原地不動，靜靜等待，充滿期待，緊張到腳爪微微刺痛。

一隻肩膀很寬的公貓從蕨葉叢間鑽進來，在前方幾條尾巴之距的地方停下腳步。他的毛髮有星光熠熠閃爍，藍色眼睛亮如湛藍的天空。

「你是誰？」回颯突然認出了他，興奮到腳爪微微刺癢。那一身豐厚的灰色毛髮似曾相識。他朝她溫柔地眨眨眼，彷彿他們是老朋友。她以前在異象裡見過他！

「擁抱你們在幽暗處所找到的，因為只有他們才能使天空轉晴。」公貓低語。

回颯的思緒飛快打轉：「什麼幽暗處？他們是誰？」

他凝視著她，沒有答腔。

「**天空轉晴**又是什麼意思？」挫折感緊緊壓迫著她的胸口。這隻貓以前曾給過她另一則預言：火焰熄滅之後，還剩下什麼？那則預言也曾令她百思不解。為什麼他就是不說清楚話裡的含意？「告訴我！」難道他是在試著給她線索，告訴她有關天族的下落？她認識了一輩子的那群貓在惡棍貓將他們從峽谷趕走之後便流離失所、四散分離了，她甚至不知道還有誰還活著。

灰色公貓抬起目光，望向橡樹樹冠。這時一陣刺骨寒風掃過枝葉。她循著他的目光望過去。原來他是在看風中撲撲拍打的落葉離枝翻飛亂舞，翩翩飄落林地。

回颯眼睛眨巴眨巴地看著落葉，那不是橡樹葉，而是比橡樹葉更大的葉子，葉緣沒有柔和的曲線，葉形呈現五角形，不像橡樹葉，反倒像楓葉。

「現在的你們如同被風吹散的落葉。」公貓喵聲打斷她的思緒。他伸出腳掌，將眼前的落葉掃成一小堆。這時又掉落了一片五角形葉子，尺寸比其他落葉來得大，飄落姿態如飛蛾撲來。他身手敏捷地半空攔截勾住，擱在葉堆最上面：「妳看。」

回颯傾身向前，亢奮到毛髮微微刺痛。這堆落葉意謂什麼？為什麼是楓葉，而不是橡樹葉？她凝視著落葉堆，急著想理解其中含意，卻發現落葉堆正逐漸淡去。

「不！」

異象漸漸模糊，黑暗模糊了她的視線。它不可以消失，她還沒想通啊！

「再多告訴我一點！」她猛然抬頭，被自己驚慌失措的喵聲驚醒。她在黑暗裡眨著眼睛，失望的感覺頓時淹沒了她。她又回到了自己的臨時臥鋪，大雨打在她頭頂上方的刺柏枝葉上，冰冷的雨水隔著葉片滴進來，浸溼她的毛髮。她全身發抖，閉上眼睛，試著記起異象中的每處細節。她的心怦怦跳著。星族究竟試圖告訴她什麼？**我必須弄懂！**要是她能知道答案，或許就能找到回家的路。

第一章

赤楊掌瞟向巫醫貓窩穴入口垂生的荊棘枝條。外頭不時有落葉飄進坑地。落葉季怎麼這麼快就來了？不到一個月前，他才徒步從探索之旅歸來，那時還是豔陽高照的大晴天呢！

「赤楊掌！」

松鴉羽厲聲喊道，猛地打斷他的思緒。赤楊掌立時回神，注意力重新放回眼前的藥草堆。

「你是來這裡把蓍草從款冬堆裡挑揀出來。」松鴉羽用藍色盲眼瞪著他。

「對不起。」赤楊掌嘴裡咕噥，看樣子無論他做什麼都討好不了松鴉羽。他趕緊快手快腳地從易碎的款冬堆裡挑出又寬又軟的蓍草葉。

在他旁邊的葉池走到洞穴後方的裂縫那裡往深處探，從裡頭拉出另一撮葉子。「我想這是最後一批了，等我們把這些分類完，就可以決定禿葉季前還要採集什麼。」

「我們會需要貓薄荷，」松鴉羽喵聲道：「如果去年收集得比較多，搞不好就不會失去蛛足了。」

住在巫醫窩穴最深處的薔光，在臥鋪裡撐起身子。「我也可以幫忙挑揀藥草啊。」

「謝了，」松鴉羽頭也不回地應答：「我們這裡已經有足夠的幫手，」接著又補一句：「再加上小貓。」同時惱怒地抽動了一下耳朵。

赤楊掌內疚地瞥了小嫩枝一眼。小貓正在窩穴入口裡面把玩一片葉子，她先用後腳站立，伸長前爪將葉子拍到半空，再趁它飄落之際趕緊彎下腰，讓葉子降落在背上。只要葉子正好降落在她的雙肩，她就開心地喵嗚叫。「我得把她帶在身邊，」赤楊掌解釋：「沒有別的貓可以陪她玩。」

「百合心的小貓不行嗎？」松鴉羽打斷他。「他們是同臥鋪長大的，不是嗎？」

葉池將一坨百里香推到一旁。「百合心的小貓已經五個多月大了，」她輕聲提醒松鴉羽：「對小嫩枝來說，他們太好動了。」

而且他們也沒興趣讓一隻小貓像跟屁蟲一樣跟在後面。赤楊掌雖然很感激百合心願意把小嫩枝跟她自己的小貓小葉、小雲雀和小蜂蜜一起撫養，但他也希望這些哥哥姊姊們能對這隻寄養的同窩小貓多點耐心。不過他知道他們不久即將成為見習生。所以比起跟小嫩枝玩幼兒遊戲，他們當然對模擬狩獵或格鬥遊戲會更有興趣點。

要是當初准許小嫩枝的妹妹小紫羅蘭跟她一起待在雷族就好了。赤楊掌一想到影族貓是如何毫不留情地將小紫羅蘭從大集會上強行帶走，便不由得反感。他們根本不在乎拆散一對孤苦無依的小姊妹。他們只在乎是影族的見習生針掌找到了小貓。既然小貓們可能是星族預言的一部分，花楸星便硬是主張其中一隻小貓應該歸影族撫養。

赤楊掌怒火中燒。**那預言是我的！那場探索之旅也是在我的帶領下才找到她們的。**但這並非是他氣自己失去小紫羅蘭的主要原因。他對小嫩枝其實充滿了歉意，對小紫羅蘭也是。影族會好好照顧她嗎？她在影族也有像百合心那麼好的寄養媽媽嗎？他和姊姊火花掌、母親松鼠飛曾有的種種童年回憶瞬間湧入腦海，心頭頓時暖呼呼的。**如果我小時候就跟她們分開，不知道是什麼感受？**

小嫩枝再次將葉子拍上半空中，她往空中一蹬，小小身軀騰空急轉，不停甩動毛茸茸的短尾巴來平衡身體，身手敏捷地伸爪抓到了葉子。

「她身手蠻靈活的嘛。」葉池很是稱許地看著她玩。

「她應該到外面玩，」松鴉羽怒氣沖沖道：「巫醫窩穴不是給小貓玩的地方。」

「或許她可以跟薔光玩。」赤楊掌提議道。

薔光因為後腿癱瘓的關係，必須靠經常的鍛鍊來保持前腿的強而有力和肺部的健康。讓她陪小嫩枝追樹葉會是很好的運動。

松鴉羽皺起眉頭，但葉池搶在他反駁前開口：「赤楊掌，這主意很好。」她把小嫩枝喚來：「妳願意陪薔光一起玩嗎？」

小嫩枝眼睛眨巴眨巴地看著葉池，眼裡閃著喜色：「我可以嗎？」

「當然可以，」薔光喵嗚叫：「只要妳想，隨時可以來找我玩。」

松鴉羽氣呼呼地著手整理那堆百里香：「這意思是不是說她得更常待在這裡？」

「別這麼愛發牢騷嘛，」葉池喝斥道：「她又不會傷到誰。」

「我想我一天只被她絆倒個三、四次吧。」松鴉羽冷哼一聲。

赤楊掌惱火到全身毛髮微微刺痛。松鴉羽似乎很樂於被大家封為部族裡性情最乖戾的貓。不過還好小嫩枝好像沒聽到他說的話，她正開心地穿過窩穴去找薔光，想快點跟她玩葉子遊戲。

「還不快去幹你的活兒！」松鴉羽怒氣沖沖地抽動耳朵。赤楊掌已經不只一次地懷疑這隻瞎眼巫醫會讀心術，心虛的他只好將注意力放回蓍草和款冬上。

窩穴入口的荊棘垂枝發出沙沙聲響，害他又分心了。灰紋突然探頭進來，對著松鴉羽眨眨眼睛：「松鴉羽，棘星想見你、葉池跟赤楊掌。」

赤楊掌的心跳加快。**為什麼？**

他等著松鴉羽開口回應，但灰紋馬上接著說：「我可以拿些紫草回長老窩嗎？」灰毛長老一臉期待地看著藥草堆。

葉池歪著頭：「你的關節又痛啦？」

「才沒呢！」灰紋氣呼呼地說：「是蜜妮的在痛。」

「要我幫她檢查一下嗎？」葉池已經動手在捲一坨藥草。

「不需要，除非妳知道有什麼治療老化的方法，」灰紋擠進窩穴。「不然的話，我覺得你們最好別讓棘星等太久，因為花楸星跟他在一起。」

松鴉羽豎起耳朵。「怎麼不早講。」

「我剛講啦。」

灰紋剛用嘴叼起紫草，松鴉羽便從他旁邊擦身而過，朝入口走去。

赤楊掌瞥了小嫩枝一眼。**小紫羅蘭出事了嗎？**難道這是影族族長來訪的原因？「跟薔光乖乖待在這裡，好嗎？」

小嫩枝點點頭。

赤楊掌心跳加快，跟在松鴉羽後面低頭鑽出荊棘叢，陽光刺眼，扎得他眼睛好痛。

育兒室外頭，百合心在黛西旁邊伸著懶腰，享受著微溫的陽光。空氣裡有股涼意，但還好營地有峭壁幫忙擋住強風。坑地頂端的樹枝正在強風中鼓譟。小葉、小雲雀和小蜂蜜低頭繞著橫倒在地的山毛櫸嗅聞，鼻子埋進見習生窩的牆縫裡窺探。

「這裡面有好多隔間喔！」小葉倒抽一口氣。

「我想要中間的臥鋪。」小雲雀喵聲道。

「裡面已經有火花掌和赤楊掌的臥鋪了，」小蜂蜜嘆口氣道：「我看到了。」

「希望狩獵隊快點回來，生鮮獵物堆已經空了。」葉池的喵聲將正在聽小貓們吱吱喳喳的赤楊掌喚回了神。

赤楊掌瞥了一眼那塊光禿禿的地面，亮心、白翅和雲尾正在旁邊踱步。他們不是應該帶獵物回來嗎？也許他們還沒來得及狩獵，就先遇見花楸星。肌肉結實的薑黃色公貓跟棘星一起站在高突岩上，下方那幾位戰士正瞇起眼睛打量他。

松鴉羽已經來到花楸星旁邊，背脊上的毛髮微微刺痛。

赤楊掌跟著葉池爬上亂石堆，停下腳步。

棘星的神情沉重：「小雲目前性命垂危。」他朝葉池偏了一下頭。小雲和葉池認識彼此很久了。

葉池眼神黯了下來。「他很痛苦嗎？」

「曦皮正在陪他，」花楸星告訴她：「她有給他吃罌粟籽，幫他減輕疼痛，除此之外她不曉得還能做什麼。」

葉池彈動尾巴。「如果你們能在幾個月前就選出巫醫見習生，」她懊惱地說道：「小雲現在就能得到妥善照料了。」

「影族未來不能沒有巫醫貓啊。」松鴉羽低吼道。

花楸星的毛髮豎了起來。「我可不是來聽訓的！」

棘星上前一步。「松鴉羽，他是來這裡尋求我們的協助。」他語帶警告地說道。

赤楊掌看著他父親，很是佩服他的適時展現權威。棘星深知在影族的傷口上抹鹽對大家都沒好處，反而應該用比較溫和的方法。赤楊掌一臉猶豫地站上前去。「我可以幫忙嗎？」他輕聲問道。

松鴉羽用尾巴把他揮到一旁。「你休想借走我們的見習生。」他火大地告訴花楸星。

赤楊掌氣得毛髮倒豎。**為什麼不行？你不是老在抱怨我礙事嗎？**花楸星皺起眉頭說：「我不想要見習生，小雲需要最妥善的照料。」

赤楊掌憤憤不平地抽動尾巴。

「我去好了。」葉池提議。

「謝謝妳。」花楸星傾身向前。「草心隨時會生。雖然褐皮、雪鳥和曦皮可以幫她接生，但因為這是草心第一次臨盆，我希望能有巫醫貓在旁，萬一發生什麼事，可以馬上解決。」

赤楊掌蠕動著腳，聽見影族族長如此關心他的族貓，感覺很怪。自從花楸星把小紫羅蘭從小嫩枝身邊強行帶走後，赤楊掌就認定這隻薑黃色公貓沒血沒淚。他的心裡燃起希望，也許他錯了……也許小紫羅蘭就跟待在雷族的小嫩枝一樣備受寵愛，安全無虞。

「我去拿些藥草就過來。」葉池朝亂石堆轉身，但突然停下腳步回頭喊道：「赤楊掌跟我一起去吧，我需要你幫忙扛藥草。」

「去影族營地嗎？」赤楊掌驚訝地眨眨眼睛。

「當然！」葉池揮動尾巴。

松鴉羽的毛髮微微抽動。「妳打算留我一個在這裡單獨照料整個雷族嗎？」他很不爽地問道。

葉池瞥了他一眼，表情覺得好笑。「我相信你應付得來。別擔心，我會讓赤楊掌回來的。」

松鴉羽低頭擠過赤楊掌身邊，跟著葉池爬下亂石堆。「我還是去幫妳挑藥草好了，免得妳全拿光了，只留不新鮮的艾菊給我。」

赤楊掌正打算跟上去，卻察覺棘星用尾巴輕拍他的背。「等等。」

赤楊掌驚訝地回頭瞥了一眼，這時棘星正朝花楸星垂頭致意。「你該走了，影族貓此刻一定很需要你，葉池會盡快趕到你的營地。」

花楸星點點頭。「謝謝你們的支援。」他慎重其事地說道。赤楊掌不免納悶影族族長究竟是有什麼不得已的苦衷，才主動跑來要求協助。影族貓向來不低聲下氣的。花楸星抬高下巴，緩步從赤楊掌身邊走過去，縱身躍下亂石堆，穿過空地，避開亮心、白翅和雲尾好奇的目光，消失在荊棘通道裡。

好奇的赤楊掌面對棘星。他剛剛為什麼叫他留下？莫非是要說小紫羅蘭的消息？

「我要派出一支隊伍，」棘星的語調溫和，目光越過赤楊掌，好似在查探下方空地上的貓兒們是否偷聽得到。但白翅和亮心正在交頭接耳，雲尾已經跟著花楸星走出營地，小貓們正爬上那棵橫倒在地的山毛櫸，百合心和黛西則在打瞌睡。棘星接著說：「去尋找天族。」

赤楊掌的心猛地一跳。**感謝星族老天！**他先前的天族探索之旅已告失敗。凶殘的惡棍貓將那支失落已久的部族從峽谷裡的家園趕了出去。他雖然曾找到一名天族生還者，但惡棍貓首領暗尾還是殺了他，從此再也遍尋不到其他天族貓的蹤跡。

星族的預言從一開始就很難理解：**擁抱你們在幽暗處所找到的，因為只有他們才能使天空轉晴**，但卻也促成赤楊掌當時的探索之旅，因為棘星與沙暴深信他們必須找到天族。只是沒想到探索之旅反而讓赤楊掌和針掌在幽暗的隧道裡找到了被遺棄的小嫩枝和小紫羅蘭。如今大家都相信這兩隻沒媽的小貓將會「使天空轉晴」。不過赤楊掌還是懷疑他們應該繼續尋找天族，畢竟他希望探索之旅可以有始有終。「我可以去嗎？」

「我打算派松鼠飛、獅焰和煤心去，」棘星告訴他：「我們需要你留下來。」

「可是他們根本不知道天族的存在。」赤楊掌點出問題所在。

只有火星和沙暴知道所有真相。當年火星有感於遠古以前的四大部族將天族趕出森林的行徑極為可恥，於是只將這樁事告知他最信任的貓兒。但後來沙暴又告訴了棘星，現在連赤楊掌、火花掌、櫻桃落和錢鼠鬚也都知道了。可想而知，火星應該不會想讓這樁祕密再繼續傳播出去。

「我告訴他們了，」棘星吐實道：「因為如果他們從來沒聽到天族，要怎麼去找呢？不過他們會嚴格遵守規定，不會洩露出去，其他族貓只會以為這支隊伍是出發去搜找小嫩枝的母親。」

赤楊掌頓時緊張了起來。「這事別讓小嫩枝知道，我不希望又點燃了她的希望。」他找到小嫩枝和小紫羅蘭的時候，她們才幾天大。不可能有貓后會遺棄如此年幼無助的小貓，除非有不得已的苦衷，要不然就是死了。

棘星蠕動著腳爪。「雷族也跟你一樣擔心這會讓小嫩枝又燃起不必要的希望，所以不會有誰跟她說這件事。小嫩枝只會以為這支隊伍是……出去巡邏。」

赤楊掌瞥了坑地頂端一眼，回想起前往峽谷的那段漫長旅程：「你認為他們找得到天族嗎？」

「只有星族老天才知道，」棘星對赤楊掌眨眨眼：「你最好回到你的工作崗位上，看來有貓在等你。」

赤楊掌回頭順著棘星的目光望過去，原本以為是松鴉羽不耐煩地示意他回去，卻反而看見小嫩枝在空地邊緣焦急地蠕動著腳爪，眼睛直盯著他。她待在那裡多久了？有沒有聽到不該聽的話？

棘星朝自己的窩穴轉身，赤楊掌爬下亂石堆。

小嫩枝跌跌撞撞地穿過空地跑來找他：「葉池說你要去影族營地，」她興奮到兩眼發亮。「我可以一起去嗎？」

赤楊掌對她眨眨眼睛，他當然希望她也能去。自從半個月前兩個小姊妹分開後，便沒再見過彼此。他在心裡琢磨，究竟該不該去拜託葉池或棘星答應讓她去。可是他想像得出到時松鴉羽的臉色會有多難看。**帶隻小貓去治療一隻快死的貓？有沒有搞錯啊！**他絕對不會答應的。

「我可以嗎？」小嫩枝繼續問道，一臉企盼地抬起前爪。

「不行，」赤楊掌遺憾地告訴她：「妳年紀太小，不能離開營地。」

小嫩枝的綠色眼睛有淚光閃爍。

「對不起……」赤楊掌開口說道，但話還沒說完，小嫩枝便奔回育兒室。

「你等我！」小嫩枝大喊道。「我不會太久！」

他看著小嫩枝離去，納悶她到底想做什麼。

晨光灑在長老窩忍冬圍籬旁的一處凹坑裡，灰紋正在那兒把紫草泥塗在蜜妮身上。蜜妮半閉著眼睛，當藥泥敷上她的背時，看得出來她的眼縫裡流露出滿足的神色。赤楊掌捕捉到灰紋的目光，於是垂頭向他致意。

灰紋抬起下巴沾著綠色藥泥的鼻口。「結霜前如果還需要幫忙採集紫草，可以跟我說一聲，」他喵聲道：「我現在的速度也許抓不到老鼠，但找藥草這種事還可以。」

蜜妮喵嗚地笑。「你還是可以跟別的戰士一樣抓老鼠啊。」她告訴他。

「何必麻煩呢，」灰紋問道：「反正會有小夥子幫我抓啊！」

小嫩枝這時從荊棘叢下的育兒室入口鑽出，赤楊掌看見她叼著一支紅色羽毛。她朝他小跑步過來，小心翼翼地將羽毛放在他爪間。「你能把這個拿給小紫羅蘭嗎？」

「羽毛？」赤楊掌看著它，心裡一陣苦澀。這禮物看似微不足道，但小嫩枝卻一臉興奮地盯著它。

「小紫羅蘭被他們帶走之前，曾找到一支羽毛，」她告訴赤楊掌：「她把它放在我們的臥鋪裡，因為她覺得它好漂亮。這不是以前那支，百合心整理舊臥鋪時，把它丟掉了。這一支是我在營地邊緣找到的，我知道小紫羅蘭一定會喜歡。」她目光熱切地盯著赤楊掌：「你能幫我把羽毛拿給她嗎？告訴她這是我送的！」

赤楊掌心裡內疚到全身毛髮微微刺痛。要不是星族把預言託夢給他，部族們就不會為了兩隻小貓起爭執，兩個小姊妹便可以永遠住在一起，而不是分隔兩地，住在不同部族。她們原本可以一起玩耍，不用託他送羽毛。**但起碼她們活了下來。**赤楊掌甩甩身子。要不是那則預言，他和針掌恐怕永遠不會發現小貓，搞不好她們早就孤伶伶地死去。

他不捨地舔舔小嫩枝的額頭。「我當然會拿給她，我還會告訴她妳很想她。」小嫩枝偎著他的臉頰，喵嗚地叫。赤楊掌拾起羽毛，朝巫醫貓窩穴走去。

✦✦✦

赤楊掌的鼻腔裡充斥著影族的氣味還有刺鼻的松樹汁液味。嘴裡叼著的那一大綑藥草更是弄得他舌頭好痛。

赤楊掌和葉池穿越邊界時，遇見了由褐皮帶領的影族巡邏隊。他看得出來褐皮那一身黃褐相間的帶斑毛髮跟他父親的毛色很相似。褐皮是棘星的姊姊，這是赤楊掌第一次察覺到，自己有個遠親住在別的部族裡是件多奇怪的事。他想起小嫩枝……要是自己的兄弟姊妹住在別的部族，那感覺一定更怪了。

褐皮親切地歡迎他們。「謝謝你們趕過來，」她喵道，同時用尾巴指著身旁的白色公貓。「石翅，幫他們拿藥草。」

葉池放下她扛的那包藥草，讓給石翅拿。「謝謝你。」

赤楊掌認出站在他旁邊的光滑掌，他記得第一次參加月圓的大集會時曾見過這隻好強的母貓。這時小嫩枝的羽毛從他嘴裡叼著的那綑藥草滑了出來，不時搔著赤楊掌的鼻子。他滿心期待地看著黃色見習生，心想她是不是可以幫忙他拿。

沒想到光滑掌傲慢地瞥了他一眼，便逕自走向松樹林。

赤楊掌忍不住打了個噴嚏。

「我來幫忙。」褐皮小心地叼走那綑藥草，穩穩地咬在兩顎之間。羽毛忽焉飄到地上，赤楊掌趕緊將它撿回來。

褐皮和石翅跟在光滑掌後面走進林子，赤楊掌卻躊躇不前。他瞥了樹幹筆直、間隔平均的松樹林一眼，這是他第一次踏入影族領地，他很驚訝這裡的林子與雷族的差別竟然那麼大。在雷族的林子裡，樹幹是交錯纏繞的，低矮的枝葉掩飾了地勢的高低起伏，而且這個時令的樹葉都已經轉褐飄零。但在影族，林地十分平坦，荊棘叢零星分布，地面不時出現溝渠，而且似乎沒有落葉季。松樹一路綿亙到遠方，濃密茂盛的樹冠擋住了陽光。掉落地上的針葉經年累月地層層累積，使得腳下的地面極富彈性。

葉池輕推他。「別看了，快跟上，」她低聲說：「我可不希望你迷路。」

赤楊掌快步向前。石翅縱身躍過一棵橫倒在地的樹幹，跟在後面的赤楊掌在粗糙的樹皮上攀爬而過，笨拙著地，葉池身手俐落地在他旁邊落地。

「真不懂為何要請雷族來幫忙。」光滑掌大聲喊道。

褐皮輕彈尾巴但沒有回應，石翅則是繼續往前走。赤楊掌猜想他們是因為嘴裡叼著大綑藥草，才不能出聲，但也不免懷疑會不會也跟光滑掌的想法一樣。

葉池吸吸鼻子。「總得有誰照顧小雲吧。」

「我還是不懂為什麼，」光滑掌反駁道：「反正看起來也治不好他，他那麼老了，早該去星族那裡了。」

褐皮低吼一聲，停下腳步，扔掉嘴裡的藥草包：「這給妳來拿，光滑掌，」她嚴厲喵道。「剛好可以幫忙管好妳自己的嘴巴。」

光滑掌怒視褐皮，但仍聽命叼起藥草，揚起尾巴，大步穿過林子。

褐皮滿是歉意地看著葉池。「看來現在的年輕貓兒都不懂什麼叫尊重了。」

應該只有年輕的影族貓吧，赤楊掌生氣地想道。他痛恨自己被拿來和光滑掌那種傲慢的毛球混為一談。他還記得當初聽見光滑掌和針掌在大集會上嘲弄他們的長老時，他有多麼震驚。影族貓大概都這副德性吧。針掌老愛破壞規矩，這也是她會從影族跑出來，加入他們探索之旅的原因。**針掌**。一想到這隻年輕母貓，他的毛髮便微微刺癢。他就是會忍不住羨慕她那向來一無所謂的自信態度。他在影族營地會見到她嗎？他的胃突然揪了起來，他很確定探索之旅讓他們成了朋友，但上次大集會時，她卻對他充滿敵意。要是她現在也變得跟光滑掌那般冷漠，該怎麼辦呢？

他發現其他貓兒都跑到前面去了，於是趕緊奔上去，終於在高大的荊棘圍籬附近追上他們。褐皮先一步消失在通道裡，石翅尾隨其後。光滑掌低身從葉池旁邊擠過去，搶著當第三隻進入通道的貓。赤楊掌跟在葉池後面進去，濃烈的影族臭味令他神經緊張。

通道一出來便是一大片被濃密荊棘圍繞的空地。低矮的樹枝垂在營地上方，盡頭處聳著一塊巨石。他掃視營地，好奇巫醫窩可能在哪裡，希望能看見針掌和小紫羅蘭。但只見到戰士們在空地邊緣荊棘垂生的短草叢間走來走去，除此之外，什麼也沒瞧見。影族戰士們目光凌厲地看著他，表情懷疑。只有一隻貓兒快步上前迎接他們。乳白色母貓看起來很高興見到他們：「感謝星族老天！你們終於來了。」她如釋重負地喵道。

「曦皮，」葉池迎上她的目光。「小雲的情況如何？」

「他很痛苦，罌粟籽都被我用完了。」母貓告訴她。

「別擔心，」葉池告訴她。「我們帶了很多藥草。我會盡力減輕他的痛苦。」

「這邊走。」曦皮朝荊棘叢的一處缺口走去。石翅已經到了，在入口處卸下藥草。

光滑掌冷哼一聲，呸出嘴裡那綑藥草：「這味道真難聞。」

葉池推開她，上前嗅聞藥草，好像是在確認它們有沒有被光滑掌弄壞：「藥草的味道難不難聞不重要；重要的是它所帶來的療效。」

「葉池！」空地另一頭傳來渾厚的喵聲。

赤楊掌轉身看見鴉霜正匆匆趕過來，黑白相間的毛髮在微風中如波起伏。花楸星緩步跟在他後面，陰鬱的眼神帶著憂色：「我們需要跟妳談一談。」

葉池向影族族長和副族長恭敬地低下頭。「我得先檢查小雲的狀況。」

影族族長停下腳步。「那是當然，」他了坐下來，蜷起尾巴擱在自己的腳爪上。「我們先等妳檢查完畢。」

葉池向赤楊掌點點頭。「跟我來。」她拾起一綑藥草，消失在窩穴裡。

擺脫了影族貓目光的赤楊掌，如釋重負地跟著她進入窩穴。疾病的臭味撲鼻而來，他忍不住皺起鼻子。

葉池蹲到小雲旁邊。

赤楊掌瞪看著眼前這隻病懨懨的巫醫貓，驚駭到腳爪微微刺痛。小雲的毛髮糾結成團，瘦小的身子縮在一床看起來起碼有一個月沒打理的臥鋪裡。他的鼻子乾燥、發白，混濁的雙眼半閉著，每一口呼吸都在喘。

赤楊掌把帶來的羽毛小心翼翼地暫擱在布滿針葉的窩穴地上。

曦皮輕手輕腳地走進窩穴，眼裡閃著憂色。

「之前是誰在照顧他？」葉池朝她轉身。「他的臥鋪很髒，而且他需要喝水。」

曦皮縮起身子。「我已經盡力了。」

「妳難道不能找個見習生幫他清理臥鋪，拿浸水的青苔給他喝水嗎？」葉池質問。

曦皮垂下眼簾：「對不起。」

赤楊掌不免同情起這隻母貓，她看起來既緊張又疲倦。換作是他，也不會想去拜託像光滑掌那樣的見習生來代勞雜務，比如說收集青苔。

葉池的眼神柔和了下來。「我相信妳已經盡力了。只不過我們現在得讓小雲更舒服一點。」

「要我去拿青苔來嗎？」曦皮提議道。

「還不用，」葉池直起身子。「我必須先跟花楸星、鴉霜談一談，再去查看草心的狀況。」她面露憂色，好像是在擔心貓后受到的照料可能跟小雲一樣糟。「我回來之前，妳先待在這裡。」她熟練地解開一綑藥草，拔出幾枝艾菊：「把這個嚼成泥，讓小雲試著吞下去，應該能讓他的呼吸順暢一點。」她把艾菊推向曦皮後，便快步走出窩穴。

赤楊掌愣了一下，不確定接下來該怎麼辦。

「赤楊掌！」葉池的呼喚聲嚇了他一跳。他趕緊快步跟上，趕在她走到花楸星和鴉霜那裡之前追上她。他試著不去在乎其他影族貓的目光，他們仍在空地的遠處觀望。褐皮一臉焦急地站在石翅旁邊；一隻單耳有裂痕的暗灰色戰士正和一隻身形矯健的白色母貓交頭接耳；兩隻年輕公貓蹲在生鮮獵物堆旁，吃了一半的畫眉擱在他們中間。

「麻煩長話短說。」葉池語調俐落地對影族族長說道。赤楊掌的耳朵抽動了一下。巫醫貓可以用這種態度跟一族之長說話嗎？

花楸星似乎很淡定，他表情嚴肅地看著葉池。「我有件重要的事想拜託妳。」

「你就直說吧，」葉池告訴他。「我還得去看草心。」

花楸星先跟鴉霜互看了一眼，才又說道：「我們希望妳能待在影族久一點。」

「我會待到小雲和草心不需要我為止。」

花楸星傾身向前。「我們是希望你能待到把我們的巫醫見習生訓練好為止。」

「你們有見習生了？」葉池驚訝地豎起耳朵：「也該是時候了！他在哪裡？你們這次選的是母貓嗎？」她急切地掃視營地。

「小水塘是公貓，還沒成為見習生。」鴉霜解釋道。

「小水塘！」葉池不敢置信地瞪著副族長：「你要叫一隻小貓來掌管影族的巫醫窩？」

「小水塘跟他的手足已經六個月大，隨時可以成為見習生。」花楸星大聲回答她。

「是小雲選的嗎？」葉池問。

「不是。」花楸星蠕動著腳爪。

「星族有託夢告訴你嗎？」葉池追問：「還是小水塘看到了異象？」

鴉霜背脊上的毛髮如波起伏。「我們不知道。」

「你們不知道？」葉池的眼睛瞪大。「這隻小貓究竟是不是星族欽點的？」

花楸星抬高下巴，眼神堅定。「影族需要一隻巫醫貓。我們決定讓小水塘當巫醫貓，而我只是在問妳願不願意訓練他。」

赤楊掌盯著葉池，他能理解她的震驚。隨便挑一隻小貓來照料全族，這個主意聽起來簡直瘋狂。**她會答應幫這個忙嗎？**

葉池閉上眼睛好一會兒，像是在沉澱思緒。「這就是所謂的飢不擇食吧?!」她低吼道：「你們要我待多久？」

鴉霜回答：「我們是覺得幾個月應該就夠了。」

「你們覺得有那麼簡單嗎？」葉池瞪著他。「在雷族，巫醫見習生的訓練期比戰士要多出好幾個月。我可不是在訓練他追蹤小鳥喔，他有很多東西得學。哪怕如此，巫醫貓需要的是經驗……而這種經驗不是兩三個月就能累積的。」

花楸星始終看著她。「就像妳說的，我們已經飢不擇食了。」

葉池仰望天空，彷彿試著尋找發亮的銀毛星群。「願星族保佑你們。」她嘆口氣，面對花楸星。「好吧，我會在這裡幫忙兩三個月，但無法保證這樣的時間是夠的。」

「應該夠，」花楸星輕聲低吼：「小水塘是影族貓，他會學得很快，一定可以表現得很好。」

葉池瞪著花楸星。赤楊掌感覺兩者之間的劍拔弩張，他很好奇葉池會有何反應。

「赤楊掌，」葉池看著他。「待會兒我去檢查草心的時候，你去找些青苔泡進水裡，小雲很渴。」她瞥了花楸星一眼：「這裡有沒有見習生可以幫忙？」

花楸星轉頭掃視荊棘圍籬下方的暗處。「針掌！」

赤楊掌的心跳頓時加快。荊棘垂枝下有一雙炯亮的綠眼睛，一隻有白色胸毛、毛色光滑的銀色母貓慢慢鑽出來。赤楊掌站直身子，強迫自己背上聳起的毛髮服貼下來。

針掌捕捉到赤楊掌的目光，她先簡單地點頭招呼，才走向影族族長。「找我做什麼？」

「跟這位雷族見習生去弄點溼青苔給小雲喝水。」花楸星告訴她。

針掌朝巫醫窩看了一眼。「把小雲帶到溝渠那邊讓他自己喝不就好了嗎？他的體重不比一隻老鼠重啊。」

花楸星露出尖牙，眼裡怒光一閃。「照我的話做就對了。」

褐皮趕緊走向他們：「針掌，妳又在沒大沒小了嗎？」她怒視她的見習生。

針掌圓睜著眼睛，狀似無辜。「我只是提議而已。」

葉池甩甩毛髮，穿過空地。「我猜育兒室還在原來的老地方吧？」

「是啊，」褐皮跟隨她。「草心正在休息，不過她的食慾不錯，還沒抱怨過哪裡痛。」

「那就好。」

兩隻母貓離開後，赤楊掌瞥了針掌一眼。「妳知道哪裡最適合收集青苔嗎？」

「整座森林就是一座巨大的青苔花園啊。」針掌先嘆了口氣，這才走向營地入口。

「喔，對了，忘了跟你說聲嗨。」

「喔……嗨！」赤楊掌全身發燙地跟在後面。**她很開心見到我嗎？**她的樣子有點漫不經心，所以很難判斷。赤楊掌苦思著哪個話題她會比較有興趣，針掌卻搶先一步。「這裡的貓兒都很佩服我喔。」她告訴他。他們從荊棘通道裡出來時，她的聲音就迴盪在樹林間。「因為我幫部族帶回一隻特別的小貓，所以我們也變成預言的一部分。」

赤楊掌沒理會她的自吹自擂。「小紫羅蘭過得怎麼樣？她還好嗎？全都安頓好了嗎？」

「我怎麼知道？」針掌喵聲道：「她大多時候都跟松鼻還有她的小貓待在育兒室裡。」

赤楊掌焦慮不安到肚子微微刺痛。「但她還是會出來玩吧？」

「她當然會出來玩。」針掌停在一棵巨大的松樹前面，開始刮樹根間的青苔。「她是小貓啊。不然小貓要做什麼？」

「妳會陪她玩嗎？」赤楊掌想起他陪小嫩枝玩過的遊戲：青苔球、貓捉老鼠、橡子狩獵……

「她只是一隻小貓。」針掌拉出一條長長的青苔，然後丟給赤楊掌。「我不玩小貓的遊戲。」

「是妳幫忙找到她的，」赤楊掌提醒。「難道妳不覺得她對妳來說很特別嗎？」

針掌看了他一眼回問：「你會陪小嫩枝玩喔？」

「會啊，如果我沒在忙的話。」赤楊掌回答她。

針掌坐了下來，打量她所收集到的青苔。「我正在接受戰士訓練欸，又不是巫醫訓練。我的時間都被戰士訓練占滿了。你到底要不要來幫忙弄青苔啊？」

「我想妳已經收集的夠多了，」赤楊掌告訴她。「現在只需要把它泡進水裡。」

「那兒有水池，」針掌朝營地圍籬的方向點頭示意。「跟我來。」

她大步離開，赤楊掌趕緊叼起青苔，快步跟在後面。

一來到盛滿雨水的水池，赤楊掌便把青苔泡進水裡，冰冷的池水刺得他的鼻頭好痛。過了一會兒他把青苔撈起來，池水滴滴答答地滴在他胸口。

針掌笑看著他，那雙向來放肆的綠色眼睛閃閃發亮。「你看起來好像水獺喔。」

赤楊掌的毛髮頓時沿著背脊豎了起來，他羞赧地趕緊轉身，朝營地入口走去。

他叼著溼淋淋的青苔走進巫醫窩穴，曦皮站在裡頭招呼他，下巴四周猶沾著綠色的艾菊藥泥。哪怕滴水的青苔有股很濃的霉味，但赤楊掌還是聞得到藥泥散發出來的刺鼻氣味。針掌緩步走了進來，停在入口旁邊，好奇地看著臥鋪上病懨懨的巫醫貓。「他看起來好小喔。」她評論道。

「他身上需要洗一洗。」赤楊掌把青苔疊放在小雲的臥鋪旁，舉起其中一坨，擱在病貓嘴邊。

小雲鼻子微微抽動，但沒睜開眼睛，直接轉過頭來，虛弱地舔著青苔。赤楊掌用力擠壓溼透的青苔，讓更多的水流進他嘴裡。

小雲氣喘吁吁地吞了下去。

赤楊掌朝曦皮轉身。「妳必須讓他隨時都有水喝。」

曦皮點點頭，神情內疚。「我知道了。」

就在她說話的同時，葉池緩步走進窩穴。「草心的狀況看起來不錯，她快臨盆了。」她走到赤楊掌旁邊，停下腳步，將耳朵貼在小雲胸口。「艾菊已經讓他的呼吸順暢多了，」她說道。「我再調一些藥草來幫他退燒。」

「我可以幫忙嗎？」赤楊掌朝藥草堆伸出腳爪。

「你去跟針掌拿一些乾淨的臥鋪材料來。」葉池告訴他。

赤楊掌有點失望，他本來想在針掌面前賣弄他所學到的巫醫知識，但他不敢爭辯。他本來就該全神貫注地幫助小雲，而非在針掌面前炫耀。於是他點點頭，走到窩穴入口。「妳知道哪裡找得到乾的蕨葉嗎？」他從針掌旁邊擦身而過，順口問道。

她跟著他走出窩穴，無視他的提問。「你老是被使來喚去，不覺得煩嗎？」

「我只是想幫我的族貓。」

「小雲不是你的族貓，他是我的。」

赤楊掌停下腳步面對她。「那妳難道不想幫他嗎？」

針掌聳聳肩：「想吧，只是葉池不是已經過來幫忙了嗎？」

「她沒辦法什麼事情都自己來。」赤楊掌喵聲道，覺得有點惱火。

針掌注視著他好一會兒，隨即輕彈尾巴。「你想去看小紫羅蘭嗎？」

赤楊掌的心情一振。「想啊，拜託帶我去！」

「她在育兒室，」針掌的喵聲頓時高亢了起來。「來吧……我帶你去。」

「等等！」赤楊掌突然想起小嫩枝的羽毛，立即轉身衝回巫醫窩，葉池還來不及問他回來做什麼，他便火速拾起地上的羽毛跑掉了。他趕回針掌身邊，羽毛正撲撲拍打著他的鼻子。

針掌喵嗚地笑了，帶頭穿過空地。「走這邊。」她來到荊棘圍籬一處往外突起的地方，低身鑽了進去。

赤楊掌看著針掌鑽進布滿尖刺的窄小通道裡，也跟著爬進去，無視尖刺不停搔刮著他的毛髮。

進到裡面的他，很是訝異空間竟然很大，感覺溫暖。有隻黑色母貓躺在臥鋪裡，另一床臥鋪則躺著另一隻淺棕色的虎斑貓。淺色虎斑貓的肚子渾圓，裡頭懷著尚未出世的小貓。赤楊掌放下羽毛，目不轉睛地盯著她看。「草心？」他從未見過懷孕的母貓，除了對她的身材感到驚異之外，也好奇她的小貓會長得多大。

草心疲憊地抬起頭：「你是誰？」

黑色母貓斷聲道：「對啊！你是誰？」

「別緊張啦，」針掌緩頰。「他是巫醫貓，陪葉池一起來的。」

赤楊掌尷尬到渾身發燙。「我只是巫醫貓的見習生啦，」他糾正道：「我想見小紫羅蘭。」他一臉企盼地看著黑色貓后，心想負責養育小紫羅蘭的母貓八成就是她。

「喔，她啊。」松鼻嘆了口氣，便又慵懶地躺回臥鋪。「這小東西很有意思。我一直鼓勵她去外頭跟我的小貓們玩，她卻堅持待在窩穴裡自己找樂子。」

赤楊掌順著松鼻懊惱的目光望過去，發現窩穴邊緣蹲坐著一隻嬌小的黑白色小貓，正用爪子撥弄從牆頭冒出來的藤蔓。

「小紫羅蘭？」他輕聲喊道。花楸星帶走她的時候，她還很年幼，不知道她記不記得他？

她轉過頭來，面無表情地眼睛眨巴眨巴地看著他。

赤楊掌的心頓時揪緊。她看起來比小嫩枝還孤單，躲在窩穴裡自個兒玩耍。「是我，赤楊掌。我帶來了妳姊姊要給妳的禮物。」

「我姊姊？」小紫羅蘭朝他眨眨眼，一臉不解：「你是說小獅嗎？」

「小獅不是妳姊姊。」松鼻糾正道。

「是小嫩枝。」赤楊掌把羽毛慢慢推向她。

小紫羅蘭盯著羽毛，毛茸茸的尾巴豎得筆直。「是一支羽毛！」她緩緩地喵聲道。

「是啊。」赤楊掌把羽毛推得更近。「這是一支紅色羽毛，就跟妳以前和她同睡臥鋪時玩過的那一支羽毛一樣。」

小紫羅蘭的雙眼突然發亮。「我記得！」她豎起耳朵，撲上前去。「這是同一支嗎？」

赤楊掌搖搖頭，用委婉的說法向小貓解釋。「舊的那支髒了，所以小嫩枝幫妳找來另一支新的。」

「是特別送給我的嗎？」小貓先是輕聲尖叫，接著開心地喵聲大叫，撲上羽毛，用兩隻腳爪按住羽毛管，開始舔上頭輕柔的羽毛，直到它變得又溼又軟為止。「我好愛這個禮物！」小紫羅蘭抬起頭看著赤楊掌。「拜託你告訴小嫩枝，我好愛這個禮物！」她突然坐起來。「小嫩枝過得怎麼樣？她現在變成什麼樣子了？她也有自己的羽毛嗎？她的尾巴有變得毛茸茸嗎？她以前老想要有一條史上無敵毛茸茸的尾巴。她吃過田鼠了嗎？我好想吃吃看田鼠，可是松鼻說我還沒長大。」

她興奮到滔滔不絕，赤楊掌根本接不了話，不知道究竟該先回答哪個問題？

他突然想起火花掌。火花掌小時候也是活潑得要命，要是沒有火花掌那一堆沒完沒了的問題以及各種好玩的遊戲點子，他都不知道自己要怎麼長大，一想到這裡，他就覺得心好痛。

「小嫩枝的尾巴一天比一天毛茸茸，而且在兩個日出前，她就終於嚐到她生平的第一隻田鼠了。小嫩枝在巫醫窩裡幫了我很多忙，還有……」

「她要當巫醫貓嗎？」小紫羅蘭興奮地問道。

赤楊掌喵嗚輕笑。「我不知道。」

「小紫羅蘭，」松鼻喚她。「睡午覺的時間到了。」

「可是我不累。」小紫羅蘭很不高興地瞪著黑色母貓。

「我知道，可是草心累了，」松鼻答道：「而且她不想聽妳一直吱吱喳喳的。」

赤楊掌難過地吞了吞口水。小紫羅蘭還那麼小，貓后們難道就不能容忍她一點嗎？

「也許可以讓她自己玩羽毛。」

松鼻惱火地交疊起兩隻腳爪。「該睡午覺了。」她很堅持。

赤楊掌知道再爭辯也無益，他難過地看著小紫羅蘭。「妳還是去睡午覺好了。」他小聲說道，同時瞥了松鼻一眼，影族貓后沉著一張臉。「再說，我也得回家了。」

「這麼快就要回去？」小紫羅蘭的琥珀色大眼睛裡有失落的神色。

「我的族貓在等我回去。」

小紫羅蘭滿心企盼地看著他。「你會很快再回來看我嗎？」

赤楊掌突然覺得她好可憐，哽咽到說不出話來。小紫羅蘭應該待在雷族跟她的姊姊一起，而不是待在這麼不友善的窩穴裡。他真希望自己能幫得上忙。「我會試試看。」

小紫羅蘭冷冷地看著他，好像覺得他只是說說而已。「我還是去睡午覺吧。」她垂著尾巴，轉身爬進臥鋪裡，乖乖躺到松鼻旁邊。

赤楊掌用牙齒叼起那支羽毛，放在小紫羅蘭身旁：「好好睡，小紫羅蘭。我會告訴小嫩枝關於妳的所有事情。」

「告訴她我會成為史上最厲害的戰士！」

「我會的。」赤楊掌滿腹懊惱，但盡量不表現出來，只能走向入口。「我們現在最好去幫小雲找臥鋪材料吧。」他告訴針掌。

「也好。」針掌跟著他鑽出窩穴。「我從來不知道小紫羅蘭喜歡說話。」

「也許妳該多花點時間陪陪她。」**畢竟是妳找到她的，名字也是妳取的。**赤楊掌快步穿過營地。

「也許吧。」針掌的聲音聽起來若有所思。「有隻小貓跟著我到處轉，聽起來挺酷的。」

赤楊掌幾乎沒聽見她在說什麼，他沉浸在自己的思緒裡。小紫羅蘭看起來好孤單，要是他能為她做點什麼就好了。他突然靈光一現，耳朵瞬間豎了起來。他停在營地入口瞪著針掌看。「我有個點子。」

針掌熱切地迎視他的目光。「什麼點子？」

赤楊掌壓低音量。「我們何不安排兩隻小貓見面？」

「你是指小紫羅蘭和小嫩枝嗎？」針掌一臉茫然。「可是怎麼見呢？」

「我們先決定見面的地點，再找一天晚上偷偷帶她們過去。」

「你是要祕密進行嗎？」針掌眼裡有光閃爍。「趁大家都還在睡覺的時候？」

赤楊掌點點頭，無視正在肚子裡翻攪不已的那股罪惡感。小紫羅蘭的快樂理應比族規還重要吧？再說赤楊掌總覺得部族根本不該拆散這兩隻小貓。他也硬是拋開了自己也想趁此機會再見到針掌的想法。他才不是為了他自己呢，他是為了小貓們。

針掌加快腳步。「邊界附近有個很棒的地點。等一下收集蕨葉的時候，我再帶你去看。那裡的位置絕佳，絕對不會被發現。」她朝著毫不知情的族貓們彈動單隻耳朵，眼裡閃著竊喜，然後朝赤楊掌轉頭。「你也喜歡偷偷摸摸的事情，對吧？」

第二章

小紫羅蘭蠕動身子，偎近松鼻，但她還是覺得全身不自在。鼠疤說的話在她的腦海縈繞不去。

但其實她不算是我們的一分子，不是嗎？

夜已深，大家都睡了，只剩幾隻貓兒還在小雲遺體旁守夜。葉池抵達影族後，小雲就在兩天後夕陽西沉時離世了。雷族巫醫貓始終守在小雲身邊，當時影族貓都蹲在空地邊緣，豎耳傾聽巫醫貓孱弱的呻吟聲，刻意避開彼此的目光。

我應該難過小雲的死。她知道她應該難過才對，可是她很少見到小雲。她剛來影族時，小雲曾幫她做過健康檢查，那時他就已經是一副病懨懨的模樣了，她甚至還因為他嘴裡的腐臭味而嚇得全身發抖。

可是鼠疤的話到現在都還囁嚅著小紫羅蘭的心，害她沒辦法專心地哀悼小雲。**她其實不算是我們的一分子，不是嗎？**那天早晨她經過長老窩時，她聽見瘦得只剩皮包骨的深棕色長老這樣說。**他是在說我。**

當時扭毛反駁他。「她絕對是我們的一分子，是星族派針掌找到她的。」

小紫羅蘭曾暫時停下腳步，豎起耳朵，以為會聽見橡毛附和老母貓扭毛的說法。沒想到橡毛竟保持緘默，而他的緘默猶如荊棘刺痛了小紫羅蘭的心。

「松鼻？」小紫羅蘭用腳爪推推松鼻的肚子。貓后的小貓們已經大了，在育兒室裡都有了自己的臥鋪，因為他們認為他們快成為見習生了，和母親共睡臥鋪很幼稚。草心睡著了，渾圓的肚子在斑駁的月光下上下起伏。她不時呻吟，彷彿一再被噩夢驚擾。

松鼻發出微弱的鼾聲。「松鼻！」她再次戳戳貓后。

「怎麼了？」松鼻吸吸鼻子轉醒，睡眼惺忪地看著小紫羅蘭。「妳病了嗎？」

「沒有。」小紫羅蘭在黑暗中對著貓后眨眨眼睛，心裡不免納悶自己這輩子能否再看見自己的親生母親，她甚至已經想不起來她的樣子。「我要問妳一個問題。」

松鼻打個呵欠。「不能等明天早上再問嗎？」

不行。「我真的是影族的一分子嗎？」

「親愛的，妳當然是。」松鼻換個姿勢，同時把小紫羅蘭往臥鋪邊緣推。「妳不會想待在雷族的，對吧？他們老是以為自己無所不知。」

「可是我聽見鼠疤說……」

松鼻打斷她。「別聽他們的八卦，尤其是在長老窩聽見的八卦，那些長老除了八卦之外，什麼事也不幹。」

小紫羅蘭渴望松鼻能像百合心以前那樣把她拉到身旁，輕輕舔她額頭，直到她安心下來為止。但松鼻只是呼嚕作響地翻個身，沒過一會兒，就又打呼了起來。

小紫羅蘭的下巴抵著臥鋪邊緣，感覺到松鼻的腰腹挨著她，隨著呼吸不斷起伏。草心在育兒室的另一頭仍睡得很不安穩，一再呻吟。小白樺蜷成一團，鼻口埋在腳掌底下，四肢微微顫抖，彷彿正在夢裡狩獵。小水塘的頭歪垂一邊，嘴巴微張。小板岩雖然動了一下，但這隻灰色小公貓並沒有醒來。小紫羅蘭懷疑他們是不是也認為她不是影族的一分子。或許影族裡的貓兒都認為她不屬於這裡。**那為什麼花楸星還要把我帶來呢？**

她試著不去回想那個大集會的晚上，她在毫無預警的情況下，就被影族族長一把叼起頸背，從小嫩枝身邊拖走。那感覺像一場惡夢，但可怕的地方就在於它不是夢，隔天一早她竟然是在這個臥鋪裡醒來，不再是百合心的臥鋪。

她忽然想起紅羽毛，趕緊鑽進青苔臥鋪裡，把它從藏放處拉出來。她把鼻子埋在羽毛細軟的邊緣處，閉上眼睛。她聞到的是小嫩枝的氣味嗎？她深吸一口氣，感覺自己正在放鬆。疲憊悄悄滲進體內。想像小嫩枝就在身邊的小紫羅蘭不知不覺地進入夢鄉。

「小水塘！」小紫羅蘭被松鼻驚慌的喵聲叫醒。「快把葉池找來！草心要生了！」

小紫羅蘭眨眨眼睛睜了開來，心砰砰地跳。松鼻蹲在草心旁邊，後者在臥鋪上痛苦蠕動。淺色虎斑貓用力呼吸，很是急促，喉嚨深處發出低吼。

小水塘立刻衝出窩穴。

「我們跟他一起去。」小白樺跳出臥鋪，小獅尾隨其後，接連消失在窩穴入口。

小紫羅蘭眨眨眼睛，看著松鼻和草心。**我該做什麼呢？**草心的低吼轉成哀號。全身發抖的小紫羅蘭趕緊往臥鋪深處塞，貼平耳朵。過一會兒，葉池衝進育兒室。月光從荊棘圍籬的縫隙滲進來，小紫羅蘭在月光中看見葉池伸出腳掌，按壓草心隆起的肚皮。

「目前一切正常。」雷族巫醫貓冷靜地喵道：「現在只需要溼的青苔讓她喝水。」

「小紫羅蘭，妳去拿一些來。」松鼻明快地喵聲道。

「小紫羅蘭？」葉池轉身，在幽暗裡眨眨眼睛。「妳在嗎？」

小紫羅蘭的眼睛從臥鋪床沿探了出來，點點頭。

「妳去見習生窩，」葉池告訴她：「今晚就睡在那兒。」

「可是誰要幫草心拿青苔啊？」小紫羅蘭圓睜著眼睛瞪著她。

「我已經叫小水塘去拿了。」葉池告訴她。「他會協助我接生小貓。」

松鼻一臉惱怒。「他還不是見習生欸。」

「他馬上就是了，愈快訓練愈好。」葉池語氣堅定地說道。她朝小紫羅蘭彈彈尾巴。「快走吧。」

小紫羅蘭爬出臥鋪，朝入口走去，慶幸終於不會再聽見草心恐怖的呻吟聲。她低頭鑽出窩穴外，就又愣在原地。

花楸星、鴉霜、褐皮和石翅仍守在小雲屍首旁。那具屍體像石頭一樣杵在營地中央，附近蹲著鼠疤、橡毛和扭毛。

她的心撲通撲通跳，只得轉個方向，避開守夜的貓兒們，但就在她快走到見習生窩時，卻又開始擔憂。要是她告訴光滑掌和其他見習生，是葉池叫她過來這邊睡的，他們會有什麼反應？畢竟他們向來不太友善。

一個輕柔的喵聲在她身後響起。「小紫羅蘭，我正要找妳呢。」針掌從營地邊緣的暗處走出來。

「找我？」小紫羅蘭緊張地轉一圈。她有做錯什麼嗎？自從赤楊掌來訪後，針掌便找她說過幾次話，但在這之前，她幾乎不太搭理她。

「我們得去一個地方。」針掌停下腳步，綠色眼睛在月光下閃閃發亮。

「可是葉池叫我去見習生窩睡。」小紫羅蘭告訴她：「草心在生小貓。」

「那又怎樣？」針掌聳聳肩。「妳晚點再去就好啦。」

守在小雲屍首旁邊的褐皮轉過身來，閃著憂色的眼睛瞄到小紫羅蘭和針掌。黃褐色母貓朝她們匆匆走來。「小紫羅蘭，妳為什麼離開育兒室？已經很晚了。」

針掌代她回答。「草心要生了。」她朝育兒室扭頭。「所以松鼻把小紫羅蘭交給我照顧。」

她在撒謊。小紫羅蘭一臉驚訝，眨眨眼睛看著見習生。

「那妳記得幫她弄個溫暖的臥鋪給她睡喔。」褐皮轉身離去。

小紫羅蘭好生佩服針掌。褐皮竟然一點都不懷疑針掌。**我真希望我也能像針掌那樣，她好有自信喔。**

針掌瞥了她一眼。「妳準備好了嗎？」

準備好什麼？小紫羅蘭瞪著她看，但也只能張目結舌地點點頭。

「那就跟我走，別出聲喔。」針掌朝營地圍籬走去，溜進月光探不進來的荊棘叢裡。

「絕對不可以被發現喔。」

「為什麼不可以？」小紫羅蘭低聲道，肚子裡像有蝴蝶撲撲在飛。

「我們要去探險。」

「去哪裡探險？」

「營地外面。」

小紫羅蘭猶豫了。「外面？」

針掌轉身，鼻口朝她探近。「妳害怕喔？」

「沒有。」小紫羅蘭騙她。她不希望針掌覺得她膽小如鼠。「但是如果我離開營地，可能會被罵欸。」

「只要妳跟著我就不會。」針掌對她眨眨眼睛。

小紫羅蘭不安地蠕動著腳。是真的嗎？如果她跟緊針掌，他們就准她離開營地嗎？也許這是什麼特別的任務，可能跟小雲的死或草心要生小貓有關吧。這一整天下來的怪事特別多，現在離營也許沒什麼關係。

針掌的尾巴輕撫過小紫羅蘭的背脊。「只要妳跟緊我，保證不會有問題。」針掌的尾巴令她安下心來。**保證不會有問題**，這句話聽起來也很令她放心。小紫羅蘭抬起下巴。「好啊，我們走。」

針掌喵嗚輕笑，又往深處鑽。小紫羅蘭快步跟在後面，不免好奇她們要去哪裡。這時她聞到穢物處的氣味，這才明白她們正往營地後門的狹窄通道走去。

她跟著針掌穿過通道，黑暗中，荊棘的枝葉不斷磨蹭她，過一會兒，才來到外面。

針掌嗅聞空氣。「走吧。」她緩步穿過一道月光，銀色毛髮閃閃發亮。「跟我來。」

小紫羅蘭試著跟緊針掌，邊走邊仰望林子。巨大的樹幹被高處的陰影吞沒，濃密的樹冠縫隙有星光閃爍。她突然一個踉蹌被樹根絆倒，下巴撞上地面。「喔！」

「小心點。」針掌轉頭看她，眼睛在黑暗裡發亮。

「我沒有看路。」小紫羅蘭承認道。

「妳最好開始看路。夜裡的林子很危險，可能會有狐狸。」

狐狸？恐懼猶如火舌竄上小紫羅蘭的胸口。她甚至不知道狐狸長什麼樣子，可是她聽過育兒室的故事，所以她知道狐狸很凶殘。她緊張地看著暗處，試圖嗅出陌生的氣味，並加快腳步追上針掌。她已經習慣營地裡溫暖的貓味。但在外面，卻有無以數計的味道充斥她鼻腔。每樣東西都很陰冷怪異。她要怎麼分辨狐狸是否在附近？她朝針掌挨近。身子輕擦她的腰腹。

「給我點空間行嗎？」針掌推開她。「我可不想還沒到那兒，就一路被妳絆倒。」

「那兒是哪裡啊？」小紫羅蘭焦急地瞥她一眼。

「這是個驚喜。」針掌低頭從一根垂枝底下穿過，又躍過一條溝渠。

小紫羅蘭在溝緣停下腳步，好奇自己有無能耐躍過地上這條深溝。她看見溝底水光粼粼，但惡臭無比。她不想掉下去，於是繃緊肌肉，蹲伏下來，左搖右擺兩隻後腿，目光緊盯對面的溝緣，縱身一躍。

她的前腳觸到溝緣，但後腳落空，趕緊用前爪緊緊巴住布滿針葉的林地，拚命地猛蹬後腿。驚慌失措的她，好不容易才把身子撐了起來。

這時有利牙突然叼住她的頸背，她發現自己竟被吊在半空中。針掌將她丟回地面。

「要是妳連一條簡單的溝渠都跳不過去，我看永遠也到不了目的地。」

貓頭鷹尖聲嚎叫，小紫羅蘭趕緊蹲低身子，心臟撲通撲通跳。「那是什麼？」

針掌表情好笑地哼了一聲。「貓頭鷹，妳這個蟾蜍腦袋！妳以前沒聽過喔？」

「有啊，可是我不知道牠們會飛！」她聽小獅和小白樺說過貓頭鷹會在夜裡偷走小貓。她還以為牠們就跟狐狸一樣。她很想躲進針掌的肚子底下，但強忍住。要是牠又飛回來了，那怎麼辦？牠可以用爪子一把鏟起她，把她當獵物一樣抓回巢穴。

「別擔心，」針掌告訴她，彷彿能讀透她的心思。「我打得贏貓頭鷹。來吧。」她在小紫羅蘭旁邊蹲下來。「快爬上來吧，否則我們永遠到不了目的地。」

「目的地是哪裡？」這場祕密冒險，究竟所為何來？

「別再問了。」

滿肚子好奇的小紫羅蘭，揮開貓頭鷹的念頭，爬上針掌的背。她緊緊巴住見習生的雙肩，緊貼她的背脊。針掌小跑步了起來。「松鼻有把妳餵飽嗎？」針掌揶揄道。「妳怎麼比老鼠還輕啊？」

「她把我餵得很飽啊。」小紫羅蘭告訴她。但她其實一直很擔心自己個子太小。萬一她永遠沒辦法長得像部族貓那樣該怎麼辦？他們會一輩子認定她不是他們的一分子。

針掌現在的移動速度很快。小紫羅蘭得緊緊抓住見習生才行，後者一躍而過一棵橫倒在地的樹幹，加速奔下坡地，又連續跳過三道溝渠。兩旁林子不斷飛掠而過，月光在樹枝間乍隱乍現，看得小紫羅蘭頭昏眼花。她閉上眼睛，像虱子一樣緊緊巴著針掌。她們到底要去哪裡？

針掌往前疾奔，離營地愈來愈遠。要是有誰注意到她們不見了怎麼辦？要是她們迷路了呢？正當小紫羅蘭的思緒仍在翻攪之際，周遭的氣味開始起了變化。她睜開眼睛，看見松樹林被多瘤的橡樹和修長的樺樹取代。林地布滿樹葉，腐葉味充斥她的鼻腔。

「我們在哪裡？」她小聲問道。

「妳聞不出來哪裡才有這臭味嗎？」針掌慢下腳步，最後停下來，坐在地上。

小紫羅蘭從她肩上滑下來，腳下的樹葉在她著地時嘎吱作響。她深吸一口氣。這裡有貓的氣味，但聞起來不像影族貓。不過有點似曾相識，她眨眨眼睛，試圖回想。**雷族的氣味！**「我們到了雷族的領地嗎？」她緊張地環目四顧。「要是被巡邏隊發現怎麼辦？要是有影族貓看見我們在這裡怎麼辦？要是……」

針掌輕輕拍打耳朵四周。「別再『要是』了，我們不會被看到的。雷族都在睡覺，我們的族貓忙著哀悼小雲、擔心草心，哪有時間出來巡邏啊。」

「我們為什麼要來這裡？」小紫羅蘭看了針掌一眼，緊張地抽動耳朵。

針掌瞪看著一叢被罩在月光下的羊齒植物。微風徐徐吹來，驚擾了沉睡中的林子，樹葉紛飛飄落。

「為什麼……」小紫羅蘭又要開口問，卻被針掌打斷。

「噓，他們來了。」

「誰？」

「快躲起來！」

針掌立刻衝到橡樹的拱狀樹根後面，小紫羅蘭覺得自己的心臟快跳出來了，也趕緊跟在後面，氣喘吁吁地在見習生旁邊壓低身子。她聽到腳步聲。**妳不是說他們都在睡覺嗎？**小紫羅蘭不敢大聲說出來。她雙耳充血，好想從樹根後方探頭窺看，但是她知道她絕對不能被發現。

「針掌。」前方幾條尾巴外有溫柔的喵聲響起。「妳在嗎？」

小紫羅蘭皺起眉頭。她以前聽過這聲音。她張開嘴巴，讓氣味覆上她舌尖。是隻公貓……幾天前才見過的公貓。「是赤楊掌！」她對針掌嘶聲說道，總算不再那麼緊張。「他來這裡做什麼？」

「他帶了貓來見妳。」針掌跳上樹根，甩著尾巴。「嗨，赤楊掌！」她兩眼炯亮，表情得意，因為赤楊掌被她嚇得縮起身子，毛髮豎得筆直。

「妳害我嚇一跳。」他埋怨道。

「有嗎？」針掌故作無辜地偏著頭。「你把她帶來了嗎？」

「帶誰來？」緊張到毛髮微微刺癢的小紫羅蘭從針掌旁邊爬上來，瞪著赤楊掌看。他的後面有個小身影在動，先是兩隻耳朵從他旁邊探出來，然後是鼻口。

小紫羅蘭愣住了，她思緒奔騰。怎麼可能？她跳下樹根，嗅聞空氣。一股奇怪的氣味竄進她鼻子，似曾相識又好像完全陌生。「小嫩枝？」

赤楊掌旁邊有雙綠色眼睛正眨呀眨的，然後就突然衝出一隻灰色小貓，撲上小紫羅蘭。小紫羅蘭一個重心不穩，往後摔倒。

「是妳！真的是妳！」小嫩枝伸出鼻子，偎著小紫羅蘭的面頰，大聲喵嗚。

驚魂未定的小紫羅蘭甩開她，跳起來站好，瞪著小嫩枝看。

小嫩枝也瞪看著她。「妳還記得我吧？」

「我當然記得！」小紫羅蘭對她眨眨眼睛，不知所措到一時之間竟動彈不了。

小嫩枝的目光閃過憂色。「妳很開心見到我吧？」

小紫羅蘭遲疑了一下，五味雜陳的情緒如風暴襲捲她全身。她其實是高興到無法言語，但小嫩枝究竟要她怎樣？她該如何反應？「當……當然很開心！」她結結巴巴。

「妳看起來不太一樣，可是好像也跟以前一樣。」小嫩枝脫口而出。她傾身向前，嗅聞小紫羅蘭。「妳的味道好奇怪喔。」

「妳的味道也很怪啊。」小紫羅蘭很訝異她現在竟然聞不慣雷族的氣味了。「妳的味道像蜘蛛網。」

「妳的味道像松樹。」小嫩枝繞著她轉，大聲喵嗚，磨蹭著她。「能再見到妳真好。我一直在學習怎麼當巫醫貓。等我長大一點，我想當巫醫貓的見習生。就像赤楊掌一樣。赤楊掌是我的朋友。」她看了針掌一眼。「她是妳朋友嗎？」

小紫羅蘭緊張地循著她姊姊的目光望過去。如果她說是，針掌會介意嗎？她不想讓小嫩枝認定她在影族沒有朋友。小嫩枝顯然跟赤楊掌很要好。她在雷族恐怕也有很多朋友。「我想是吧。」小紫羅蘭小聲說道。

「她叫什麼名字？」小嫩枝眨眨眼睛，看著小紫羅蘭。

「我叫針掌。」毛色光滑的銀色母貓從樹根跳下來，繞著赤楊掌轉。「你溜出來的時候沒被發現吧？」小紫羅蘭看見針掌眼裡有光閃現。聽起來，像在揶揄赤楊掌。她皺起眉頭。**他們是朋友嗎？**

「我們來玩吧！」小嫩枝的喵聲嚇了小紫羅蘭一跳，腰腹被她的腳爪拍了一下。「抓到妳了。現在妳當戰士，我當老鼠。」小嫩枝跑向樹根，爬了過去。

小紫羅蘭看她跑開，不知道該怎麼辦。

「蟾蜍腦袋，這是遊戲啦。」針掌告訴她。「快去追她。我跟赤楊掌聊一聊好了。別跑太遠，這裡也有貓頭鷹喔。」

貓頭鷹？小紫羅蘭的心猛地一跳。

樹根後面露出兩個小小的耳尖。「來吧，小紫羅蘭，來追我嘛！」小嫩枝喊道，還故意抽動耳尖誘引她。

小紫羅蘭亢奮難耐，腳爪蠢蠢欲動，才一會兒功夫，便忘了貓頭鷹這回事。她開心地吱吱尖叫，躍過樹根，撲向小嫩枝。兩隻小貓在布滿落葉的林地上翻滾。

小嫩枝好不容易掙脫。「現在該妳當老鼠了！」說完就朝黑莓灌木叢的方向跑去。

小紫羅蘭趕緊閃開，鑽進黑莓灌木裡，葉子不斷摩擦她的臉。後方蕨葉一陣窸窣作響，小嫩枝也鑽了進來。

「我要來抓妳囉！」小嫩枝開心大喊。躲在蕨葉叢裡的小紫羅蘭趕緊往前鑽，不停地蠕動身子往前挺進，直到感覺尾尖被柔嫩的腳爪碰到。小嫩枝用力拉扯她的尾巴。「現在換我當老鼠了！」她喊道，隨即轉身鑽了出去，急奔穿過空地。

小紫羅蘭在後面追著小嫩枝，心臟跳得好快。她在影族太寂寞了，現在終於又跟姊姊團聚。她們玩得如此投入，彷彿從來沒有分開過一樣。她覺得她開心到快要爆炸了。

她們一直玩到上氣不接下氣，才在赤楊掌和針掌前面蹣跚停下腳步。兩個見習生正在說話。赤楊掌瞪大眼睛，用一種企盼的目光看著針掌，針掌則來回踱步，尾巴抬高。

「我敢說褐皮的脾氣一定比松鴉羽大。」

「誰的脾氣都比不上松鴉羽的脾氣。」

小紫羅蘭打斷他們。「你們為什麼不玩遊戲？」

赤楊掌眨眨眼睛看著她。「我上了一整天的課了，」他回答：「我不想玩。」

針掌翻翻白眼。「雷族貓真是乏味透了。」

「誰說的?!」赤楊掌玩笑地用鼻子推了針掌的肩膀一下。

針掌抽開身子。「走吧，」她朝小紫羅蘭點點頭。「我們要回家了。」

「回家？」憂傷像針似地戳進小紫羅蘭的心。她和小嫩枝不是以後都要住在一起嗎？針掌難道不是因為這樣才帶她來的嗎？她一臉絕望，眼睛眨巴眨巴地看著影族母貓。「小嫩枝要跟我們一起回去嗎？」

「小嫩枝不能來影族啦。」針掌語調吃驚。

「那妳為什麼帶我來這裡？」小紫羅蘭追問道。她好想哭。

「來看妳姊姊啊。」針掌聳聳肩。「妳剛不是玩得很開心嗎？現在該回去了。」

小紫羅蘭難過到腿幾乎軟掉，這時赤楊掌抬頭隔著枝葉看了天色一眼。「天快亮了，我們得趕在營地裡的貓甦醒之前回去。」

「我們的早就醒了，」針掌吸吸鼻子。「小雲昨天死了，老貓們都在守夜。」

赤楊掌目光黯了下來，一臉傷感。「很遺憾聽到這件事。」

針掌聳聳肩。「這也不算是什麼意料之外的事。他本來就……他其實是森林裡最老的貓吧。」針掌朝松樹林的上坡走去。「來吧，小紫羅蘭。」

小紫羅蘭呆呆地望著她，試圖搞懂這是怎麼回事。為什麼針掌帶她來這兒，又要帶她回去？

針掌彈彈尾巴。「我們得趕在松鼻發現妳失蹤之前趕回去。」

小紫羅蘭的喉嚨一緊，絕望地看著小嫩枝。「妳本來就知道我們只是來這裡見個面，玩一玩而已？」

「赤楊掌有跟我講。」她姊姊用鼻口輕觸她的面頰。「他和針掌想要逗我倆開心。這是他能想到的最好辦法。」她溫暖香甜的鼻息搔著小紫羅蘭的耳朵。小紫羅蘭渾身發抖地緊挨著她。突然間，以前蜷起身子、緊緊偎睡在姊姊旁邊的那種感覺全回來了。

「我們很快就會再見面了。」小嫩枝承諾道。

小紫羅蘭不太相信。「妳怎麼知道？」

「因為我們一定要見面啊，」小嫩枝抽開身子。「我們是親姊妹啊。」

赤楊掌朝小嫩枝垂頭示意。「走吧，我們得快點回去。」他輕輕推她，爬上布滿落葉的堤岸。

小紫羅蘭目送著他帶著小嫩枝翻過岸頂，心裡頓時空蕩蕩的。落葉橫掃而過，他們消失在陰暗的林子裡。

「不！」她忍不住哭了出來，她難過不已，全身像浸在冰水裡一樣。她必須回影族，可是那裡的貓都不想陪她玩，也聞不到她姊姊溫暖香甜的體味。她又要孤伶伶了。

這時有溫暖的鼻口輕觸她頭頂。小紫羅蘭的心頓時揪緊，抬頭一看，訝見針掌正用一種憐憫溫柔的目光看著她。

「別擔心，妳這個蟾蜍腦袋。」針掌輕聲說道。

「可是我跟她本來就該在一起，我不應該住在影族裡。」小紫羅蘭的胸口有股怒氣。「影族根本不要我，他們都不在乎我。我覺得好孤單。」

針掌眼神憐愛。「小東西，我知道那種感覺。」她的尾巴輕輕撫過小紫羅蘭的背脊，然後深吸口氣，挺起胸膛，彷彿做了什麼重大決定。「以後不會再這樣了。從現在起，我會罩妳。妳一定會過得很好。」

小紫羅蘭眨眨眼睛看著她，悲傷的眼神裡頭隱約閃現一絲希望。她雖然還是很感傷她姊姊不能跟她一起住在影族，而且有很多影族貓對她視而不見，但她看到了針掌眼裡的暖意。也許從此刻起，一切都會改變。

也許她現在終於有了朋友。

第三章

赤楊掌帶小嫩枝去找她妹妹玩之後，又過了半個月，這一天鴿翅低頭鑽進巫醫窩，通知他去高突岩開會，令他大感意外。松鼠飛已經偕同獅焰和煤心回到雷族。

他興奮地跟著鴿翅走，然後留她在亂石堆底下，自個兒爬上去找棘星、松鼠飛、獅焰和煤心。

「你們有找到嗎？」他一到便急著問他們。

松鼠飛眼色陰鬱地迎視他的目光。

棘星一臉憂色的說：「峽谷是空的。」

「空的？」赤楊掌不敢相信。「我們遇到的那些惡棍貓呢？」他知道棘星曾警告過這支隊伍可能會在峽谷裡遇見一群假冒是天族的貓。

「他們也不在那裡。」獅焰證實道。

「是有幾隻流浪貓啦，」煤心插嘴道：「不過都是從那裡經過的獨行貓而已。峽谷裡頭找不到剛鋪的新鮮臥鋪，整個窩穴都廢棄很久了。」

赤楊掌的思緒翻騰。「可是如果惡棍貓走了，天族就可能回去啊。他們沒別的地方可去。」**或許我們終將找到幽暗處的東西**。「我們應該再派搜索隊去找。」

「沒有意義。」松鼠飛告訴他：「我們探查過整塊區域了。就算有任何天族貓倖存下來，也不在峽谷附近。」

「鼠腦袋才會再回去那裡住。」獅焰唐突地說道：「整座峽谷太空曠了，很容易遭到攻擊。而且他們顯然無力抵抗。」

棘星還皺著眉頭。「我想不通他們去了哪裡？」

「誰？」赤楊掌眨眨眼睛看著他。「你說誰？天族嗎？」

「惡棍貓。」棘星的表情嚴肅。

「你難道一點都不擔心天族嗎？」赤楊掌怒瞪著他。

「你小聲點好不好？」松鼠飛緊張地看了亂石堆底下的鴿翅一眼，只見她好奇地瞪大眼睛，抬頭張望。刺爪和罌粟霜正在附近梳洗，波弟、蜜妮和灰紋則是懶洋洋地躺在長老窩外面。

棘星的目光轉向赤楊掌。「我們又能怎麼辦呢？」他的表情苦惱。「我們早就失去天族了。」

松鼠飛覷著下方的族貓們，獅焰和煤心訝異地看了彼此一眼。

「所以你打算放棄那個預言？」赤楊掌質問道。

「別忘了，我們還有小貓。」煤心不安地蠕動著腳。「她們是在幽暗處找到的，所以也許能發揮部分作用。」

赤楊掌希望她的話是真的。他相信兩隻小貓很特別。她們是在幽暗處找到的。但對星族的預言來說，她們並不代表全部。天空轉晴又是什麼意思呢？雖然他覺得這樣想好像有點輕忽小嫩枝的重要性，但這個預言一定是跟天族有關。因為再怎麼說，他們都是部族貓，他不相信星族會放任他們消失而不作為。

他離去前，好奇地覷了他父親一眼，但棘星沒有迎視他的目光。赤楊掌氣餒不已，藉口告退，回到巫醫窩。

他必須相信天族還在。不過他也知道棘星並不打算改變主意。

✦✦✦

「對不起。」赤楊掌從蕨歌旁邊擠過去。這隻黃色公虎斑貓擋住了他的視線，害他看不到小蜂蜜。

「百合心要我帶她過來給你看。」蕨歌又解釋一遍。

「我知道，她肚子痛。」松鴉羽對著蕨歌彈動尾巴。「你已經說過了。」

蕨歌繞著黃白相間的小貓打轉，擔心到全身毛髮都豎了起來。「百合心忙著照顧其他小貓，小蜂蜜一整個早上都不舒服。我待會兒就得跟藤池去狩獵，可是百合心要我……」

「帶她過來給我看。好了，我們都知道了。」松鴉羽用鼻子輕觸小蜂蜜的額頭。「赤楊掌，過來檢查她有沒有發燒。」

赤楊掌再次從蕨歌身邊擠過來，心想這隻公貓為什麼不能給他們一點空間呢？

這時薔光好像會讀心術地突然從她的臥鋪那裡喊道：「蕨歌，你來我這裡，別擋在那兒，他們才能幫她好好做個檢查。」

蕨歌心煩意亂地走到她旁邊。「我只是想確定她沒事。」

「她只是肚子痛，」松鴉羽嘴裡嘟囔。「不會有事的。」

「可是很痛欸。」小蜂蜜嗚咽道，赤楊掌這時正在嗅聞她的頭頂。

松鴉羽沒理她。「怎麼樣？」他在測驗赤楊掌。「她有發燒嗎？」

「沒有。」赤楊掌又聞了一次，覺得她的毛髮溫熱。這樣正常嗎？他的診斷是對的嗎？也許她有發燒，只是他太鼠腦袋了。

「很好，」松鴉羽喵聲道。「肚子痛但沒有發燒，這表示她可能吃錯了東西，或者喜歡吃的東西一下子吃得太多了。」他伸出腳爪四處按壓小蜂蜜的肚子。「妳今天吃了什麼？」

「我跟小葉和小雲雀分吃了一隻兔子。」小蜂蜜告訴他。

「小嫩枝有吃嗎？」赤楊掌問道。搞不好她也肚子痛，但不敢麻煩他們。

「她吃田鼠。」

松鴉羽氣呼呼地說：「你別再想到小嫩枝那兒去了，專心看你的病患！」他對赤楊掌厲聲說道。「你摸摸她的肚子，有脹起來嗎？」

赤楊掌伸出腳掌按壓小貓圓滾滾的腰腹，心想這樣硬梆梆的，正常嗎？「感覺有點脹脹的？」他揣測道，態度顯得猶豫。

松鴉羽不耐地抽動耳朵。「沒錯，所以我們要怎麼治療她肚子痛的毛病？」

赤楊掌的腦袋突然一片空白。他感覺得到薔光和蕨歌正盯著他瞧。小蜂蜜也眼睛眨巴眨巴地望著他，他從她的綠色眼睛裡看得出來她很痛。

松鴉羽的盲眼射向他，害他全身像被火燒灼一樣。「快說啊！」

赤楊掌真希望松鴉羽的脾氣能好一點。**要是他不要把我搞得這麼緊張，我的腦袋就會更清楚一點。**「山蘿蔔。」他脫口而出。

「很好。」松鴉羽的語氣聽起來很滿意。「去拿一些過來。」

「那會有幫助嗎？」小蜂蜜緊張地問道。

「當然有幫助。」松鴉羽告訴她。

赤楊掌把腳爪探進窩穴後面的縫隙裡。藥草的庫存充裕。自從帶小嫩枝去見過她妹妹之後，這半個月來，他和葉池就將所能找到的藥草全都收集齊全了。現在清晨的露水一天比一天多，空氣裡的寒意也愈來愈重，再過不久，第一場霜害將會毀了野外珍貴的藥草，但要想熬過漫長的禿葉季，這些藥草不可或缺。他的爪尖觸到一大坨山蘿蔔的葉子，於是一把拉了出來。

他解開其中幾根帶葉的枝條，思緒幽幽飄向他採集藥草的那個早上。當時橘紅色的太陽已經在地平線上閃閃發亮，但陽光微溫，幾乎驅走不了身上的寒意。他陶醉在森林的氣味裡，枯萎的蕨葉和腐葉味道充斥他鼻腔。

「快點！」松鴉羽不耐地彈動尾巴。「真搞不懂你怎麼回事，自從松鼠飛回來之後，你就老是心不在焉。」

松鼠飛！赤楊掌訝異抬頭。他不知道自己竟然這麼在意他母親的空手而返，而且還表現得這麼明顯。

「赤楊掌！」松鴉羽尖銳的叫聲嚇得他倏地回神。巫醫貓的耳朵朝著他的方向豎得筆直。「我的星族老天，你到底在幹什麼？」

「我在幫小蜂蜜把葉子撕下來啊。」赤楊掌瞪著他，一臉不解。「山蘿蔔可以治肚子痛啊。」

「是山蘿蔔的根，不是葉子。」松鴉羽毫不客氣地一把搶走山蘿蔔，折斷一小截根，朝小蜂蜜丟過去。「把這吃掉。」

小蜂蜜緊張地看著它。「這味道好不好？」

「味道好不好不重要，」松鴉羽不以為然。「反正它可以讓妳的肚子不痛。」

小蜂蜜聳起全身毛髮，張嘴叼起一小截根，開始咀嚼。辛辣的味道嗆得她擠眉皺臉，赤楊掌不免同情起她來。但她還是不斷咀嚼，一點嚼一邊偷窺松鴉羽，似乎很怕要是自己不繼續嚼，松鴉羽不知道會對她怎樣。最後她吞了下去。

「太好了，」赤楊掌趕緊走到她旁邊，尾巴輕輕撫過她的背脊。「妳馬上就會覺得舒服多了。」

外面響起腳步聲，荊棘垂枝颼地一聲，小嫩枝衝了進來，嘴裡叼著一隻老鼠。

松鴉羽皺起眉頭，小貓快步穿過巫醫窩，將老鼠丟在薔光臥鋪旁。「我幫妳帶獵物來了。」

薔光喵嗚笑著說：「謝謝妳。可是妳不用幫我拿啦。妳又不是不知道我會自己去生鮮獵物堆那裡。」

「我知道啊，」小嫩枝開心地吱吱叫。「可是狩獵隊才剛回來，它還熱呼呼的啊。」

蕨歌吸吸鼻子。「這倒提醒了我，藤池還在等我欸。」他對小蜂蜜眨眨眼睛。「妳覺得好一點了嗎？」

小蜂蜜正在梳洗自己的腳爪，她很用力地舔，像是想快點洗掉舌頭上的山蘿蔔味。她停下動作，看著蕨歌，冷不防地打了個嗝。

「我覺得好一點了。」

小嫩枝朝她跳了過去。「小雲雀和小葉要到地上那根白樺樹幹後面探險。他們說妳最好快一點。」她滿懷希望地看著小蜂蜜，後者比她大了三個月，體型卻幾乎是她的兩倍大。「我也可以去嗎？」

「這不是小貓玩的遊戲，我們是要練習狩獵技巧。」小蜂蜜告訴她：「小葉昨天在那裡抓到一隻青蛙。要是妳來的話，青蛙就會被妳嚇跑了。」

「才不會呢！」小嫩枝很不高興地瞪大眼睛。

赤楊掌不免同情她。「小蜂蜜，我相信她會很安靜的。」

松鴉羽哼了一聲。「她會安靜才怪，她礙事得很呢。」

「誰說的？」小嫩枝怒瞪著他。「我幫了很多忙。」

就在她為自己辯解之際，窩穴入口荊棘一陣窸窣作響，藤池緩步走了進來。「蕨歌，你準備好要出發狩獵了嗎？」

蕨歌眨眨眼睛看著她，兩眼發亮。「準備好了。」他開心地喵聲道。

「太好了！」松鴉羽用腳爪把山蘿蔔的枝葉掃在一起。赤楊掌看得出來他惱火到全身毛髮都在波動。「快去狩獵吧，順便把這些小貓都帶走。」

「小嫩枝沒有要跟我去啊。」小蜂蜜反駁道：「她太吵了，你不是也這樣說嗎？松鴉羽？」

小嫩枝生氣地豎起全身毛髮，但盲眼巫醫貓卻把臉別開。

薔光用前爪撐起身子。「跟我來，小嫩枝，」她喵聲道：「我們可以把這隻老鼠拿到外面去，再去幫妳挑隻獵物。」

蕨歌讓到一旁，讓薔光撐起身子從臥鋪裡出來，再拖著癱瘓的後腿慢慢朝窩穴入口爬去。

赤楊掌朝正跟上去的小嫩枝喊道：「也許等一下妳可以再回來幫我們忙。」

「不用了。」松鴉羽瞪著他，藍色盲眼閃著怒光。「我們還有工作要忙。」

赤楊掌縮張著爪子，很是惱火巫醫貓的反應。小嫩枝怨懟地覷了松鴉羽一眼，便跟著薔光走出窩穴。

藤池一臉同情地看了赤楊掌一眼。「蕨歌，走吧，獵物不會自己送上門來。而且我答應灰紋要抓隻地鼠給他。」

赤楊掌幾乎沒在聽她說什麼。他已經氣得七竅生煙。兩位戰士一離開，他便朝巫醫貓轉身，不像以前那樣只敢小心翼翼地看著他的臉色。「你憑什麼對小嫩枝那麼兇，」他直接嗆：「你難道看不出來她都沒有玩伴嗎？」

松鴉羽愣了一下，瞇起眼睛。

赤楊掌看見松鴉羽貼平雙耳，全身繃得很緊。他太熟悉這表情了，但他不在乎。他一定得把自己的不滿說出來。

「我的行為輪不到你來指正！」松鴉羽嘶聲道。「我對藥草瞭若指掌，我能治好我的族貓。我勸你最好少花點時間操心那隻小貓，多花點時間專心受訓。」

他頓時洩了氣。他怎麼會忘了治肚子痛的是山蘿蔔的根，不是葉子？他氣惱地擺動尾巴。要不是松鴉羽像頭憤怒的狐狸一樣老虎視眈眈地盯著他，他才不可能忘記呢。「我會再努力一點。」他咬牙切齒地低吼道。「不過我現在做得也不錯了，部族裡的貓兒都很信任我的醫術，他們很看重我。再說，星族的預言也是給我啊。」

「巫醫貓的工作不是只當星族的傳聲筒而已，」松鴉羽嘶聲說道：「星族不會告訴你怎麼治癒傷口，也不會告訴你怎麼治療胸口的感染。這些你都必須自己學會，而且要花很多功夫學。這才是你對部族的最大貢獻。因為你也許某一天能救活一條命。」

松鴉羽的話狠狠烙印進赤楊掌的心裡。他又想起了沙暴。當時他的醫術若是更好一點，也許就能治好她？沙暴曾託夢給他，說她的死不是他的錯。她可能只是不希望他內疚而已？也許她的傷根本沒嚴重到必死無疑？

他一想到那天他醒來時，身旁的沙暴已經冰冷僵硬，便忍不住發抖，但他強忍住，這時他突然聽見腳步聲如雷聲隆隆，衝進營地。

「棘星！」鼠鬚的吼聲劃破空氣。

松鴉羽衝出窩外，赤楊掌跟在後面，心臟撲通撲通地跳。**發生了什麼事？**

鼠鬚和雲尾站在空地上，毛髮豎得筆直，族貓們全圍了上來。火花掌丟下正在吃的老鼠，衝上前去。蕨毛和樺落趕緊跳起來站好。獅焰、罌粟霜和玫瑰瓣也從戰士窩裡衝出來。

「出了什麼事？」棘星從高突岩上跳下來，背上的毛髮全聳了起來。

「有貓在我們的邊界裡頭打了起來！」鼠鬚氣喘吁吁。

「是風族！」雲尾補充道，腰腹不斷起伏。

灰紋跳起來站好，耳朵貼平。「入侵嗎？」

「不是！」鼠鬚朝長老扭頭。「風族貓跟惡棍貓打了起來。」

惡棍貓？赤楊掌愣在原地。**什麼惡棍貓？**

刺爪甩打尾巴。「如果風族想跟惡棍貓打，可以在他們自己的領地上打啊！」

棘星瞪著雲尾。「你們怎麼不把他們趕走？」

雲尾搖搖頭。「太多貓了，惡棍貓看起來都很凶殘。我想風族貓需要幫手。」

赤楊掌跟著緊張了起來。要是發生戰事，就會受傷，到時需要什麼藥草呢？他很快地在腦袋裡回想一遍所有藥草：**金盞菊**、**橡樹葉**、**秋麒麟草**、**紫草**。

棘星點點頭。「雲尾、樺落、獅焰、玫瑰瓣，跟我一塊去。」

「我也去！」松鼠飛上前一步。

「還有我！」火花掌快步走到她母親旁邊。

「你們兩個和其他貓兒負責守衛營地，」棘星告訴她們。「在我們查清楚出事原因之前，小貓全都得待在育兒室裡不准出來。」他看了灰紋一眼。「長老也一樣，那是最容易防守的窩穴了。」

赤楊掌的思緒紊亂。為什麼會在他們的領地上打起來？是風族展開襲擊？還是惡棍貓入侵領地？

「赤楊掌和我跟你們一起去。」松鴉羽一臉從容地看著棘星，藍色盲眼毫不驚慌。

「因為到時一定會有貓兒受傷。」

赤楊掌的心怦怦地跳。這是他的第一場戰役。他的醫術已經純熟到可以派上用場了嗎？到時貓兒們的傷勢會不會很嚴重？恐懼和興奮同時在他肚子裡翻攪。「要帶藥草去嗎？」

松鴉羽搖搖頭。「我們就地取材，順便把傷者送回營地。」

棘星很快地點頭答應，便往荊棘屏障衝了過去，隨即消失在通道裡。雲尾緊追在後，樺落、獅焰和玫瑰瓣也跟在後面。

赤楊掌也出發前往，這時松鴉羽突然閃過他身邊，率先鑽進通道，害他嚇了一跳。他無法想像矇著眼睛往前衝的感覺。但松鴉羽竟然就從營地跑了出去，一步閃失都沒有。救援隊伍魚貫爬上坡，松鴉羽追在後面，鼻子貼著玫瑰瓣的尾巴。他好像很能感知這座森林，能夠分毫不差地躍過樹根、繞過荊棘。赤楊掌還得用跑的才追得上他。前方有尖嚎和咆哮聲響徹林間。

等到他們抵達林子邊緣的山丘頂端時，赤楊掌已經喘到胸口像著了火。鼠鬚率先煞住腳步，登上丘頂的他，往山坡下方打量。棘星也停在旁邊，循著他的目光俯瞰。

赤楊掌也趕了上來，清楚看見下方的打鬥場面，一星、燼足和荊豆皮正在奮戰，他嚇得全身毛髮豎了起來。一星顯然是在展開殊死戰。尖嚎聲劃破空氣，貓毛猶如薊花的冠毛在斜倚的陽光下四散飛舞。風裡充斥著血腥味和恐懼的氣味。

「風族根本寡不敵眾！」樺落倒抽口氣。

「他們打不過惡棍貓？」玫瑰瓣的語氣震驚。

儘管平常偶爾也會有一兩隻獨行貓穿過林子，但像這麼大群的惡棍貓侵入部族貓領地的這種事，卻很少見。

「上！我們去幫他們！」棘星大聲下令，率先衝了下去。

他的族貓緊跟在後，一字排開，趨近正在混戰中的貓兒。棘星率先殺進惡棍貓裡。惡棍貓身上的毛髮雖然七零八落，尾巴的毛像被炸開一樣，但打起架來身手靈活，宛若黃鼠狼。他們張嘴大吼，凶狠的嚎聲迴盪林間，惡臭的口氣灌進赤楊掌的鼻腔。棘星連環揮爪，爪子勾住其中一隻惡棍貓的毛皮，怒聲一吼，用力拉開燕麥爪身上的公貓。

雲尾殺進一隻虎斑貓和荊豆皮中間。惡棍貓朝他轉向，嘶聲作響，撲了上來，從下方撞開雲尾的腿，再撐起後腿，揮爪橫掃雲尾的後背。

「住手！」樺落張開大嘴，一口咬住惡棍貓的頸背，大吼一聲，甩掉虎斑貓，雲尾趁機往後翻滾，跳起來站好。

玫瑰瓣正在和一隻生著癩瘡的白色母貓扭打，樺落則對準一隻黑色母貓狠擊猛攻。獅焰嘶聲大吼地跌在一隻銀灰色公貓身上。

在旁觀戰的赤楊掌，腳爪微微刺癢，巴不得加入戰局。可是他從來沒學過格鬥技巧，幫不上忙，很是懊惱。

燼足在棘星旁邊撐起後腿，沿著邊界踩踏地上爛掉的蕨葉，死命反擊一隻肌肉結實的白色公貓。

燕麥爪爬了起來，撲將上去，助玫瑰瓣一臂之力，將白色母貓壓制在地。

「休兵！」白色公貓躲開攻擊，怒瞪著棘星。在他的一聲號令下，其他惡棍貓馬上收兵息鼓。

赤楊掌愣住了，這些惡棍貓不是普通的惡棍貓。他的心臟快從喉嚨裡跳出來。**暗尾**！他認出那幫惡棍貓的首領，就是他們把天族從峽谷裡趕走。

棘星甩打著尾巴，目光凌厲地掃過每隻惡棍貓。「讓他們走！」他大聲喝令他的族貓。

雲尾放開虎斑貓，玫瑰瓣和燕麥爪鬆開母貓，退了回去，獅焰和樺落擋在燼足和荊豆皮前面保護他們。他們虎瞪著挨擠在一起、眼裡閃著恨意的惡棍貓們。

現在終於可以看得比較清楚了，其中幾隻惡棍貓對赤楊掌來說很是眼熟。長毛灰色公貓是雨，黑色母貓是烏鴉，旁邊有隻銀灰色公貓和一隻毛髮零零落落的白色母貓。一隻虎斑貓蹲在他們旁邊，貼平耳朵，頸毛豎得筆直。其他惡棍貓都到哪去了？峽谷裡的惡棍貓不止這些啊？他緊張地掃視矮木叢底下。要是其他惡棍貓也都跋涉到了湖區，會不會正在伺機等候，隨時加入戰局？

「怎麼回事？」松鴉羽突然朝赤楊掌扭頭。「你認識他們？」

赤楊掌眨眨眼睛看著巫醫貓。「我……我以前見過他們，」他結結巴巴。「探索之旅的時候見過。」他說話的同時，惡棍貓首領暗尾突然瞇起眼睛，朝他怒視，眼裡有惡毒的光一閃而逝。

赤楊掌頓時反胃。**他認出我了**。暗尾的目光對上他的，他忍住想逃的衝動。

「松鴉羽！」棘星朝坡地喊道：「這裡需要幫手。風族貓受傷了。」

松鴉羽衝下山坡。任務緊急，赤楊掌收回與暗尾對峙的目光，也跟在導師後面衝下山。

「快滾！」棘星朝那群惡棍貓上前一步。「在我們還沒扒了你們的皮之前，還不快滾！」

赤楊掌看見暗尾把目光移向雷族族長。**他會這麼輕易放棄嗎？**

惡棍貓首領怒聲一吼，張開血盆大口咆哮。「保證這不會是你們最後一次見到我們。我們有任務在身。而且你們絕對想像不到我們對你們部族貓有多瞭若指掌。」

惡棍貓首領轉身，穿過蕨葉叢離開，恐懼猶如冰水沿著赤楊掌的背脊漫了開來。暗尾的同夥們跟著低聲吼叫，陸續離開。**他指的是我以前在峽谷裡告訴他的那些事嗎？**赤楊掌渾身發抖，心裡不免納悶這群惡棍貓是不是跟在他們後面來到湖區。

棘星環目四顧他的戰士們。「有誰受傷？」

「我只有一兩處擦傷。」玫瑰瓣據實以告。

獅焰正在舔他身上的幾處傷口，但赤楊掌從他所在位置看過去，覺得那都只是輕微的擦傷。

「赤楊掌，去找點蜘蛛絲來！」

他聽命朝結有蜘蛛網的樹根縫隙跑去，腳爪顫抖地拉出一坨，帶回去給松鴉羽。

雷族巫醫貓正蹲在燕麥爪旁邊，風族公貓癱躺在地，腰腹處有很深的傷口，鮮血汩汩滲出。「把蜘蛛絲塗上去，幫忙止血。」松鴉羽下令道，同時從赤楊掌那裡拿了一坨，朝燼足走去。

赤楊掌把剩下的蜘蛛絲均勻地抹在燕麥爪的傷口上，並照松鴉羽教過的方法，將蜘蛛絲往傷口深處塞。

「一星傷勢很重。」樺落喵聲道，同時低身探看棕色虎斑貓。

松鴉羽快步走過去查看，赤楊掌也順道瞥了風族族長一眼，只見他側躺在地，毛髮上沾滿了血。

赤楊掌忙不迭地包紮好燕麥爪的傷口。「止血之前先不要動。」他告訴他，然後轉身去幫松鴉羽。

一星像剛死的獵物一樣動也不動地躺在地上，頸子下方淺棕色的毛髮處皮開肉綻。

「我再去拿些蜘蛛絲，」赤楊掌倒抽口氣。「他在流……」他話還沒說完，後方突然傳來呻吟聲。他一轉身，看見荊豆皮搖搖晃晃地突然倒了下去。

「荊豆皮！」赤楊掌衝向她，只見她的腰腹劇烈地抖動，瞬間停止，嚇得他喉嚨縮得死緊。他全身發抖地低頭嗅聞她，只見她四肢軟趴趴的，心情跟著沉到了谷底。「她死了！」

「死了？」棘星衝到他旁邊，毛髮倒豎。

樺落和玫瑰瓣緩步趨近，燕麥爪抬起頭來，瞪大了雙眼，驚駭地看著倒在地上的夥伴。

燼足一拐一拐地走上前去。「他們殺了她？」語調顯得不敢相信。

赤楊掌查看傷口，發現荊豆皮的背上有咬痕，腰腹有刮傷。然後又在她後腦勺看見一個隆起的腫塊。他掃視地面，這才發現到林地上有尖銳的石塊突起，其中一塊沾了血跡和毛髮。他望向松鴉羽。

巫醫貓沒有移動腳步，他的盲眼瞟向一星。風族族長的喉嚨正湧出鮮血。

赤楊掌用腳爪輕觸荊豆皮了無生息的身軀。他無能為力了，不過也許還能幫上一星的忙。「我去拿蜘蛛絲。」他朝樹根走去。

「不必了。」松鴉羽的喵聲沉重。

「可是他在流血！」赤楊掌衝到他導師旁邊。

一星流了一地的血，喉嚨上的毛髮腥紅發亮。

為什麼松鴉羽什麼忙都不幫？赤楊掌害怕到喉嚨緊縮。「我們得幫幫他。」

「我們幫不了忙。」松鴉羽低聲說道。

赤楊掌抬眼一看，發現雲尾和玫瑰瓣往後退，眼睛瞪得斗大。棘星動也不動地兩眼直瞪著風族族長，琥珀色的眼睛像夜色一樣幽暗。樺落和獅焰互看一眼，燕麥爪這時也蹣跚爬了起來，朝他的族長緩步趨近。赤楊掌看得出來他全身發抖。

然後一星突然上氣不接下氣，像溺水被救後那樣猛然吸了口氣，全身打起哆嗦，張開大嘴吞食空氣，眼睛倏地睜開。

赤楊掌驚訝地眨眨眼睛，他看見風族族長的傷口不見了，雖然毛髮上仍有血跡，但皮開肉綻的傷口已經閉合，彷彿不曾存在過。

他恍然大悟。「他少掉了一條命。」他低聲對松鴉羽說。

松鴉羽點點頭。

赤楊掌吞吞口水。他知道族長都有九條命，但是從沒想到少掉一條命是這樣子。垂死的感覺很痛嗎？死而復生的感覺又是什麼？

獅焰一臉狐疑地看著燕麥爪。「他還剩幾條命？」

燕麥爪聳聳肩。「只有一星自己知道。」

風族族長怒瞪了燕麥爪一眼，低吼一聲，撐起身子，站了起來。燕麥爪垂下眼皮。

赤楊掌皺起眉頭。一星自己當然很清楚，他們一定都會自行計算自己少掉了幾條命。旁觀者是永遠看不出來一個族長究竟還剩幾條命。赤楊掌搜尋一星的目光，好奇會從裡頭看見什麼。

一星抬起下巴，目光凶狠。他掃視林間樹縫，貼平耳朵。「惡棍貓到哪兒去了？」

「跑掉了。」棘星告訴他。「暫時跑掉了。」

「我們必須追上去。」

棘星環顧風族貓。「荊豆皮死了。」他低聲告訴一星。「燕麥爪和燼足受了傷。回我們的營地去吧。松鴉羽和赤楊掌會妥善醫治他們。」

一星回頭朝空地邊緣看了一眼，彷彿沒聽到雷族族長在說什麼。「我們該回自己的營地了。」

「燕麥爪和燼足現在沒辦法走這麼遠的路。」松鴉羽插嘴道。

一星瞇起眼睛，看了受傷的戰士們一眼。燕麥爪靠在樺落身上，腰腹還在流血。燼足瞪著躺在地上的夥伴，眼裡滿是淚光。「荊豆皮的屍體怎麼辦？」

赤楊掌訝見風族族長的目光竟然有點冰冷。難道少掉一條命也會連帶剝奪他的一些情緒？也許是他驚嚇過度，所以有點麻木。

棘星朝雲尾點點頭。「你和玫瑰瓣坐在這裡陪她，直到風族貓的巡邏隊過來接手為止。」他轉向一星，輕聲細語。「跟我們回去吧，讓我們來照顧你們。」

「我們可以照顧自己。」一星不以為然。

松鴉羽冷哼一聲。「除非你有辦法保證回去的路上不會讓燕麥爪失血過多而死。」

風族族長望向漸暗的天色下那片隆起的高地。有暴風雨快來了。他終於點點頭。

「好吧。」

✦✦✦

「多嚼點馬尾草和金盞菊。」松鴉羽命令道。

赤楊掌正在巫醫窩裡面幫忙治療受傷的風族貓，外面雨水不停敲打。他已經製作了足夠的藥泥來敷燕麥爪和燼足的傷口，還有他族貓身上的擦傷。嘴裡的藥草麻木了他的舌頭。他真希望葉池也在這裡幫忙。**是不是應該有誰去警告她林子裡有惡棍貓？**

赤楊掌曾親眼見過暗尾殺掉貓，那是他在峽谷附近找到的唯一一隻天族貓。現在他把他的惡棍貓帶來這裡，並且再度大開殺戒。**我們有任務在身。而且你們絕對想像不到我們對你們部族貓有多瞭若指掌。**他一想到暗尾的那番話，便忍不住發抖。看在星族老天的份上，他們到底想幹什麼？「他們好邪惡喔。」他嘀咕道。

松鴉羽抽動著耳朵。「自從黑暗森林之後，我就沒再見過這麼凶殘的貓了。」

赤楊掌眨眨眼睛看著巫醫貓。育兒室的每隻小貓都聽過黑暗森林的故事。他的父親曾和許多族貓奮力擊退潛藏在黑暗森林裡的惡貓們。「你認為他們是打哪兒來的？」他問道。

松鴉羽搖搖頭。「不知道，只有部族貓才有辦法進到無星之地。但這些惡棍貓顯然不屬於任何部族。」

燕麥爪已經入睡，他躺在薔光旁邊的臨時臥鋪上，松鴉羽曾給他罌粟籽吃，好讓他睡得沉一點。燼足低聲哀嚎，因為松鴉羽正把藥泥舔進他的傷口裡。

火花掌穿過荊棘垂枝，鑽了進來，全身滴水地踏進巫醫窩穴。「他們餓了嗎？」她看了燕麥爪一眼，然後壓低音量說：「狩獵隊剛回來。生鮮獵物堆上有很多食物。」

「在他們進食之前，我想確定他們的傷口沒有感染。」松鴉羽告訴她。

赤楊掌瞥了她一眼。他應不應該告訴她，他們就是把天族趕出家園的同一批惡棍貓？當初可能是一路跟蹤他們，才來到湖區？不行，他不能對火花掌透露，他得先向棘星報告。他懷疑他的父親或許早就猜到這些惡棍貓的來歷。畢竟松鼠飛回報峽谷已遭棄置的消息才沒幾天而已。赤楊掌從沒想到這批惡棍貓會出現在湖區。他呸掉嘴裡已從蠟質葉子被嚼成藥泥的藥草，讓松鴉羽使用。「可不可以請火花掌幫忙一下。」

松鴉羽瞪著他，瞇起眼睛，但沒有說話。

火花掌吸吸鼻子。「我又不是巫醫貓。」

「妳會咀嚼，不是嗎？」松鴉羽咕噥道。

「應該會吧。」火花掌表情像是覺得好笑。

「所以我可以離開一下嗎？」赤楊掌瞪著松鴉羽看。「我有要事，不會太久。我需要找棘星談一下。」

「談什麼？」火花掌豎起耳朵。

赤楊掌沒理她，目光始終盯著松鴉羽。

松鴉羽點點頭。「不要太久。」

「但如果是很重要的事情，我也要知道。」火花掌蓬起溼漉漉的毛髮。

松鴉羽將一坨金盞菊的葉子推到她面前。「等妳成了一族之長，所有消息一定都會先跟妳報告。但在這之前，妳能幫的就是嚼爛這些葉子。」

火花掌悻悻然地嘴裡嘟囔了幾句，然後就在巫醫貓旁邊蹲下來，抓起一把藥草塞進嘴裡。「噁！」她倒抽口氣。「你怎麼忍受得了這味道？」

「妳會習慣的。」赤楊掌低頭從荊棘垂枝底下鑽出來。雨打在他臉上。外頭的族貓們都躲在營地邊緣的蕨葉叢下。赤楊掌感覺到空氣裡的緊張氛圍。灰紋從長老窩裡往外探看。雪灌木和琥珀月擠在刺藤屏障底下。煤心坐在滂沱大雨中，擔任育兒室的守衛。

棘星和一星、獅焰、樺落正一塊避雨，他們就躲在那根橫倒在地的山毛櫸枝葉底下。赤楊掌疾步朝他們走去，等到快走到時，才刻意慢下腳步。

「是你們把他們追進雷族領地的嗎？」棘星問一星。

「他們本來就在你們的領地裡。」風族族長的眼色依舊陰沉，帶著怒光。「他們好像在偵察什麼，我也不確定。我們越過邊界想警告他們離開，打算等他們走了以後，再過來告訴你。」

獅焰瞇起眼睛。「可是他們攻擊你們。」

「是你們先挑釁嗎？」樺落問道。

一星低吼。「如果你的意思是，我們是不是質問他們幹嘛在部族貓的領地裡鬼鬼祟祟，那麼沒錯，我們是在挑釁。」

赤楊掌捕捉到棘星的目光。「我可以私下跟你談一下嗎？」他知道他打斷了他們的談話。但這真的很重要。

棘星抽動耳朵。

一星神情不悅。「什麼事啊？」

「我必須跟我父親談一下。」赤楊掌迎視風族族長的目光。

一星低吼，別過臉去。

棘星皺起眉頭，毛髮如波起伏，顯然很不安。「到底什麼事？」他帶著赤楊掌朝營地入口附近的蕨葉叢走去，低頭鑽進正在變黃的蕨葉底下。

雨水滴在赤楊掌的背上，害他忍不住發抖。「攻擊風族的這群惡棍貓正是我們在峽谷裡遇到的那批惡棍貓。」

棘星閉上眼睛，嘆了口氣。「我就是怕這樣。不然怎麼會有惡棍貓突然出現在這裡，這一切都太巧了。」

「你認為他們是跟在我們後面回來的嗎？」罪惡感就像蟲一樣在赤楊掌的毛髮底下爬行。

「也許吧。」棘星迎視他的目光。「但你不必為了惡棍貓的事而自責。」

赤楊掌不安地蠕動著腳，希望事情要是有這麼簡單就好了。「你認為他們是為了什麼來這裡？」自從赤楊掌認出暗尾之後，這疑問就一直啃噬著他。「暗尾說他來是有目的的。」

棘星別開目光。「誰說惡棍貓的行徑就一定會像惡棍貓？我們能做的就是保護好自己的部族。」他挨近赤楊掌。「峽谷裡有多少隻惡棍貓？」

「我不知道，」赤楊掌試著回想。「不過數量絕對比今天攻擊風族巡邏隊的這批惡棍貓來得多。」

棘星的眼色黯了下來。「所以林子裡可能還有更多。」

「沒錯，松鼠飛說峽谷裡的惡棍貓都不見了。」赤楊掌不安地蠕動身子。難道現在林子裡到處都是惡棍貓嗎？他們來這裡做什麼？「我們必須警告葉池。」他低聲道。

「我們應該警告所有部族。」棘星從蕨葉叢裡出來，朝他的族貓們喊道。「請年紀大到可以捕捉獵物的所有貓兒都到高突岩底下集合開會。」

赤楊掌看著他父親跳上高突岩。

蕨毛、亮心和刺爪從戰士窩裡緩步出來。白翅、莓鼻和罌粟霜也從刺柏叢裡鑽出來。松鼠飛從高突岩上的棘星窩穴裡走出來，跳下來站在族貓們旁邊。松鴉羽和火花掌從巫醫窩現身。鴿翅和櫻桃落從橫倒在地的山毛櫸下面走出來。

鴿翅環目四顧。「有誰看到藤池？」她藍色的眼睛閃著憂色。

「她跟蕨歌去狩獵了。」赤楊掌走到她旁邊。

鴿翅緊張地豎起毛髮。「希望他們別遇見惡棍貓。」

櫻桃落緊挨著她朋友。「藤池都熬過黑暗森林那一仗了，幾隻惡棍貓奈何不了她的。」

「但願如此。」鴿翅縮起身子擋雨。

一星穿梭貓群，來到最前面。他抬頭仰望高突岩，雨水從他鬍鬚滴落。「我想帶荊豆皮回我們的營地，好為她守夜。」

松鴉羽上前一步。「燕麥爪和燼足的傷勢不輕，沒辦法幫你扛她回去。長途跋涉恐怕會讓傷口裂開。他們應該在這裡多待幾天。」

一星怒瞪他。「他們是戰士，他們很強壯，可以跟著我回去。」

雖然看不見，但松鴉羽仍然以盲眼迎視風族族長的怒目。「我有見習生，但隼翔沒有。你就讓他多保留一些藥草和體力來為高地上的族貓服務吧，燕麥爪和燼足交給我們來照顧，直到他們能徒步走回去為止。」

一星怒瞪著棘星，後者試圖好言相勸。「一星，我會派支隊伍陪你回去，他們可以幫忙扛荊豆皮的屍體。」

一星憤怒地彈動尾巴。

松鴉羽堅持自己的立場。「你今天已經失去了一隻族貓，」他喵聲道。「別再冒險失去更多。」

一星冷哼一聲。「好吧。」

「一星，你做出了睿智的決定。」棘星的目光掃向族貓們。「雪灌木、花落和莓鼻，你們護送一星回去。順道扛荊豆皮回風族，就把她當成自己的族貓吧。」

三隻貓兒點點頭，棘星繼續說道：

「森林裡有可怕的惡棍貓。我們不知道究竟還有多少隻。他們已經讓我們見識到他們一旦打起來，就非拚個你死我活不可。在我們知道他們來此的目的何在，以及下一步的打算是什麼之前，一定要小心提防他們。我們也必須警告影族和河族目前危險當頭。」他再度掃視高突岩底下的貓群。「獅焰，你帶煤心、樺落、火花掌和罌粟霜去河族營地，警告霧星有關惡棍貓的事。我會帶櫻桃落、蜂紋、鴿翅、還有暴雲前往影族，警告花楸星。」

「我也要去！」育兒室那裡傳來小貓的吱吱叫聲。

赤楊掌認出那是小嫩枝的聲音，於是轉頭去看，只見她正奮力鑽出育兒室的入口。煤心瞪看著小貓劈里啪啦地踩著泥地過來，抬頭仰望棘星。

「拜託讓我跟你們一起去影族，我想看我妹妹！」

「別鼠腦袋了！」罌粟霜從空地上瞪著她。

刺爪冷哼一聲。「這是巡邏隊，不是育兒室。」

貓群不以為然的意見此起彼落。

赤楊掌從貓群裡擠出來，停在小嫩枝旁邊。「妳太小了，不能跟我們去影族。」他輕聲告訴她。「尤其現在林子裡還有惡棍貓。」

她抬眼看他，眼睛瞪得像貓頭鷹一樣大。「所以我才要去啊。我想要確定小紫羅蘭很安全。」她正在發抖。

煤心朝小貓趨近，用尾巴圈住她。雨水淋溼了小嫩枝的毛髮。「赤楊掌說得對。」她低聲道。「妳太小，還不能到林子外面。尤其是這種天氣，再加上還有惡棍貓。」

小嫩枝抽開身子。「可是小紫羅蘭是我妹妹。要是他們傷了她怎麼辦？她應該跟我在一起，才比較安全。」

赤楊掌的心揪了起來。換作是火花掌身陷危險，我的感受是什麼呢？他抬頭看著他父親。「讓我跟你們去吧。」他喵聲道。「到了那裡，我可以查看一下小紫羅蘭，也順道跟葉池講幾句話。」他一臉企盼地看了松鴉羽一眼，後者點點頭，他這才如釋重負。

「去瞭解一下葉池還要在那裡待多久也好。」松鴉羽同意道。

棘星垂下頭。「好吧，你也一起來。」

赤楊掌彎下腰去，用鼻子輕觸小嫩枝溼漉漉的身軀。「我不能把小紫羅蘭帶回來，但我一定會確保她平安無恙。」

小嫩枝瞪大眼睛，一臉嚴肅地抬頭看著赤楊掌，過了一會兒，才撐起身子，蹭蹭他的面頰。「好吧，」她低聲道。「我相信你，赤楊掌。」

赤楊掌閉上眼睛，感覺小嫩枝毛茸茸的面頰抵著他的。**小嫩枝，我希望自己真的值得妳信賴，**他長嘆口氣，**也希望我能確保我們大家都平安無恙。**

第四章

「回來！赤楊掌！」

赤楊掌停下腳步，轉過身去。他又走得太快，超前了隊伍。棘星正在喊他回來。他沮喪不已。**你們走太慢了！**要是惡棍貓傷了小紫羅蘭怎麼辦？他必須快點去查探。「我們不能走得快一點嗎？」他對棘星喊道。

「小心為上。」棘星追上他。「到處都可能有惡棍貓。更何況影族也不會感激我們衝進他們的邊界。」

赤楊掌心神不寧地踱著步，和棘星一起等候正在小徑上一路掃視灌木叢的櫻桃落、蜂紋、鴿翅和暴雲。他看得到前方的影族邊界，那裡的橡樹林漸被松樹林取代，伸出舌尖，就能隱約嚐到松樹汁液的嗆鼻味。

雨勢已經變小。蜂紋站在赤楊掌旁邊，甩甩身子，毛髮倒豎成針狀，全身溼透。櫻桃落覺得好笑，喵嗚出聲，用鼻子頂頂他的肩膀。「你看起來好像一頭刺蝟。」

「那妳看起來不就像河族貓了。」蜂紋揶揄道，同時用鼻子去彈她鬍鬚上的水珠。

棘星繞著他們踱步，張開嘴巴，嗅聞空氣。「專心點，」他下令道：「這裡可能隨時出現惡棍貓。」

「我們一路上已經仔細搜查他們的氣味，什麼都沒聞到。」暴雲直言道。

鴿翅豎起耳朵。「他們很可能逃掉了。」

棘星掃視林子。「我不認為這些惡棍貓會輕易地被嚇跑。」他看了赤楊掌一眼。赤楊掌知道他心裡在想什麼。他們都知道惡棍貓根本不怕部族貓……自從他們滅了天族之後，就沒把部族貓放在眼裡了。「越過邊界之前，我們還是應該先沿著邊界搜找他們的氣味，他們有可能繞路過來。」

「可是我們得先去影族營地警告他們啊。」赤楊掌不耐地刨抓地面，**順便看看小紫羅蘭是否平安無恙**。

「先知道惡棍貓的去向比較重要。」棘星快步從旁經過，循著邊界暗處的小徑走。暴雲跟上去，蜂紋、鴿翅和櫻桃落緊跟在後。赤楊掌只能不耐地快步追在後面。

棘星突然止步，抬起鼻口。無須他開口，其他貓兒也都聞到了。

「他們是從這裡走的。」暴雲嗅聞一株有刺灌木，鼻子皺了起來。

「是你先前交手的惡棍貓嗎？」鴿翅問道。

棘星若有所思地瞇起眼睛。「氣味一樣。」

蜂紋吸吸鼻子。「對我來說，所有惡棍貓的味道都一樣。」

棘星目光銳利地瞟他一眼。「你最好學會分辨每一隻惡棍貓的味道。我們要對付的惡棍貓數量恐怕比我們想像得多。」

鴿翅瞪大眼睛。「這算是入侵嗎？」

櫻桃落正在嗅聞那株有刺灌木，驚懼到身上毛髮如波起伏。「是他們，對吧？」她倒抽口氣：「就是趕走……」

赤楊掌的心一個揪緊。櫻桃落曾參加他的探索之旅，所以也見過那些惡棍貓。更知道天族的事。他趕緊趁她還沒在暴雲、蜂紋和鴿翅面前洩露天族祕密之前，先打斷她：「就是我們在探索之旅裡遇到的那幾隻。」他火速結尾，意味深長地瞪了她一眼。

她不好意思地蠕動著腳，含糊應答：「是啊！」

鴿翅仍然看著棘星：「你認識他們嗎？」

「赤楊掌和他的隊員以前在旅途中曾遭遇那幾隻惡棍貓。」棘星承認道。

暴雲皺起眉頭。「他們為什麼跑來這裡？」

棘星快步朝一株荊棘走去，低頭嗅聞：「我不知道，希望他們只是路過而已。」

我們有任務在身。

赤楊掌感覺得到自己全身毛髮都在微微抽動。他不習慣有事瞞著族貓們。

附近林地傳來腳步聲。

赤楊掌愣了一下，心跳頓時加快。他豎起頸毛，挨近蜂紋，隊員們集中聚攏。

蜂紋嗅聞空氣。「是惡棍貓嗎？」

暴雲朝松樹林的方向猛地扭頭。樹幹間有身影在移動。

「不是，」鴿翅突然衝向邊界，同時回頭看著隊員們。「是影族。」她兩眼發亮。

赤楊掌瞥見林子裡的熟悉身影。虎心快步朝他們走來，石翅和刺柏掌跟在他旁邊。當他望見褐皮殿後押隊時，不免心跳加快，隱約燃起希望。褐皮是針掌的導師，所以針掌也在隊伍裡嗎？

影族巡邏隊一接近氣味記號線，立刻一字排開，怒瞪著雷族貓。赤楊掌發現針掌不在其中，不免失望。

「你們在這裡做什麼？」虎心質問道。

鴿翅快步走向他。「虎心，」她的語氣聽起來很開心見到他，「我們有消息要通知你們。」

她一跨過邊界，虎心立刻齜牙咧嘴。

她止住腳步，驚訝地抽動耳朵。

褐皮快步過來，看著棘星。「什麼消息？」她的鼻子不停抽動，然後突然被別的氣味吸引，從邊界蔓生的荊棘叢聞了過去。「那是什麼味道？從我們離開營地後，就一直聞到這味道。」

「是惡棍貓，」棘星告訴她。「這也是我們來這裡的原因。我們必須跟花楸星談一談。」

「惡棍貓？在我們的領地上？」褐皮的尾巴不停抽動。

赤楊掌鬆了口氣。如果影族連惡棍貓進了領地都還不知道，那麼小紫羅蘭現在應該還是很安全。

「我必須跟花楸星談一下。」棘星很是堅持。

褐皮點點頭。「虎心，護送他們回營地。我帶石翅和刺柏掌繼續追蹤下去。」

「小心點，」棘星警告：「這些惡棍貓不是流浪貓也不是獨行貓。他們很危險。要是發現他們，一定要趕快去找援手。」他看著刺柏掌。刺柏掌體態輕盈，黑色毛髮底下的肌肉十分結實，只是個子有點小。「兩名戰士加一個見習生，恐怕打不過他們。」

刺柏掌挺起胸膛。「我身強體壯。」

「這些惡棍貓更身強體壯。」棘星眼色陰沉地告訴她，然後跨過邊界，迎視虎心的目光。「你帶路吧，我們得盡早通知花楸星才行。」

虎心看了褐皮一眼，隨即點點頭說：「跟我來。」

赤楊掌快步走在蜂紋旁邊，後者跟在虎心後面。腳下的樹葉漸被松樹的針葉取代，他回頭看了褐皮、石翅和刺柏掌一眼，「棘星應該警告他們，那些惡棍貓殺了荊豆皮，還奪走了一星的一條命。」他低聲道。

蜂紋搖搖頭。「一星不會希望他少掉一條命的事被傳開來。族長向來不喜歡示弱。」

赤楊掌突然好奇他父親是否也曾少掉一兩條命。他快步穿梭於松樹林間，快到的時候，他立刻認出了那條通往營地的小徑。

虎心帶著他們走進營地，影族貓全都驚詫地轉頭瞪看他們。

雪鳥露出尖牙：「又是雷族？」

焦毛在她旁邊咕噥道：「有隻雷族貓住在這兒就已經夠糟了，總不至於還要常來探訪她吧。」

棘星的目光始終不離虎心。赤楊掌掃視營地。針掌在嗎？小紫羅蘭呢？他搜找著小貓的黑白色身影。沒有她的蹤影。也許她跟針掌在一起。他想到那隻銀色母貓，目光開始往營地四處探尋。蜂掌和爆發掌正在空地邊緣練習戰技，全神貫注到根本沒注意到雷族的隊伍。針掌沒在其中，也不在生鮮獵物堆那裡。**她到哪兒去了？**

「棘星。」花楸星低沉的喵聲把赤楊掌的注意力立刻拉了回來，害他差點撞上停在棘星旁邊的櫻桃落身上。

影族族長站在空地前面，眼睛瞇成一條線，表情不解。「你們是來帶你們的巫醫貓回去嗎？她出去採藥草了。」

鴉霜從營地圍籬旁的窩穴走出來，虎心離開隊伍，逕直站到花楸星旁邊。

「他們說他們有消息要通知我們。」虎心喵聲道。

「什麼消息？」花楸星的目光緊盯著棘星。

「有一群惡棍貓在我們領地遊蕩，一星和他的巡邏隊跟他們槓上。惡棍貓展開攻擊，結果荊豆皮死了，就連一星……」棘星猶豫了一下：「也重傷，還有其他兩名隊員也是。」

赤楊掌和蜂紋互看一眼。年輕戰士剛剛說得沒錯。棘星的確想保住一星的名聲。

「有多少隻惡棍貓？」花楸星問道。

「六隻。」

花楸星目光閃現訝異的神情。「才六隻？」

「要不是我們前往救援，風族戰士恐怕死傷更多。」棘星不溫不火地告訴他。

「都你在說。」花楸星不太相信。「雷族總以為別的部族沒有他們就活不下去。」

棘星垂下頭。「我只是據實以告，畢竟這關係到貴部族的安全。」

鴿翅上前一步。「他們的氣味已經出現在你們的領地了。」

棘星給了她一個警告的眼神。「我們並不知道有多少隻惡棍貓可能待在林子裡。」

「你憑什麼認為可能有更多惡棍貓？」花楸星語帶懷疑地瞇起眼睛。

「他們來自於一個很大的惡棍貓幫派，雷族貓曾在一次探索之旅裡遭逢他們。所以我們無法確定是否只有少數幾隻來到湖區。」棘星轉頭，掃視營地。「我們是從我們的領地一路追蹤惡棍貓的氣味，才來到你們的領地。所以我希望你能允許我們繼續追蹤下去。我想查清楚惡棍貓是不是已經離開部族貓的領地。」

花楸星縮張著爪子。「你想在影族的領地上搜找？」

「這不是我們來此的目的，」棘星迎視影族族長的目光。「不過既然我們現在知道他們已經進到影族領地，我想再進一步查出他們的去向。」

「不行，」花楸星立刻拒絕。「影族可以保衛自己的領地，不需要雷族幫忙。」

棘星垂下頭。「花楸星，我能理解你的顧慮，但是我們對那氣味很熟悉，我的爪間仍留有惡棍貓的血跡。所以至少讓雷族和影族組成一支聯合隊伍……追出他們的下落。畢竟團結力量大。更何況他們對每個部族來說都具有威脅性。別忘了那個預言：**擁抱你們在幽暗處所找到的，因為只有他們才能使天空轉晴**。也許這跟惡棍貓也有關連。自從和黑暗森林的貓兒大戰過後，就再也沒見過如此凶殘成性的貓。星族可能是在警告我們要小心他們。」

虎心眼裡有光一閃而過。「那預言不是在講小貓嗎？」

鴉霜蠕動著腳。「棘星說得有道理。」

花楸星目光瞟向他的副族長。

但鴉霜堅持自己的立場：「要是惡棍貓真的跟預言有關呢?也許我們真的應該連手追蹤他們的下落。」

虎心低聲吼道：「為什麼我們不能自己追蹤?等到下次大集會的時候，再跟他們報告結果就行了。」

花楸星若有所思地皺起眉頭。「你說一星重傷？」他對棘星說：「是傷得多重？」

棘星眼神平和地看著他：「反正很嚴重。」

花楸星眼裡閃現興味。「所以……」他低聲吼道：「這些惡棍貓真的很凶殘危險。」

蜂紋朝赤楊掌傾身。「他擔心下一個少掉一條命的族長就是他。」

「好吧，」花楸星終於答應：「我們會派一支巡邏隊跟你們連手追蹤惡棍貓的下落。鴉霜，你來帶隊。虎心、焦毛和穗毛跟你去。」

一隻暗棕色公貓穿過空地，朝他們走來，他的兩耳之間有一撮毛高高聳起：「你剛有點名我嗎？」

「你跟這些貓去。」花楸星眼神不屑地看了雷族巡邏隊一眼。赤楊掌聽見快沉不住氣的蜂紋硬生生吞下怒氣。「有惡棍貓在我們的領地上，你們去查查看，找出他們的下落。」

「我可以帶著草掌去嗎？」穗毛問道。

「當然可以。」花楸星喵聲道：「這對她來說也算是種訓練。」

✦✦✦

兩支巡邏隊背著光一路追蹤，往松樹林深處走去。他們穿過影族領地，赤楊掌緊張到全身毛髮微微抽動。腳下鋪滿針葉的林地漸趨泥濘，樹木緊密叢生，林中暗如黑夜。前方一條滯流的小溪發出惡臭。赤楊掌在黑暗中努力睜大眼睛，想看清楚去向。虎心正沿著一條很窄的溝渠前進。

棘星追上他。鴉霜嗅聞地面。

「氣味到這裡就沒了。」影族副族長大聲說道。

「我聞到兔子的血腥味。」鴿翅繞著隊伍。

鴉霜吸吸鼻子。「他們八成是在離開領地之前先獵殺了兔子。」他朝溝渠另一頭點頭示意。「影族邊界到這裡為止，再過去就是化外之地了。如果惡棍貓朝那個方向去，就代表他們走了，而且看起來的確是往那方向。」

「我們要不要過去看看？」棘星追問。

鴿翅跳過惡臭的小溪，嗅聞前方地面。

虎心也跟在後面跳過去，把她推到一旁，低頭嗅聞地面。「這裡沒有他們的氣味。」

「也許他們為了掩飾氣味，沿著小溪涉水而過。」鴿翅提出看法。

虎心哼了一聲。「惡棍貓沒那麼聰明，再說……」他注視著那條溝渠，裡頭盡是惡臭的黑水。「有哪隻貓會把腳踩進這裡面？」

鴿翅挑釁地怒瞪著他：「想掩飾自己去向的貓。」

虎心注視著她好一會兒，然後低聲吼叫：「反正妳就一定要自以為是部族裡最聰明的貓啦。」

鴿翅的藍色眼睛在幽暗裡發出亮光。「那你就一定要當部族裡最傲慢的貓嗎？」

「你們兩個都給我回來。」棘星彈彈尾巴。「看來惡棍貓已經離開領地。我們可以回去了。」

赤楊掌懷疑棘星真的相信惡棍貓走了嗎？他試著捕捉棘星的目光，想讓自己安心，但雷族族長看著鴉霜。

「謝謝你肯讓我們幫忙搜尋貴領地。」雷族族長喵聲道。

鴉霜垂頭致意。「讓我們護送你們回邊界吧。」

赤楊掌愣了一下。他答應過小嫩枝要查探小紫羅蘭是否平安無恙。「我得回你的營地一趟。」他對影族副族長脫口而出。

鴉霜驚訝地眨眨眼睛。

赤楊掌試圖表現鎮定，語氣有點結結巴巴。「松鴉羽要我找葉池講幾句話，他想知道她什麼時候回來。」

鴉霜翻翻白眼。「好吧，」他表情不以為然地低聲吼道：「你可以跟蓍草掌回去。虎心、穗毛和我送你的族貓們回邊界。」

棘星向赤楊掌眨眨眼睛，要他安心：「我們會在那裡等你。」

赤楊掌點點頭。隊伍離開後，他便跟著蓍草掌走回影族營地。

「針掌今天到哪兒去了？」他故意漫不經心地問道。

蓍草掌一臉疑色地回頭看他一眼。「你為什麼想知道她在哪裡？」

「她沒跟在褐皮旁邊，」赤楊掌喵聲道：「也沒在營地，我只是好奇她去哪裡了。」

「這不關你的事，」蓍草掌沒好氣地說：「我會問你，你的同窩夥伴現在在哪裡嗎？」

「我只是想跟妳聊個天而已。」赤楊掌喵聲道。

蓍草掌彈彈尾巴。「不用跟我聊沒關係。」

他們一路無語地快步走回營地。蓍草掌一到營地入口，便帶頭鑽進通道。等到赤楊掌從通道口出來，她立刻停下腳步，朝巫醫窩的方向點頭示意。「如果她已經採藥草回來，就會在那裡面。要是不在，你就等一下吧，我可不想帶著你在領地裡四處找她。」

「謝謝妳。」赤楊掌趁影族見習生趾高氣揚地離去時，在她後面扮了個鬼臉，然後才穿過空地，朝巫醫窩走去。

他一走近，便聞到葉池熟悉的氣味。還有剛採集到的藥草味道。她一定回來了。

「葉池？」他把頭探進窩穴裡，看見她蹲在水塘掌旁邊。

「這是艾菊，這是馬尾草。」她告訴年輕的見習生：「艾菊可以治咳嗽，馬尾草可以治癒傷口的感染。」

赤楊掌很是驚訝，她怎麼還在教他這麼基本的藥草知識？

葉池抬頭望見他，喵嗚出聲。「赤楊掌！我還以為我見不到你了。草心說我出去的時候有雷族巡邏隊來過這裡。」

「他們現在在邊界等我。」赤楊掌解釋道：「我回來是因為松鴉羽要我在離開前找妳說幾句話。」他看了水塘掌一眼，他希望能跟葉池單獨聊，不想被這位見習生聽見。

葉池似乎猜到了。「我們去外面聊。」她告訴他，然後朝水塘掌轉身。「我要你把今天摘的藥草分類成不同堆。」

水塘掌瞪大眼睛看著眼前的藥草堆。赤楊掌突然想起他剛到巫醫窩工作的頭幾天經驗，不免同情起他。當時赤楊掌還以為他一輩子也記不住各藥草的名稱。

葉池把赤楊掌往後趕，雙雙鑽出巫醫窩。細雨紛飛，她挨近他。「我知道這種天出去採藥草，實在很不妥，」她甩甩溼掉的毛髮，「恐怕藥草也晒不乾，可是我感覺得到天氣快變冷了。所以我想趕在禿葉季來臨之前，盡可能幫影族存夠藥草。」她眼神陰鬱，表情憂心。「至於其它，就只能交給星族老天了。」

「水塘掌學得快嗎？」赤楊掌滿心期待地問道。

葉池嘆口氣。「他盡力了，但有大半時間，還是分不清藥草和野草的差別在哪裡。」

「可是妳已經訓練他半個月了！」**她到底還要在這裡待多久？**

「他還年輕。而且我也不確定他是不是真的可以當巫醫貓，因為他從來沒被星族託過夢，也沒看過什麼異象。他說他本來想跟他的同窩手足一樣成為戰士，但花楸星說他得當巫醫貓。」

赤楊掌乍聽之下，憂心到整個胃都揪了起來。「妳覺得影族選錯了巫醫貓嗎？」

「我不知道影族到底有沒有適合的貓可以當巫醫。」葉池很是煩惱。「難怪小雲一直沒有挑選到見習生。這裡的貓兒大多只對狩獵或打架有興趣。」她疲倦地搖搖頭。「這似乎很不公平。星族給了我們三隻巫醫貓，影族卻只有水塘掌。」

赤楊掌緊張地看著她。「妳會很快回來吧？」

「當然。」葉池回頭朝巫醫窩看了一眼，彷彿很擔心若是沒有她，水塘掌不知道能不能應付得來。「我不想整個禿葉季都待在這個陰沉沉的地方。」

「他們對妳還好吧？」

「他們對我很好，」葉池向他眨眨眼睛，要他安心。「我可以第一個去生鮮獵物堆挑獵物吃。他們也對我很有禮貌。我跟草心處得很好。她的小貓好可愛。」

「那小紫羅蘭呢？」赤楊掌雖然知道她平安無恙，但他還記得當她在林子裡跟她姊姊道別時，她有多傷心。她現在開心一點了嗎？「她還好嗎？我離開前，可以去看一下她嗎？我答應小嫩枝會去探望她。」

葉池漫不經心地望著巫醫窩。「應該可以吧。但是我不能跟你去，我得去幫水塘掌。他可能又會把蕁麻和水薄荷搞混。」

毛髮凌亂的她轉身就朝巫醫窩走，但臨時又回過頭來說道：「謝謝你來看我。麻煩轉告松鴉羽我很好，我會盡快回去。」

赤楊掌一臉不捨地目送她消失在窩穴入口，這才轉身朝育兒室走去。蜂掌和爆發掌已經練好戰技，正瞇起眼睛盯著他。他們是在質疑他要去哪裡嗎？

「赤楊掌！」營地入口響起熟悉的喵聲。針掌的氣味飄進他鼻子裡。

「嗨！」他轉身迎接她，開心喵嗚。

她穿過營地跑過來。

「妳去哪裡了？」赤楊掌趁她在他旁邊煞住腳步時這樣問她。

她瞪著他。「這話什麼意思？」

她知不知道她的腳一直在蠕動，好像很不安的感覺……還是覺得有罪惡感？「妳沒跟褐皮在一起，連我們來營地，也沒看見妳。」赤楊掌突然有點尷尬，活像自己在刺探她一樣。「我只是好奇妳去哪兒了？」

「我去兩腳獸那裡，」她趕緊回答。「你又不是不知道我有時候還挺喜歡吃寵物貓的食物。」

赤楊掌眼睛眨巴眨巴地看著她。**是啊，不過通常妳不會這麼快就承認。**再說，她身上聞得到新鮮獵物的氣味。他瞇起眼睛。為什麼她舉止這麼奇怪？

針掌改變話題。「蓍草掌說你和你的族貓是來追捕惡棍貓的。你們有找到嗎？」

「沒有。」赤楊掌看著她。她看起來不像平常的她。不知道為什麼，她的毛髮顯得凌亂。他好奇不曉得她這次又破壞了哪條戰士守則。他挨身過去，戲謔地推推她。「妳到底幹什麼壞事去了？」

針掌突然惱火。「沒有啦！」她吼了回來。「你問那麼多幹什麼？」

「對……對不起。」她突然爆發的脾氣嚇了赤楊掌一跳，他覺得好丟臉。他是不是太過份跟她裝熟了？可是他們是朋友，不是嗎？難道她忘了他們一起旅行過？一起找到小貓？也許在她心裡，他只是另一隻雷族貓。可是她剛剛不是主動跑過來找他嗎？他一頭霧水，朝育兒室看了一眼：「我可以跟小紫羅蘭說幾句話嗎？」

「你想去的話，就去啊！」針掌聳聳肩，便朝多刺的育兒室入口走去。

赤楊掌跟在後面，始終摸不透針掌的心。

「小紫羅蘭！」針掌在入口喊道：「有貓兒想見妳。」

荊棘叢一陣窸窣作響，小紫羅蘭跌跌撞撞地跑出來。她一看見赤楊掌，兩眼瞬間發亮，然後忙不迭地掃視四周。「小嫩枝有跟你來嗎？」她興奮地問道。

「她還不能離開營地。」赤楊掌輕聲提醒她。

「可是她有來……」

針掌故作玩笑地推她一把。「那是我們之間的祕密，記得嗎？」

小紫羅蘭一臉慚愧地眨眨眼睛。「我忘記了，對不起啦。」她趕緊閉上嘴巴。

針掌又用鼻子推了她一次。「妳這個蟾蜍腦袋！」

小紫羅蘭也不甘示弱地推回去。「妳才是蟾蜍腦袋！妳記不記得上次我們玩藏松果的遊戲，結果妳花了一整天才找到它。」

「我怎麼可能找得到？妳把它藏在扭毛的臥鋪裡欸！」針掌喵嗚道：「那隻老跳蚤貓像孵蛋一樣坐在上面，好像一輩子都不起來了。」

赤楊掌忍笑。看見她們感情這麼好，他真為她們感到開心。原來小紫羅蘭在影族一點也不孤單。此刻的針掌又變回以前參加他的探索之旅時那般友善，也著實令他高興。

小紫羅蘭突然朝他轉身，眼睛瞪得又圓又大。「小嫩枝過得好嗎？」

「她很好，」他告訴她。「她很想妳，要我來看看妳過得好不好。」

「我過得很好。」小紫羅蘭一臉歡喜地看著針掌。「我現在真的很喜歡影族。針掌有教我怎麼狩獵，我昨天抓到一隻蛾喔！」

針掌喵嗚笑了出來。

「不過我還是很想念小嫩枝。」小紫羅蘭補充道。

「她也很想妳。」赤楊掌告訴她。

「小紫羅蘭！」松鼻的斥責聲從育兒室裡傳來。「快進來躲雨。我可不想看見妳著涼。萬一傳染給草心的小貓怎麼辦？」

小紫羅蘭肩膀垮了下來。「我得走了。」她朝入口轉身。「告訴小嫩枝我有好好保存她給我的羽毛。每天晚上它都陪著我睡覺。」

赤楊掌開心喵嗚，伸出鼻口輕觸她的頭，這才目送她爬進育兒室裡。

她消失在入口後，赤楊掌朝針掌眨眨眼睛。「也許再過不久，我們可以再帶她們出來碰面。小嫩枝一直在問這件事。」找個晚上私下碰面，對兩隻小貓來說應該是件好事。而且和針掌見面時，要是沒有影族見習生在旁邊凶狠地瞪著他，感覺應該好很多。

「也許吧。」針掌語氣漫不經心，心思顯然飄到別地方去了。

「我相信小紫羅蘭會很開心的。」赤楊掌又追加了一句。

「應該吧。」針掌的目光迎向他。但他總覺得她其實不是在看他。「就這麼說定了。」她心不在焉地點個頭，轉身就走。

「盡快安排好不好？」赤楊掌在她身後喊道。

「好，盡快。」她頭也不回。

赤楊掌皺著眉頭，朝營地入口走去。棘星和其他隊員還在等他。縱然回自己的營地，躲進乾燥的窩裡避雨，感覺會舒服一點，但心裡仍隱約不安。盡快？為什麼針掌不明講究竟什麼時候碰面？難道她不在乎小貓碰面的事嗎？**她一定很在乎吧！**針掌似乎是真心喜歡小紫羅蘭。**也許她只是不想再見到我。**他拖著腳步穿過松樹林，朝他的族貓們走去，難過到腳爪猶如石頭那般沉重。也許那趟旅程所建立起來的友誼已經隨著他們各自回到自己的部族而煙消雲散了。

第五章

小紫羅蘭掃視窩穴。月光從荊棘叢的縫隙滲進來，斑駁灑在草心小貓毛茸茸的身上。年紀仍太小，還不能跟她一起玩的小蛇、小花和小螺紋縮起腳爪和尾巴，挨擠地偎著草心肚子旁。小紫羅蘭嘆口氣，心有點痛。她和小嫩枝以前也是這樣睡在一起，但現在她獨自睡在正在打呼的松鼻旁邊。**這裡只有我醒著嗎？**不久前，她聽見夜間巡邏隊回來的聲響，他們低聲向鴉霜報告完之後，就各自回窩穴了。

她心想不知道他們有沒有找到惡棍貓的下落？自從棘星來訪後，部族裡就出現各種捕風捉影。曦皮說惡棍貓只是一群愛找碴的寵物貓。「他們不久之後就膩了，馬上會回到兩腳獸的舒適窩穴裡。」她這樣預測。小紫羅蘭希望她說的是真的。因為一想到有陌生貓兒在林子裡四處晃，便讓她很是緊張。

自從巡邏隊去就寢之後，便不再有任何聲響出現。一隻狐狸在遠方嚎叫，小螺紋睡眼惺忪地抬起頭來，但只是打個呵欠，便又埋頭呼呼大睡。

小紫羅蘭好想過去擠在他們裡頭睡覺，但她不想讓松鼻不高興。她知道這隻貓后已經盡了全力，她盡可能耐心地照顧她。不過她也懷疑松鼻其實早就想離開育兒室，回林子跟其他戰士一起狩獵，畢竟她的小貓們都已搬到見習生窩了。

我為什麼還不能搬到見習生窩？她猜應該是他們都不贊成吧，畢竟她還不到三個月大。可是針掌……她唯一的朋友……就住在見習生窩裡。她喵嗚輕笑，心想要是能睡在針掌旁邊，會有多好玩。她們可以趁別的貓兒睡覺的時候聊上一整夜，或者玩青苔球，要不也可以分食一隻老鼠，那該多有趣啊。

育兒室入口出現一雙發亮的眼睛。小紫羅蘭緊張地抬頭，頸毛豎了起來，結果竟聞到熟悉的針掌氣味。難道她的朋友也剛好想到她？她興奮不已，腳爪微微刺癢，蠕動身子往前爬，像蛇一樣靈巧鑽出臥鋪。

「針掌？」她嘶聲道。

「快點，快出來！」針掌低聲回答。

小紫羅蘭開心地豎起耳朵。她們要再來一次夜間冒險嗎？她大氣不敢喘。她們是要去見小嫩枝嗎？

她低頭穿過入口，腳下踩著地上被踏平的荊棘，爬到外頭。廣陌的夜空掛著發亮的星子，看上去彷若是柔軟的毛髮垂掛著許多露珠。月兒亮晃晃的，清冷的月光染白了整片空地。一陣寒意襲來，但小紫羅蘭幾乎不覺得冷。

「我們要到營地外面去嗎？」她低聲問針掌。

針掌的尾巴輕輕撫過小紫羅蘭的背脊。「是啊。」

小紫羅蘭看見針掌的綠色目光越過她，於是循著她的目光望過去，竟發現暗處站著另一隻母貓，她愣了一下。那隻母貓的黃色毛髮在黑暗中發出鬼魅似的幽光。

「我還是不懂我們為什麼要帶她去？」

是光滑掌！小紫羅蘭認出那位見習生的喵聲，全身不禁發抖。她的語氣聽起來很不高興。

光滑掌從沒正眼瞧過小紫羅蘭，每次在營地裡從旁邊經過，都是趾高氣揚地走過去，彷彿她只是旁邊一塊不太新鮮的獵物似的。小紫羅蘭忍住退縮回去的衝動。見習生眼神不屑。小紫羅蘭一臉不解地回頭看針掌：「我不懂，光滑掌也要去見小嫩枝嗎？」

光滑掌歪著頭。「你們常去跟小嫩枝碰面啊？」她用質疑的目光看著針掌。

針掌彈動尾巴。「我們只出去見過一次面。」

「真的嗎？」

光滑掌一開口，小紫羅蘭便全身不自在。黃色見習生嘴裡吐出來的每個字聽起來都像是威嚇。

針掌甩著尾巴。「光滑掌，別像狐狸那樣疑神疑鬼好不好。我是因為信任妳，今晚才問妳要不要跟我去。」

光滑掌立刻換了一副表情，就像曙光突然劃破黑暗一樣。「妳當然可以信任我，我最喜歡分享祕密了。」她看了小紫羅蘭一眼。「但她可以信任嗎？」

小紫羅蘭很不高興地抬起尾巴。「當然可以，我是她朋友！」

光滑掌抽動鬍鬚，表情像是覺得好笑。她把鼻口探近小紫羅蘭。「那妳最好安靜點，免得吵醒整座營地的貓。」

「走吧！」針掌朝可通往穢物處的窄通道走去。

小紫羅蘭快步跟在後面。她很想再問她一次為什麼光滑掌要跟她們一起去。可是光滑掌就跟在後面。**針掌最聰明了，**小紫羅蘭自己揣想，**也許是因為怕萬一碰上惡棍貓吧。**她突然覺得心安了。**一定是這樣！**光滑掌是來保護她們的。

她跟在針掌後面低身穿過通道，穢物處的味道令她不禁皺起鼻子。她們一鑽出通道，便繞過它，循著上次走過的小徑離開。

小紫羅蘭全身亢奮不已。她就快要見到小嫩枝了。她們可以玩貓捉老鼠。她可以讓小嫩枝看看她又長大了多少。**也許小嫩枝也長大了不少。**

針掌快步經過一株荊棘，繼續往前走。

小紫羅蘭皺起眉頭。他們上次是繞過這株荊棘，越過溝渠啊。「這方向對嗎？」她不安地探問。

「這方向對嗎？」光滑掌故意學她說話，裝出小貓的娃娃音。

小紫羅蘭尷尬到全身毛髮熱燙。

針掌回頭瞥了一眼，和光滑掌交換眼神。

小紫羅蘭開始擔憂。這條路可以安全通往雷族邊界嗎？她不敢再問，因為她怕光滑掌又取笑她。

長途跋涉下，小紫羅蘭的腳開始疲了。她好希望針掌可以背她，但她甩開這念頭。因為如果她叫針掌背她，光滑掌一定會笑她弱不禁風。

不久，腳下針葉變得溼軟，她們離營地愈來愈遠，地面開始泥濘。樹木密集叢生，擋住了月光，小紫羅蘭必須睜大眼才能看清去向。難道赤楊掌提議到別的地方碰面？

小路前方有小小的腳爪掠過路面。針掌豎起耳朵，尾巴不停抽動，然後突然跳上前去，鑽進蕨葉叢，蕨葉颼颼作響。

小紫羅蘭站定不動，不停抽動鼻子，因為她聞到老鼠的氣味。

光滑掌停在她旁邊，兩眼瞪著蕨葉叢，伸舌舔舔嘴巴。

針掌低頭鑽了出來，嘴裡叼著一隻死老鼠。

「好厲害。」光滑掌快步朝她走去，嗅聞老鼠。

針掌丟在地上。「妳想先吃一口嗎？」她問黃色見習生。

小紫羅蘭一臉驚訝地看著她們，眼睛眨呀眨的。「見習生抓到的獵物不是應該先送回部族嗎？」

光滑掌冷哼一聲：「妳別那麼天真好不好？」

「其他貓兒都在睡覺，」針掌直言道：「我不認為他們會希望我們叫他們起床分食獵物。」

光滑掌把老鼠推到小紫羅蘭面前。「我們就假裝這隻老鼠是針掌抓給妳吃的。妳是部族貓，不是嗎？」她的眼睛瞇成一條縫。「啊，我忘了，妳不是在部族出生的。」說完又用爪子將老鼠勾回來，咬了一口。「所以應該是給我吃囉。」

針掌惱火。「妳那麼小氣幹嘛？」她把老鼠從光滑掌那裡拖回來。「妳餓了嗎？」她問小紫羅蘭，老鼠就掛在她爪間。

「謝謝妳，我不餓。」小紫羅蘭搖搖頭。她的喉嚨緊到根本吞不下任何東西。她只想快點去找小嫩枝和赤楊掌。光滑掌的同行害她很緊張。「我們快到了嗎？」

針掌環顧四周。「差不多快到了。」

小紫羅蘭張開嘴巴嗅聞空氣。「我聞不到赤楊掌或小嫩枝的氣味。」

光滑掌快步穿過大片的泥濘地面，朝陰暗的林子裡窺看，背脊上的毛髮如波起伏。

「我聞到他們的味道了。」

針掌豎起耳朵，轉頭循著光滑掌的目光望過去，這時蕨葉叢一陣窸窣，一隻長毛灰色公貓一躍而出。

小紫羅蘭嚇呆了。**是惡棍貓！**她趕忙後退，心跳聲大到連自己的耳朵都聽得到。腳步聲在她身後響起，她扭頭過去，看見一隻母貓從蕨葉叢裡鑽出來，髒汙的白色毛髮在昏暗的月光下幽幽發光。另一隻黑色的長毛母貓走到她旁邊。她們被包圍了。

一隻銀色公貓現身，停在灰色公貓旁。「我還以為她不會來了。」他一臉猜疑地覷了針掌一眼。

「她當然會來。」灰色公貓從銀色公貓旁邊擦身而過，停在針掌面前。「就部族貓的標準來說，她算是很勇敢了。」

小紫羅蘭愣在原地，驚恐不已。她看了光滑掌一眼，雙方會打起來嗎？可是光滑掌神情自若地看著惡棍貓，身上毛髮服貼平順。

「針掌。」灰色公貓兩眼炯亮，開口說道。

他怎麼知道她的名字？

針掌垂下目光。「嗨，雨。」

她在害羞！小紫羅蘭震驚到就像冰水當頭倒在她身上一樣，她還在驚詫不已，頭頂上方的松樹這時突然灑落大量針葉。她抬頭一看，樹枝上有身影在移動，對方身手矯健地滑下樹幹，輕鬆著地。

是隻白色公貓！

「嗨，暗尾。」針掌朝他點點頭。

小紫羅蘭看見公貓毛髮下的肌肉如波起伏，嚇得全身發抖。**為什麼針掌和光滑掌要來這裡？針掌怎麼會認識這些貓？**「就是這些惡棍貓攻擊風族嗎？」她脫口而出。

在她身後的公貓忍不住噗嗤笑了出來。

「是風族攻擊我們。」暗尾低吼。

小紫羅蘭很想躲到針掌旁邊，但四隻腳像生了根似地動彈不得。她看著暗尾，努力按壓下內心的恐懼。

「他們當然會攻擊，」針掌甩著尾巴。「因為部族貓戒心很重。」

針掌的態度表現就像他們是老朋友一樣。小紫羅蘭突然懂了，頓時大失所望。**原來我們不是來這裡見小嫩枝，我們是來見他們！**

光滑掌漫不經心地勾起一片葉子。「部族貓不喜歡分享領地。」

「他們把所有獵物都占為己有。」雨冷笑道。

小紫羅蘭發現所有貓兒的目光都在她身上。難道他們也在等她說部族貓的壞話嗎？

「這就是妳說的那隻小貓嗎？」銀色公貓朝小紫羅蘭走過來，眼裡閃著好奇。

「是啊，」針掌大步經過他旁邊，站在小紫羅蘭身旁，下巴抬得高高的。「她叫小紫羅蘭。」

銀色公貓聞了聞小紫羅蘭。「她聞起來像部族貓，我記得妳說過她不是部族貓。」

小紫羅蘭一臉不可置信地瞪著針掌。**她真的這樣說？**

「她跟我們住在一起，」針掌告訴他。她看了小紫羅蘭一眼。「這位是蟑螂，」她說道，同時向銀色公貓點點頭：「那兩位是雨和暗尾。」

小紫羅蘭循著她的目光望向灰色公貓和白色公貓。

「還有那兩位是裂縫和烏鴉。」針掌接著介紹兩隻母貓。

小紫羅蘭吞吞口水：「他們為什麼會在這裡？」

暗尾坐了下來。「我們總得找個地方住下來吧。」

「松鼻說你們不能住在湖區。」小紫羅蘭低聲道。

暗尾哼了一聲：「松鼻的語氣聽起來就像是隻貪心的貓，所有獵物都歸她享用。」

「才不是呢。」小紫羅蘭語氣防備地說道。

暗尾沒理她，反而看著針掌。「妳說得對。這裡的確有很多獵物。我們都變胖了。」

「你們要待在這裡嗎？」小紫羅蘭幾乎不敢相信自己的耳朵。

蟑螂瞇起眼睛。「我們為什麼不能待在這裡？」

小紫羅蘭害怕到全身毛髮豎得筆直。惡棍母貓瞪著她，活像她是隻獵物。「這裡是部族貓的領地。」她沙啞地低聲說道。

針掌惱火地彈彈尾巴。「為什麼我們的領地不能跟他們分享？為什麼部族貓總是要表現得好像自己有多特別一樣？他們也是貓啊，跟這些貓有什麼兩樣？」

小紫羅蘭看著這幾隻黑眼珠的惡棍貓，**你們一點也不像部族貓**。

光滑掌走上前來。「出生在哪裡，是自己無法作主的。這些部族貓憑什麼認定不在部族出生，就不准在這裡狩獵？」

暗尾的目光掃向光滑掌。「這位是誰？」

針掌垂下頭。「她叫光滑掌。我跟她提過你們的事，她就說她想來見見你們。」

「我們可以信任她嗎？」雨緩步靠近，毛髮聳了起來。

光滑掌抬起鼻口。「你當然可以信任我！」她大聲說道：「我也認為部族貓錯得離譜。那些邊界和一堆守則，只會帶來更多戰爭。」她推了推小紫羅蘭。

小紫羅蘭一臉驚詫地瞪著她。

「妳不是在部族出生。」光滑掌告訴她。「難道妳不覺得訂下這麼多規矩很可笑嗎？」

小紫羅蘭還來不及回答，裂縫就傾身向前。「妳不是在部族出生，那他們為什麼讓妳跟他們住在一起？」

小紫羅蘭看著她，眼睛眨呀眨的。「我不知道。」

暗尾瞪著她。「以外來者的身份跟部族貓住在一起的感覺如何？」

小紫羅蘭全身忐忑不安。她想效忠影族。她想到褐皮和水塘掌。萬一花楸星知道她來這裡，會怎麼說？他個性嚴謹，態度冷漠，可是她也很想得到他的肯定。「我覺得還好啊。」她不願去想自己在部族裡的感覺有多孤單；也不願多想松鼻的小貓們對她的冷淡與漠視；還有他們都不准她接近草心的小貓，深怕她有病會傳染給小貓似的。「他們有盡量讓我覺得我是他們的一分子。」她大氣不敢喘，**難道他們沒有嗎？**

暗尾傾身向前。「可是妳總是覺得自己不是他們的一分子吧？」

小紫羅蘭往後退。**他怎麼知道？**

針掌繞著暗尾轉，挺起胸膛。「花楸星訂下規矩，規定誰能住在部族裡，誰不能住在部族裡。他又老又頑固。但他必須知道我們都一樣是貓兒，我們要的東西也一樣……和平地狩獵和居住。但他老是忙著固守邊界，常常忘記這一點。」

小紫羅蘭的思緒紊亂。針掌的語氣聽起來很篤定。她說的是對的嗎？他們都一樣是貓兒。也許部族貓錯了。他們總是把惡棍貓說得好像跟狐狸沒什麼兩樣，只因為他們來自於部族以外的地方。

但其實她不算是我們的一分子，不是嗎？她想起鼠疤曾經這麼說，這時一個念頭突然閃過，令她心寒到骨子裡，**難道這就是影族貓對我的看法？**她看著惡棍貓們，**影族貓是不是也覺得我跟惡棍貓沒什麼兩樣？**

第六章

小嫩枝吞下最後一口田鼠肉，伸舌舔舔嘴巴。她覺得很無聊，哪怕已經日正當中，但營地還是顯得寒涼。赤楊掌需要幫忙嗎？她知道松鴉羽若是看到她，一定又會火大，但她決定不去理會他的牢騷埋怨。她猜這八成是他的生活樂趣之一吧。她站了起來，繞著空地邊緣，朝巫醫貓的窩穴走去。她經過營地入口時，仍然聞得到荊棘通道附近的風族氣味。燼足和燕麥爪早已在黎明時分離開。自從那場爭戰過後，松鴉羽和赤楊掌這幾天來一直忙著治療燼足和燕麥爪，把他們當族貓一樣看待。小嫩枝很得意自己也有幫忙到，她幫他們找青苔墊臥鋪，還拿生鮮獵物堆裡的獵物給他們吃。有一次赤楊掌甚至趁松鴉羽不在窩裡的時候，准許她幫忙混合藥草。

但風族戰士一等到傷勢好到足以遠行時，便告辭回自己的營地。她猜得出來，他們八成很擔心自己的族貓，因為每次他們談到回家這件事時，毛髮都會豎得筆直。這場與惡棍貓的大戰攪亂了風族貓的生活，也攪亂了所有貓兒的生活。棘星派出的狩獵隊伍，陣仗比以往都來得大，而且堅持日夜都得巡邏邊界。

「小嫩枝！」百合心坐在可以晒到微弱陽光的育兒室外面喊道。「妳不想睡覺嗎？妳大清早就起床了，回來補個眠吧！」

小嫩枝彈彈尾巴。「不用了，謝謝。」她回答道。「我不睏。」她一點都不累。她一整個早上都無所事事，在營地四處閒晃：不是在蕨葉叢裡鑽進鑽出，想抓隻青蛙，就是站在那棵倒在地上的山毛櫸樹幹上練習平衡感。

小雲雀、小葉和小蜂蜜也在育兒室外面，懶洋洋地偎在他們媽媽旁邊打瞌睡，細軟的毛髮被落葉季的寒風吹得蓬亂。小嫩枝突然有點難過。過去的經驗告訴她，找他們玩其實沒什麼意思，因為就算他們答應跟她玩，也總是跑得太快，而且很快就覺得無聊，以致於常搞得她心情更不好。她情願去找赤楊掌。至少她在巫醫窩裡還覺得自己挺管用的，哪怕松鴉羽老愛對她發火，活像她是隻很惹他嫌的跳蚤似的。但薔光倒是很喜歡找她玩青苔球。青苔球對半身癱瘓的薔光來說是很好的運動。所以也許她可以去找她玩。

她快步經過戰士窩，同時掃視營地，想找個適當大小的青苔來做成球。

「妳真的覺得她就是星族預言裡的……那個可以讓天空轉晴的東西？」

玫瑰瓣的喵聲從多刺的窩穴牆縫傳出來，小嫩枝忍不住停下腳步。玫瑰瓣是在講誰？

鼠鬚回答她，順道打了個呵欠：「要說她很特別？我倒是覺得她挺普通的。」

「我猜是因為她年紀還小。」玫瑰瓣承認道：「不過自從她來這裡之後，好像也沒改變什麼，但也沒有愈變愈好，事實上，情況反而更糟了，連惡棍貓都來了。」

「妳說得沒錯。再說，要是她真的很特別，星族怎麼不再降下更多預兆給我們？」鼠鬚的臥鋪窸窣作響。「我知道她們是在『幽暗處』被找到，但這也不足以證明她們就是預言的一部分啊。」

小嫩枝往牆面貼近，豎起耳朵。**他們是講我和小紫羅蘭！**

「小嫩枝和小紫羅蘭只是湊巧被找到而已。」鼠鬚結論道。

「就像你說的，小嫩枝的確很普通，在她學會狩獵之前，她充其量也只是另一張嘴，等著我們餵而已。」玫瑰瓣嘆口氣。「只希望今年的禿葉季不要太冷，萬一雪下太大，獵物就會變得稀少，到時恐怕沒有足夠的獵物供我們熬到新葉季了。」

另一張等著我們餵飽的嘴？焦慮不安像刺一樣扎著小嫩枝全身上下。他們說普通是什麼意思？雷族接納她，純粹是因為他們相信她是預言的一部分嗎？要是她不夠特別呢？他們會要求她離開嗎？如果他們在禿葉季找不到足夠的獵物，他們恐怕就會趕她走！她想像自己獨自在林子裡流浪，林間積滿了雪，寒風狠狠刮過她的毛髮。她還想像狐狸就躲在矮木叢裡，牠們一看見她，飢餓的眼神立時銳利。**我怎麼可能獨自熬過寒冷的禿葉季？**

育兒室外面的小雲雀睡眼惺忪地翻過身，伸了一個懶腰。

要是我在部族出生，他們就不會把我趕出去了。她抬起下巴，下定了決心。**我一定要證明我的特別！**

緊張的小嫩枝，全身毛髮不停抽動，她朝巫醫窩快步走去，鑽進荊棘叢裡。赤楊掌轉過身來，他一看到她，便瞪大眼睛，眼帶憂色。「出了什麼事？」

小嫩枝強迫自己的毛髮服貼下來，並故作無辜地眨眨眼睛。「沒什麼事啊。」她很想跑到他旁邊，等他安慰。她想問他，她到底特不特別？然後聽他告訴她，她當然很特別。可是松鴉羽就站在他旁邊。

「赤楊掌，你來看這個傷口。」松鴉羽突然開口，完全無視小嫩枝的出現。你有看到任何感染的跡象嗎？」

巫醫貓正在檢查樺落腳爪上的割傷。小嫩枝知道如果她現在打斷他們，他一定很不高興。

赤楊掌仔細觀察戰士的腳墊。「看起來傷口很乾淨。」

「我們應該怎麼治療？」松鴉羽問他。

「用蜘蛛絲。」赤楊掌回答。

松鴉羽突然抬眼看著見習生。「只用蜘蛛絲？」他的喵聲有火氣在裡頭。

赤楊掌蠕動著腳，兩眼緊張地瞟向藥草庫。

「沒感染，不代表它將來就不會被感染。」松鴉羽喵聲道。

「我們先把蜘蛛絲放進金盞菊的藥泥裡，再拿去敷傷口。」赤楊掌提議道，希望自己沒有答錯。

「那就快去拿一些過來。」松鴉羽的注意力又回到樺落的腳爪上，他把它輕輕轉過來，仔細檢查戰士的腳墊。

樺落皺起眉頭，這時小嫩枝旁邊的荊棘枝條突然一陣窸窣搖晃。白翅蹣跚走了進來，眼神因疼痛而顯得陰鬱。「我的肚子好痛。」她喃喃說道。

松鴉羽放下樺落的腳爪，趕緊過去。

「從什麼時候開始痛的？」他先聞一聞白色母貓的呼吸，然後沿著她的脅腹嗅聞。

「清晨左右，我吃了一隻老鼠之後。」

「是突然痛起來的嗎？」松鴉羽問道。

「突然就痛了，而且整個早上愈來愈痛。」

「妳有吐嗎？」松鴉羽用腳爪按壓白翅的脅腹。

她痛得倒抽口氣。

「有嗎？」他繞到白翅的另一頭，按壓她另一邊的腰腹。

「沒有，」她聲音粗嘎地回答。「我沒有想吐。」

「赤楊掌，你到這邊來。」松鴉羽彈動尾巴。

赤楊掌在巫醫窩的另一頭朝這邊張望，嘴裡仍咬著一團金盞菊。

「快一點！」松鴉羽厲聲道。

赤楊掌趕緊丟下金盞菊，快步朝導師走去。

「你壓這裡。」松鴉羽指著白翅的脅腹。

赤楊掌慢慢舉起腳爪，輕壓下去。

「用力點！」松鴉羽下令道。「她不會有什麼感覺的。」

小嫩枝看見赤楊掌神情不安地用力按壓白翅腰腹。

白翅皺眉蹙眼。

「對不起。」赤楊掌趕緊說道。

松鴉羽火氣突然上來。「要是你每次弄痛病患，都得致歉，那你還能做什麼事啊？

好了，你有感覺到什麼嗎？」

「裡面好像硬硬的。」赤楊掌回答。

「是脹氣。」松鴉羽朝樺落轉身。「她老鼠吃太快了。你要怎麼治療？」

我知道！小嫩枝興奮地向前傾身。她記得上次小蜂蜜肚子痛的經驗。她希望赤楊掌也記得。

但赤楊掌一臉無助地看著松鴉羽。

「山蘿蔔根！」小嫩枝脫口而出。**你們看！我很特別吧！**

松鴉羽火大地抽動鬍鬚。「山蘿蔔是治嘔吐。」他厲聲道。「脹氣需要的是水薄荷。還有我又沒問妳，如果妳一定要在巫醫窩裡晃，就給我安靜點！」

小嫩枝縮起身子，羞愧到全身發燙。

赤楊掌朝藥草存放處快步走去，從她旁邊擦身而過時。輕聲對她說：「別理他。」

但小嫩枝幾乎沒聽見他在說什麼。**為什麼松鴉羽要對我這麼兇？**她吸吸鼻子，這時一個念頭突然閃過。**他可以和星族溝通，難道祂們跟他說過，我並不特別？**

「只剩下幾片葉子了。」赤楊掌探進岩縫裡，用爪子勾出沾滿灰塵的莖梗。

「那我們得多採集一點回來。」松鴉羽飛快地說道。「但不是今天，去湖邊太遠了。先把剩下的水薄荷都給白翅，我去收集新鮮的蜘蛛絲，你幫忙嚼爛給樺落的藥草。」

松鴉羽快步走出窩穴，小嫩枝看著赤楊掌將沾滿灰塵的水薄荷葉子丟在白翅腳下。

那些葉子很大、顏色淡淡的。她試著想像葉子新鮮時的樣子。這時一個念頭襲來。**我知道要怎麼證明我很特別了！如果我可以從湖邊摘回更多水薄荷，他們就會對我另眼相看，不會想把我趕出去了。**她的心像脫逃中的蝴蝶撲撲拍打。

「待會兒見。」她朝赤楊掌喊道。

「妳不用離開啊。」赤楊掌一臉歉意地望著她。「松鴉羽只是嘴巴壞而已，其實沒那個心。」

小嫩枝開心地揚起尾巴。「沒關係，我有很重要的事要做。」

「什麼事？」赤楊掌好奇地眨眨眼睛。

小嫩枝遲疑了一下。「呃……我得幫小紫羅蘭找一根新羽毛，這樣下次你去看葉池的時候就可以幫我帶過去。」她急忙說道。

赤楊掌叼起一大口金盞菊，開始咀嚼，含糊地說：「祝妳好運。」

「謝了。」小嫩枝禮貌性地向白翅和樺落點頭招呼，就退出窩穴，結果一不小心撞上一團柔軟的東西。

「走路都不長眼睛的啊？」松鴉羽的斷聲嚇了她一跳，她的腳不小心勾到他的。

松鴉羽一把推開她，低身進入巫醫窩。

小嫩枝一臉怒容地瞪著他。**等下次你見到我，就會高興都來不及了。**

她穿過空地，緊張地掃視空地。灰紋正在長老窩外打瞌睡。小蜂蜜蹲在附近的蕨葉叢旁邊，顯然正在找青蛙。百合心已經不見了，**她一定是回育兒室休息了。**棘星和松鼠飛正在高突岩上分食一隻老鼠，小葉和小雲雀在空地上比劃手腳，假裝格鬥。罌粟霜、琥珀月和雪灌木正在觀看。**其他貓兒八成都待在自己的窩穴裡，要不就是出去巡邏或狩獵**，小嫩枝一邊這樣想，一邊朝荊棘圍籬走去。她不想由營地入口出去，風險太大了，於是壓低身子，繞到戰士窩後面，在空地的隱秘處尋找荊棘圍籬的缺口。她看到有塊地方的枝葉沒那麼茂密，於是鑽了進去，荊棘的刺刮著她的毛髮，痛得她蹙眉皺臉。她緊閉眼睛，咬牙忍痛擠過去，直到從另一頭掙脫出來為止。

我成功了！她很快地查看一下營地外那座林木茂密的斜坡。**我出來了！**小徑很明顯，她趕緊沿著它走，同時豎直耳朵，提防巡邏隊，接著轉個方向，低身穿過坡地上叢生的蕨葉。她興奮到腳爪微微刺癢。一般的小貓是不准離開營地的，可是她很特別啊，等到她帶著一大綑水薄荷回來，他們就知道了。松鴉羽一定會感激她，再也不會對她兇巴巴。玫瑰瓣和鼠鬚也會很不好意思曾在背後說她不夠特別。

她低頭從蕨葉叢鑽出來，掃視林間的大片空地，這裡的樹木都長在低矮的乾涸溪床上，地勢朝一整排荊棘叢的方向緩緩升起。湖要往哪裡走？她停下腳步，張開嘴巴，讓林子的氣味灌進嘴裡。陌生的味道竄了過來，她心上一驚。那是什麼嗆鼻的臭味？是狐狸？貓頭鷹？還是惡棍貓？她環目四顧，心臟像雷鳴一樣在她耳裡震天響。有某種小東西正掠過溪床。溪床上方的樹葉在寒風裡撲撲拍打，枝條隨風擺盪，嘎吱作響。

小嫩枝抬起下巴。**我很特別！**她提醒自己，但她已經不再像剛剛在營地裡那樣有自信了。**可是我必須證明我很特別，不然他們一定會把我趕走。**她緊張到肚子糾成一團。

我必須找到那座湖。她無視胸口不安的感覺，步下斜坡，跳過乾涸的溪床。她相信只要穿過荊棘叢，就會知道有沒有走對路。她爬上坡地，在多刺枝葉叢裡找縫隙鑽，當她從另一頭出來時，水的氣味在她鼻間流竄。連風裡也聞得到湖水。這一定就是湖的氣味。她聞到潮溼的石頭味和土壤味，於是想像那是一座很大的水池，池邊有水浪輕拍。眼前林地往下緩降。遠方閃閃發亮的是湖水的漣漪嗎？她大步前奔，在林間左彎右拐，不時被樹根絆倒。她的腳爪在落葉上打滑，笨拙地摔進蕁麻叢裡，螫得她猶如火花竄流全身，她趕緊往後彈開，忍住疼痛，再度起跑，奔向陽光的來處，樹幹間光影閃爍不定。

她突然就衝出了林子，風竄進毛髮，腳下大片的綠草坡瞬間陡降。是湖！它大到就像眼前的天空一樣廣闊，也如同銀毛星群一樣閃閃發亮，湖波隨風起伏。她竭力地想要看到對岸，驚詫對岸的樹都變得好小。遠處地形高聳，布滿石楠。再過去一點，有座島嶼浮在水面。

這裡一定有水薄荷！湖岸往兩邊無盡綿延，小嫩枝相信她一定能在湖邊某處找到那種淡綠色的葉子。她匆匆步下斜坡，腳爪在沾滿露水的草地上滑行，一路跌跌撞撞，好不容易抵達礫石岸，趕緊慢下腳步，小心翼翼地走在上頭，卵石不時戳進柔軟的腳墊，痛得她蹙臉皺眉。

她掃視湖岸，細碎的水浪拍打卵石，但沒看到植物的蹤影。她循著水邊走，不敢碰到岸邊的水浪。她不時往前探看，突然瞄見幾塊大岩石旁有綠色植物冒出頭來，朝水面的方向生長。她心情頓時雀躍。

那是水薄荷嗎？她瞥了白雲朵朵的蔚藍天空一眼。**喔，星族，求求祢保佑那是水薄荷！**

她走近查看，發現它們跟在巫醫窩裡看到的淡綠色葉子一樣，她興奮不已。這些葉子沒有沾到灰塵，也沒有乾枯，散發的氣味就跟松鴉羽拿給白翅吃的那種葉子味道一模一樣。**星族應允了我的祈求。**小嫩枝歡欣無比。**一定是因為我很特別。**

她爬上第一座大岩石，伸出爪子，攀住光滑的岩面。水薄荷叢生岩間，但岩石聳立在較深的水域上。她攀爬過一座又一座的岩石，最後終於抵達水薄荷叢生的邊緣處。

我要帶一大坨回去！小嫩枝想像自己嘴裡叼著一大坨水薄荷走進營地時，族貓們臉上驚詫的表情。小雲雀、小葉和小蜂蜜一定會很驚訝。搞不好他們會因此答應讓她加入青蛙狩獵隊。族貓們都會上前來跟她道賀。松鴉羽也會走出窩穴查探外面為何鬧哄哄的，結果聞到水薄荷的味道，立刻當面謝謝她。

小嫩枝開心地用爪子勾住最大片的葉子，猛力一拉，結果令她意外的是，竟然拔不起來。反倒因用力過猛而重心不穩，笨拙地摔了一下，腳爪跟著打滑，她被嚇壞了，跌坐在岩石上，放開葉子，蹣跚地想站起來，卻不料岩面過於光滑，反而滑腳，**救命啊！**她感覺到她跌了下去，結果驚叫一聲，摔進湖裡。

冰冷的湖水令她無法呼吸。她往下沉，驚恐猶如火花燒烤她全身。她四隻腳拚命拍打，張開嘴巴想要呼救，卻被灌進嘴裡的水嗆到。湖水在她毛髮間流竄，四周都是泡泡，她的眼睛被水扎得好痛，耳朵裡也灌滿水。她奮力掙扎，在水中翻滾，水流攫住她，將她往深處拖。**星族，快救救我！**她拚命划水，想浮出水面，但四面八方都有光在閃爍，**究竟哪裡才是水面？**她驚慌失措。**我找不到方向！**她的肺吸不到空氣！**我快死了！**怎麼會發生這種事？**我不是一隻很特別的貓嗎？**

突然有個聲音灌進她充血的耳裡。**小嫩枝**，她停止掙扎，任由水流把她當樹葉一樣翻攪，**小嫩枝！**那聲音又出現了，她聽到了，心裡燃起一線希望。

是我母親的聲音嗎？她早就忘了那曾經熟悉的溫柔聲音，畢竟她只跟她母親短暫相處過幾天。自從赤楊掌把她帶回雷族，她就連她母親的毛髮觸感都想不起來了。但現在她母親的氣味環繞著她。

快游啊！我最特別的小貓，快游！

小嫩枝聽從她母親的指示，用力拍打四肢，試圖浮上水面。她的肺快炸開了，湖水一直把她往下拖，她在水裡掙扎。**我不夠強壯！快救救我！**

這時有牙齒戳進她的頸背，咬住她的毛髮，往上一拉，**是媽媽嗎？**她驚嚇到身子全癱，感覺到自己正被拖了上去。四周的水壓愈來愈輕，猶如獵物逃離狐狸的大嘴，她又回到了新鮮空氣的懷抱裡。

她大口吸進空氣，努力吞進她的肺，無助地用力咳嗽。她的頸背仍被那副牙齒咬著，一路拖行，直到感覺卵石在她腳下摩擦。她全身無力地任由對方將自己拖上岸。

「你救了我！」她虛弱地喵聲說道。她的母親回來了！她救了我一命！小嫩枝頭昏眼花，不停地咳水出來，嘔吐不止。

「小嫩枝？」一隻橘色母貓欠身探看她，眼裡閃著驚恐。「妳還好吧？」

小嫩枝驚訝地眨眨眼睛。「火花掌？」失望像根利物狠戳她的胸口。**不是我母親**。她強忍悲傷，讓思緒沉澱。當然不是她母親，**我這個鼠腦袋！**她母親來這湖邊做什麼？她蹣跚站起來，勉強喵嗚出聲：「火花掌，妳救了我，謝謝妳。」然後一陣猛咳，又癱倒在地。

火花掌坐了下來，身上還在滴水。「看在星族老天的份上，妳跑來這裡做什麼？妳是想試試看當河族貓是什麼滋味嗎？」

小嫩枝眼睛眨呀眨地看著她，羞愧到連被湖水浸溼的身子都止不住地燥熱起來。

「我是來摘水薄荷的。」她全身無力地說道。

火花掌瞪大眼睛。「赤楊掌叫妳來的嗎？」

小嫩枝搖搖頭。「是我自己的主意。我想幫忙部族。」

「把自己淹死，可幫不了部族。」火花掌甩甩身子，水滴濺到小嫩枝身上。

這時腳步聲大作，卵石一陣嘎吱作響，另一隻貓跳上岸，小嫩枝抬頭看見櫻桃落。戰士瞪著小嫩枝。「火花掌，妳說得對，」她驚訝出聲。「的確是隻小貓，我還以為是水獺呢。」

「水獺會游泳啊。」火花掌玩笑似地用鼻口推推小嫩枝。

小嫩枝無助地眨眨眼睛。她又冷又尷尬，而且筋疲力盡。

櫻桃落從她的見習生旁邊擠過來。「小嫩枝，我不會問妳跑到湖邊做什麼，因為我們得趕快幫妳保暖，送妳回去。」她蹲下來。「快爬上我的背，我扛妳回營地。」

小嫩枝伸長腳，試著把自己撐上去。但是腳不夠力，她感覺到火花掌的鼻口伸進她腰腿處，她嘴裡正要嘟囔拒絕，就被見習生頂了上去。

小嫩枝緊緊巴住櫻桃落，偎進她溫暖的毛髮裡，閉上眼睛，讓戰士扛她回去。

✦✦✦

「妳為什麼離開營地？」松鴉羽把她塞進燼足先前睡過的臥鋪裡，同時大聲斥責。

「我只是想幫忙。」小嫩枝難過地沙啞說道。她看向入口，希望赤楊掌快點來。他也會對她生氣嗎？她好想知道。

「小貓能幫什麼忙？只會製造麻煩而已。」他把乾燥的青苔塞在她四周。「蓄光，用妳的身子圈住她。我們得幫她保暖。」

蓄光緩緩地爬進臥鋪，在小嫩枝身邊躺下，緊偎著她。小嫩枝還在發抖，因為咳水咳得太用力，以致於喉嚨到現在都還在痛。她聽到族貓們在窩穴外竊竊私語。當時櫻桃落把她扛進營地時，他們就圍了上來。

「你們在哪裡找到她的？」

「是惡棍貓綁架她嗎？」

「她離開營地做什麼？」

「她怎麼溼淋淋的啊？」

她的四周盡是焦慮不安的聲音，她把鼻口埋進薔光的毛髮裡，緊緊閉上眼睛。這跟她當初計畫的英雄凱旋回營場面不一樣。她甚至沒有帶水薄荷回來。

躺在燼足臥鋪裡的她，這時聽見了百合心的喵聲。

「她在哪裡？」貓后穿過荊棘，鑽了進去。

小嫩枝從青苔臥鋪裡窺看。

「櫻桃落說妳跑去湖邊。」百合心的語氣就跟松鴉羽一樣不悅。「妳怎麼可以離開營地呢？我真為妳感到丟臉。族貓們會怎麼想？」

小嫩枝只得往臥鋪深處鑽。

松鴉羽停在貓后面前。「她需要休息。」他告訴百合心。「等她康復了，妳再來罵她好嗎？」

百合心很是不悅地蓬起全身毛髮。「我是負責照顧她的。」

「那妳就更不應該讓她溜出營地。」松鴉羽態度堅定地把百合心往入口的方向推。

「尤其現在林子裡還有惡棍貓。」

百合心低聲嘟囔，氣呼呼地走出巫醫窩。

小嫩枝眼睛眨呀眨地看著松鴉羽。他剛剛是在幫她說話嗎？

他朝窩穴後方走去。「我給妳吃一些藥草，幫妳收收驚。」他回頭說道。「要是味道不好，別抱怨，是妳活該。」

就在他說話的同時，赤楊掌從荊棘入口衝了進來，在小嫩枝的臥鋪旁煞住腳步。「我剛出去收集橡樹葉，」他氣喘吁吁。「回來的時候，櫻桃落都告訴我了。小嫩枝，妳是怎麼回事？妳到湖邊做什麼？」

小嫩枝眨眨眼睛看著他，準備再次聽訓。但赤楊掌只是瞪著她，眼裡滿是驚恐。「妳還好嗎？」

「她不會有事的。」松鴉羽從窩穴後方低吼道。「薔光正在幫她保暖，我在混合一些百里香和罌粟籽給她吃。」

赤楊掌低下身，用鼻子推開薔光。「讓我來吧。」他輕聲說道。薔光移動身子，讓出位置。他鑽進臥鋪，用身體緊緊裹住小嫩枝，他身上的熟悉氣味頓時令她安了心。

「火花掌說妳想幫忙，」他語調溫柔地低聲道：「妳跑去湖邊要幫什麼忙？」

「我想去採水薄荷。」小嫩枝低聲道，喉嚨跟著一緊。「你們水薄荷用完了，我想證明自己其實很特別。」她不自覺地脫口而出，心像是快碎了。「鼠鬚和玫瑰瓣他們覺得我不特別，還說有一個預言，雖然部族認為我是預言的一部分，但我其實不是。他們說我只是一隻很普通的貓。但如果我只是一隻普通的貓，部族就不會再要我了。所以我必須證明自己很特別。」

赤楊掌用身子將她緊緊圈住，小嫩枝終於不再發抖。「妳當然很特別！是星族指引我和針掌找到你們的，部族絕對不會不要妳。妳現在是我們的一分子，任何事都改變不了這一點。」

妳現在是我們的一分子，他的話令她安了心。小嫩枝緊偎著他，心情總算放鬆下來，喵嗚地叫。

「赤楊掌！」

火花掌的喊聲嚇了她一跳，火焰色見習生從荊棘入口衝進來。「櫻桃落告訴棘星，我救了小嫩枝，結果棘星說該是時候幫我作評鑑了。你知道這什麼意思嗎？意思是我就要升格當戰士了。」

小嫩枝感覺到她身旁的赤楊掌愣了一下。

「升格當戰士？」他的喵聲有點緊繃。「太棒了，火花掌，真的太棒了。」

「我知道啊，」火花掌來回踱步。「我等不及要參加我的受封大典，但前提是我得先通過評鑑。我一定會通過的，對不對？」她緊張地看著赤楊掌，但又不給他說話的機會：「我當然會通過。我已經為這一刻準備了很久。我真好奇狩獵這一項要怎麼評鑑。我希望他們選的是溪邊那塊林間空地，因為那裡的松鼠向來很多……」

小嫩枝的注意力漸漸渙散。赤楊掌的體溫和溫暖的臥鋪令她昏昏欲睡。她的眼皮愈來愈重。她閉上眼睛，睡意漸沉，但心裡仍不免納悶，為什麼火花掌告訴赤楊掌她的命名大典時，他的身體會繃得那麼緊？他不是為他的姊姊感到高興嗎？當然是高興的。黑暗漸漸吞蝕她。他有什麼好不高興的？

第七章

「火花皮！火花皮！」

赤楊掌放聲大喊他姊姊的新戰士名號，心裡滿是驕傲。他的族貓們也在四周齊聲歡呼。

灰紋的喵聲出現在空地遠處。這隻長老貓對著蜜妮低聲說道：「我還以為他們會幫她挑火花火這個戰士名呢。在我所見過的貓兒裡頭，她是最像火星的。如果能用這個方法來紀念他就好了。」他嘆口氣。「可是我想棘星是族長，他應該很清楚自己在做什麼。」

空地中央的火花皮站在棘星旁邊，下巴和尾巴都抬得高高的。炯亮的綠色眼睛閃著喜悅。半輪明月在清澈的夜空裡發出亮光，點亮整座營地，高突岩被劃出一道道陰影。

棘星的鼻口摩搓著火花皮的下巴。松鼠飛快步上前，與她輕觸鼻頭。赤楊掌不安地蠕動著，試圖甩開腳爪下微微刺癢的妒嫉感。火花皮的戰士名是實至名歸。從第一天受訓開始，她就是很優秀的見習生。櫻桃落和蕨毛都說她的評鑑分數很高，她抓到一隻鴿子和兩隻老鼠，而且還用一招她自學的戰技在模擬格鬥中智取了櫻桃落。可是赤楊掌仍忍不住地想，要是自己也能跟她一起站在空地中央就好了，而不是只是旁邊的觀眾。

他瞥了月亮一眼。星族今晚會在月池與他交流嗎？也許祂們會告訴他，他的見習生涯就快到尾聲。他滿心渴望，想像松鴉羽在族貓面前賜給他正式的巫醫名，從此以後就不會再對他頤指氣使了嗎？

「赤楊掌！」火花皮的喵聲打斷了他的思緒。他們的族貓們正往營地邊緣散去，把剛剛為了參加命名大典而暫擱一旁的獵物繼續吃完。

他快步過去找她。「恭喜妳。」

她看起來像隻快樂的小貓。「謝謝你。」她用鼻口輕觸他的面頰。「再來就看你的囉。」她低聲承諾。

「我也希望啊。」他嘆口氣。

松鴉羽跺著腳，從他們經過，尾巴不停彈動。「赤楊掌，別再胡思亂想了，動作快一點，我可不想最後一個到。」

火花皮的目光循著巫醫貓身影，探向營地入口：「我覺得你好厲害，」她低聲對赤楊掌說：「竟然忍受得了他，要是我，早就把他那堆臭藥草丟進湖裡了。」

赤楊掌忍住笑。「我也想啊。」

火花皮把他推開。「你快去吧。」松鴉羽已經消失在入口通道。「我等你回來！」她朝已經轉身跟在巫醫貓後面離開的赤楊掌喊道。為了彰顯她的新戰士名，火花皮會坐在空地守夜，直到天明。

至少這部分赤楊掌不會妒嫉她。天空清朗，這代表夜裡會很冷。高地上搞不好還會降霜。「別著涼了！」他回頭喊道。

「我的新戰士名會讓我全身充滿戰鬥力，不會著涼的。」

赤楊掌喵嗚輕笑，低身鑽進通道裡。

松鴉羽已經爬上半山腰，赤楊掌加快腳步追上去。

他們在邊界遇見蛾翅和柳光，再循著那條隔開高地與林子的溪流，朝山丘隆起的方向往回走。

赤楊掌跟在松鴉羽後面爬上一塊巨石，溪水在岩間滾滾奔流。「我們要等葉池和水塘掌嗎？」

「他們已經到了，」松鴉羽回答他，腳步不曾停下。「你沒聞到他們的味道嗎？」

赤楊掌張開嘴巴，在水、石頭和石楠這些嗆鼻的味道裡頭尋找葉池的微弱氣味。

「我很好奇水塘掌的訓練進行得怎麼樣了。」蛾翅在他們後面大聲喊道。

「有什麼好好奇的？」松鴉羽不以為然地說道：「反正到了那裡就知道了。」

「要不是因為盲眼貓帶路，我們早就到那裡了。」蛾翅玩笑地喵聲道，快步趕上松鴉羽。「而且他就跟隻老貓一樣愛發脾氣。」她小聲說道，翻翻白眼，邊跑邊跳地經過赤楊掌旁邊。

「妳以為我聽不到啊？」松鴉羽氣呼呼地說：「妳知道我對這條小路熟到就跟明眼貓一樣。」

「不好意思喔，松鴉羽，」蛾翅喵嗚笑道：「我忘了你雖然沒有千里眼，但是有順風耳。」

柳光走在赤楊掌旁邊，這隻年紀比他大的貓兒正在與他閒話家常：「你的課上得怎麼樣了？」

「還好啦。」赤楊掌低聲道：「只是不曉得松鴉羽同不同意這句話。」

「我想松鴉羽這輩子從來沒同意過哪一句話吧，」柳光喵嗚道。「不過你一定會成為很棒的巫醫，因為你的導師是佼佼者之一。」

赤楊掌很想嘆氣。松鴉羽或許是佼佼者之一，但有時候他倒情願他的導師是一頭獾，搞不好還覺得輕鬆好過一點。

等到他們爬上最後一道岩脊時，他已經氣喘吁吁。他撐起身子，攀過岩邊，一眼望見下方的水池，心情頓時雀躍。水池座落在淺坑底部，四周環繞著平坦的崖壁。今晚池面的水平靜無波，月亮波瀾不驚地直接倒映池面。他跟著柳光走下岩坡，小徑上布滿無以數計的小凹洞，那是貓兒經年累月下踩踏出來的痕跡。他在坑底看到了葉池。

松鴉羽一抵達水邊，葉池便快步過來找他。「部族的情況如何？大家都好嗎？」葉池兩眼炯亮，語氣急切。

「只有幾隻貓肚子痛，不然就是被荊棘刺到。」松鴉羽告訴她。「沒什麼好擔心的。」

赤楊掌也走了過來，他聞到葉池身上熟悉的氣味，覺得安心。「大家都很想妳。」他告訴她。

葉池一臉殷切，眼睛瞪得又圓又大。「我也很想念你們。」她看了水塘掌一眼，後者表情茫然地看著月光普照的水面。

「課上得怎麼樣了？」松鴉羽問道。

「有進步啦。」葉池告訴他。

赤楊掌搜尋她的目光。這是不是表示水塘掌的表現比他上次拜訪影族營地時來得好多了？但他還沒來得及問，坑地邊緣就出現三個身影。

月光中，赤楊掌隱約看出裡頭有隼翔，旁邊護衛著兩名風族戰士。金雀尾和莎草鬚一臉冷漠地跟著隼翔步下那條被足跡踏平的小徑。

松鴉羽和葉池互看一眼。

「他為什麼帶他們來？」葉池嘶聲道。

蛾翅出聲大喊：「這個集會只有巫醫貓才能參加。」

「我們不會留在此地。」隼翔一抵達水邊，金雀尾就停下腳步說道。

葉池朝隼翔眨眨眼睛。「一切都還好嗎？」她朝他的族貓點頭示意。「你平常不會帶伴來。」

「是一星下的命令。」風族巫醫貓的語氣帶著歉意。他向金雀尾和莎草鬚點頭示意：「我沒事，你們可以離開了。」

「我們在坑地外頭等你結束。」莎草鬚低吼道，轉身爬上坡地，金雀尾跟在後面。

赤楊掌不安到毛髮微微刺癢。戰士們看起來很緊張，隼翔的毛髮也顯得凌亂。

「發生什麼事了？」蛾翅走上前來，好奇地瞪大眼睛。

「一星擔心有惡棍貓，」隼翔解釋道：「所以下令要是有貓兒離營，都必須由戰士護送。」

松鴉羽抽動耳朵。「難道他不相信星族會保護你？」

隼翔不安地蠕動著腳。「自從和惡棍貓大戰過後，他就好像誰都不相信了。」他皺起眉頭。「要是他當初受傷時，我就在旁邊，或許就能幫他忙了。」

「就算當初你在，也幫不上忙。」松鴉羽沒好氣地告訴他。

赤楊掌眼睛眨呀眨地，一臉同情地看著風族巫醫貓，他不免想起自己也曾對沙暴的死愧疚不已。**難道這就是巫醫貓的宿命？永遠在自責那些救不回來的命？**

「可憐的一星，」蛾翅低聲道：「少掉一條命的感覺一定很糟。」

赤楊掌眨眨眼睛看著她。河族貓怎麼會知道一星少掉一條命？棘星在跟花楸星談話時雖然曾經暗示，但並沒有再多說什麼。難道是獅焰的巡邏隊隊員漏出口風？

松鴉羽哼了一聲。「至少他有不只一條命可以丟，荊豆皮就沒這麼幸運了。」

葉池挨近隼翔。「為什麼金雀尾和莎草鬚看起來不太高興？」

隼翔壓低音量。「一星最近的行為舉止怪怪的。他出去巡邏的時候，還要派戰士在前方偵察。他也在營地入口安排固定的守衛，並強制執行每一條規定。已經有幾乎一半的族貓因為忘了遵守規定而受罰，必須服勞役。」他回頭看了一眼。「大家現在都很怕被舉發。戰士們的神經繃得很緊，幾乎不再彼此交談。就連見習生們也是如履薄冰。」

松鴉羽不耐地彈動尾巴。「一星最好收個驚，定定神。你有考慮過在獵物裡頭塞點罌粟籽嗎？這可以讓他倒頭就睡，也好讓你的族貓們喘口氣。」

隼翔很有興味地抽動鬍鬚。「也許可以試試看。」這是他來到月池之後，第一次放鬆了肩上的肌肉。

葉池看起來仍是憂心忡忡。「高地上有再發現惡棍貓嗎？」

「目前沒有。」隼翔回答。

蛾翅吸吸鼻子。「他們肯定走了，他們哪會待在這塊已被宣稱有主權的領地上？」

柳光點點頭。「為了吃一口獵物而跟這裡的所有貓兒為敵，未免太不值得。他們八成已經離開了。」

「但願如此。」葉池附和道。「惡棍貓通常喜歡旅行，所以才會變成惡棍貓。」

赤楊掌的胃猛地抽緊。那是她不瞭解這些惡棍貓。他們曾把天族趕出領地，在峽谷裡建立起自己的巢穴。暗尾更曾誓言會讓他們經常見到他。他應該警告他們嗎？他看了松鴉羽一眼。他的導師也曾聽過惡棍貓首領的威脅。但是盲眼巫醫貓只顧著嗅聞水塘掌的毛髮，不停地繞著他轉。

「你聞起來有藥草味。」松鴉羽嘟囔道：「葉池八成教會你不少東西。」

葉池快步走過來。「水塘掌學得很快。」

「那好，」松鴉羽喵聲道：「因為我們希望妳能回雷族來。所以他已經準備好成為正式的巫醫貓了嗎？」

他已經可以當巫醫貓了？赤楊掌惱火到腳爪微微刺癢。**照松鴉羽的訓練方法，等我都變成長老了，恐怕都還在當見習生吧。**

「正式的巫醫貓？」葉池一臉驚恐地看著松鴉羽。「才受訓一個月而已？」

蛾翅的尾巴在石頭上掃來掃去。「我相信就算葉池再多待一陣子，你和赤楊掌也能把雷族照料得很好。如果你們需要幫忙，儘管來找我或柳光。」

松鴉羽不屑地哼了一聲。「我們不需要幫忙。」他的盲眼鎖在水塘掌身上。「我只是想搞清楚妳到底還要在影族那裡浪費多少時間？」

葉池不悅地抽動耳朵。「那是分享知識，不是浪費時間。」

水塘掌的眼裡閃過不安。「我很感激葉池所傳授的知識，我會盡快學會的。」

赤楊掌突然憐憫起這隻年輕的貓。也許急就章的訓練比慢吞吞的訓練還要慘吧。大家都指望水塘掌再過一個月便能擔負起照料整個影族的責任。「我相信你會成為很厲害的巫醫貓。」他向他保證。「只是需要一點耐心。」

松鴉羽扭頭一轉。「也需要具備辨識山蘿蔔的根和葉的能力。」

赤楊掌憤憤不平。「你這樣說不公平……」

葉池打斷他。「至少我們都知道赤楊掌很有耐心。」她意有所指地看著松鴉羽。

松鴉羽似乎知道她在瞪他，索性轉身離開，走向池邊。「反正也沒什麼話好說了，不如來跟星族交流吧。」他蹲下來，鼻頭輕觸光滑的水面。

✦✦✦

赤楊掌一臉失望地從冰冷的池水裡抽出鼻尖。

「星族有跟你說話嗎？」葉池一臉期盼地看著他。

他搖搖頭，直起身子。他什麼沒見到，只有自己的思緒在打轉。松鴉羽、隼翔和柳光互看一眼。水塘掌瞪著地面。

「大家都沒跟星族說上半句話？」葉池追問。

松鴉羽甩甩身子。「我猜可能沒什麼話好說吧。」

「連惡棍貓的事也不提？」葉池一臉憂心。

「一定是因為危機解除了。」柳光揣測道。

「我就說嘛，他們現在應該已經走了。」蛾翅猛然抬頭。她躺在水邊，可是她不像其他巫醫貓那樣把鼻尖浸入水裡。她既然不相信星族，又怎麼可能跟祂們交流呢？儘管她也曾經目睹黑暗森林的那場大戰，但她還是無法相信祂們是祖靈，反而單純認定是領地外面來的惡棍貓。

赤楊掌真希望他可以相信她的話。不過他擔心的不是這個，他本來指望星族告訴他有關天族的線索。因為他愈來愈認定預言裡的天空轉晴一定是跟天族有關。而星族當然知道這支失落的部族下落何在？為什麼祖靈們不透漏任何消息呢？再不然也至少給點線索讓他知道小嫩枝和小紫羅蘭究竟是不是預言的一部分？他一想到小嫩枝從湖裡被救起來之後，偎在他懷裡全身發抖的模樣，便覺得心疼。**如果我只是一隻普通的貓，部族就不會要我了**。他打著寒顫，刻意甩開這念頭，不管她特不特別，部族都不會不要她。

「你要走了嗎？」莎草鬚的喵聲從坑地邊緣傳來。月光下清晰可見她的身影輪廓。

隼翔快步走向她。「我來了。」他回頭看了其他巫醫貓一眼。「願星族照亮你們的前路。」他一邊喊道，一邊走過去與他的戰士會合。

蛾翅和柳光跟著他爬上坡地。「大集會見囉。」蛾翅回頭大喊。

柳光在經過時，還特地垂頭致意。「保重囉。」

松鴉羽又在查探水塘掌。「告訴我，你學會了哪些藥草？」他在測驗這隻年輕的貓。

「水薄荷、馬尾草、金盞菊……」

就在水塘掌列舉藥草名時，赤楊掌注意到葉池不安地注視著水面上的月亮倒影。

「妳是希望星族告訴妳，花楸星選水塘掌當巫醫貓的這個決定究竟對不對？」他走到她旁邊低聲問道。

「我知道沒有選錯，」葉池小聲說道：「他學得很快，對病患很有愛心，他會成為很好的巫醫貓。」

「那妳為什麼看起來這麼擔心的樣子？」赤楊掌看見葉池眼神陰黯。

「我是在擔心影族。」她低聲道。

「出了什麼事嗎？」赤楊掌挨身過去。

「也不見得是出事啦，」葉池遲疑了一下。「現在是還沒出事，卻有點失控。」

「也許影族本來就是這樣，並非每個部族都一樣。」

「影族對戰士守則一向有自己的詮釋方式，但至少還懂得尊重它。」葉池眼神不安地迎視赤楊掌的目光。「但這陣子我觀察到，年輕一輩對長老一點也不尊重，而且毫無規矩可言。我昨天甚至得自己去狩獵，才有獵物給草心補身體。見習生送來的食物少到她的奶水根本不夠小貓吃。小花、小螺紋和小蛇都長得很快。草心需要多吃點。」

「他們的戰士為什麼不派見習生去狩獵呢？」赤楊掌一臉不解。

「那些導師好像都叫不動見習生。光滑掌跟誰都頂嘴，連花楸星她也不怕。針掌也好不到哪裡去。」

赤楊掌聽到葉池批評針掌，頸毛不由得豎起來。「但是她還是有照顧小紫羅蘭吧？」

葉池眨眨眼睛看著他。「如果你是問她是不是還讓小紫羅蘭整天跟著她團團轉，那麼答案是肯定的，因為她會帶她偷溜到營地外面，天知道跑哪兒去鬼混了。」

「營地外面？」赤楊掌突然覺得有罪惡感。**是我害的嗎？一開始是我慫恿她帶小紫羅蘭出來的。**「花楸星有懲罰她嗎？」

「我想他根本不知道吧，」葉池嘆口氣。「反正這類不守規矩的見習生已經多到影族根本沒法處置了。蜂掌和蓍草掌一直嚷著我們不應該跟星族打交道，他們說他們憑什麼要相信一群他們從沒見過的貓兒？」

赤楊掌一臉驚恐地打斷她：「他們不可以藐視星族的存在。」

葉池繼續不安地說：「光滑掌說死掉的貓都是蠢蛋。她說星族對林子裡的事根本不懂，祂們在自己的狩獵場待太久，早就搞不清楚狀況。」

赤楊掌傾身向前。「妳為什麼不把妳的親眼所見告訴他們，證明他們錯了？」

「我是雷族貓，」葉池無助地看著他。「不管我說什麼，都只會愈描愈黑。更何況戰士們現在都懶得跟他們辯了，好像是覺得跟他們爭辯也沒多大意義。」

赤楊掌恐懼到心跳跟著加快。「也許這就是為什麼星族今晚不願與我們交流。祂們對影族可能很火大。」

葉池閉上眼睛。「又或者是連星族都不知道該怎麼辦吧。」然後眨巴眨巴地又睜了開來，彷彿是想驅走心裡的憂慮。「也許這一切會慢慢好轉。畢竟他們都還年輕，等他們長大了，就不會這麼離經叛道了。」她蓬起毛髮，抵禦夜裡寒涼的空氣。「可能沒什麼好擔心的吧。或許就像你說的，影族向來特立獨行，也可能每一代見習生都是這樣離經叛道，戰士們只能以身作則地暗自薰陶他們，等他們慢慢懂事。」赤楊掌還來不及答話，葉池便快步朝水塘掌走去，打斷松鴉羽，後者正在質問水塘掌如何治療受到感染的腳爪。「好了，該回去了。」

水塘掌一臉如釋重負。他朝葉池點點頭，便往坑地頂端離去。

「我再一兩個月就會回家了。」葉池告訴走在她前面的松鴉羽。

「我希望能再快一點。」松鴉羽氣呼呼地說。

「我也希望啊。」葉池捕捉到赤楊掌的目光，同時繼續說道：「你對赤楊掌可不可以多點耐心。打罵教育下是學不到東西的，你要用愛的教育。」

赤楊掌緊張地看了松鴉羽一眼，暗地裡擔心葉池的這番話。**難道她不知道千萬別拿爪子去戳蜂巢的道理嗎？**

松鴉羽的鬍鬚帶趣地抽動著。「我怕我要是現在對他太好，他以後就會爬到我頭上。」他跟著葉池爬上坡地。「聽起來你把水塘掌訓練得不錯，至少他還知道山蘿蔔是做什麼用的。」

赤楊掌幾乎沒聽見他導師的嘲諷。他心裡一直在擔心影族。要是葉池錯了怎麼辦？要是影族見習生的偏差行為始終沒有被陶治回來怎麼辦？針掌會變成什麼樣子？他的心頓時揪緊。小紫羅蘭住在那種地方，怎麼可能成為真正的戰士？

小紫羅蘭瞇起眼睛，看著夕陽的金光灑在樹冠之間。她的腳爪好痛。她已經漸漸習慣從惡棍貓營地裡回來的這段路程，通常針掌會在她攀爬地上橫倒的樹幹和溝渠助她一臂之力，但她還是覺得路好遠。所以當她望見前方營地的荊棘圍籬時，簡直是如釋重負。

「來吧。」針掌低聲道，帶著她朝穢物處的通道走去。

小紫羅蘭已疲累至極，一路走得跌跌撞撞，這時一個喵聲嚇了她一跳。

「你們跑去哪裡了？」褐皮從林間大步出來，擋住去向，怒目瞪視針掌。

針掌眨眨眼睛看著她，一臉自若。「我帶小紫羅蘭去看哪個地方最適合抓松鼠。」

褐皮一臉怒容。「小紫羅蘭還太小，不能抓松鼠，而且她根本不能離開營地。」

針掌表情無辜地睜大眼睛。「可是她很無聊啊。松鼻的小貓都當見習生了。」

「那草心的小貓呢？」褐皮態度堅定。「她可以幫忙照顧他們啊。」

小紫羅蘭上前一步。「松鼻說他們還太小，我不可以跟他們一起玩。」至少這一點她沒撒謊。小貓們都好可愛，可是松鼻總是找得到理由不准小紫羅蘭跟他們接近。

「胡說，」褐皮厲聲道。「我還是小貓的時候，才睜開眼就可以跟同窩的其他小貓玩，根本不用管他們年紀有多大多小。」

可是你是在部族出生的啊，小紫羅蘭硬生生吞下心裡的怨懟。她也不想那麼不知感恩，至少松鼻和草心都對她不錯，只是有點過度保護小貓們。「等我可以跟他們玩了，我就會陪他們玩。」她辯解道。

褐皮瞇起眼睛。「我會找松鼻和草心談一談。」然後又把銳利的目光射回針掌身上。「就算小紫羅蘭在育兒室裡遇到什麼不如意的事，妳也不能靠打破規矩來解決問題啊。妳應該直接來找我。」她惱火地抽動尾巴。「結果害下午的課都沒上到。我本來打算教妳如何追蹤氣味的，這是最重要的戰士技巧，妳必須學會。」

小紫羅蘭愣了一下。**要是褐皮聞到我們的氣味，一路追到惡棍貓營地那裡怎麼辦？**

玳瑁色母貓繼續說道：「我只好跟雪鳥和石翅去狩獵。」她上下打量針掌。「妳有抓到松鼠嗎？」

「牠們速度太快了。」針掌很快回答。

「所以妳沒有帶任何生鮮獵物回來？」褐皮看起來很火大。「妳不知道部族的事優先嗎？」

「我要照顧小紫羅蘭啊。」針掌反駁。

「妳是在教她怎麼破壞規矩。」褐皮的喵聲變成了低吼。「跟我來。這件事一定要向花楸星報告。」

她轉身就走，尾巴不停抽動，看來不太妙。

針掌瞥了小紫羅蘭一眼。「別擔心，」她低聲道：「我不會讓妳惹上麻煩。」

小紫羅蘭的心跳得好快。**花楸星！**影族族長偶而會在經過營地時停下腳步跟她打招呼，問她在部族裡住不住得慣，但她每次都只會喵喵尖叫，不知該如何回話。沒想到現在就要被褐皮舉發她破壞部族的規定。

針掌垮著肩膀、無奈地彈動尾巴，跟在褐皮後面走，小紫羅蘭努力按壓下心裡的驚慌，逼迫自己讓毛髮服貼下來。她跟著她們，假裝鎮定。

太陽已經沉到樹林後方。貓兒們都在空地四周安頓下來，準備進食。小紫羅蘭瞥了生鮮獵物堆一眼，那裡幾乎快空了。蜂掌正在獵物堆裡頭翻找，仔細嗅聞一隻畫眉。小紫羅蘭的肚子忍不住一陣翻攪，緊張到胃口全失。

正在鴉霜旁邊吃老鼠的花楸星抬起頭來。「褐皮，」他站起來，表情擔憂地跟母貓打聲招呼。「出了什麼事？」他看得出來褐皮氣到全身發抖，抖到連毛髮都在波動。

「針掌帶小紫羅蘭溜出營地。」褐皮站到一旁，讓針掌直接面對花楸星。

小紫羅蘭止住腳步，她感覺得到本來低頭正在吃獵物的貓兒們都抬起頭來張望。她緊張地看了針掌一眼。她朋友會惹禍上身嗎？**那我呢？**影族會懲罰小貓嗎？

花楸星怒瞪針掌。「小貓不准離開營地，」他語氣嚴厲地說道：「妳腦袋瓜在想什麼？森林裡可能有惡棍貓，也有狐狸。穗毛還說他昨天看到一條毒蛇。戰士被毒蛇咬到都很難活下來了，更何況是小貓。」

針掌沉著地眨眨眼睛看著他。「我有小心路上的狐狸和毒蛇。我不會讓她受到任何傷害。」

花楸星的頸毛豎了起來，彷彿沒料到她竟然敢頂嘴。「小貓不准離開營地。」他又說了一次。

針掌冷靜地瞥了生鮮獵物堆旁的蜂掌一眼。「這規定很蠢。」

蜂掌傾身向前，眼裡閃著興味。

小紫羅蘭瞪著針掌，驚嚇到毛髮彷彿起了靜電似地劈啪作響。她怎麼敢說出這種話？為什麼她要偷瞄蜂掌一眼？難道他們本來就打算挑戰花楸星的權威？

鴉霜站了起來，尾巴憤怒地拍打，這時針掌還在辯解。

「我剛已經告訴褐皮，小紫羅蘭在營地裡很無聊，」她一臉不屑地朝空地扭頭。「這裡什麼東西都學不到，只能呆呆地變老。」

光滑掌、刺柏掌、蓍草掌和爆發掌都緩步走過來，眼裡閃著興味。白樺掌和獅掌猶豫不前，緊張地互看一眼。但蜂掌卻興奮地豎起耳朵，好像希望針掌再多說一點。

花楸星的目光射向他們，然後又回到針掌身上，眼裡閃現怒色。「營地裡要學的東西很多，」他斷聲道：「就先從戰士守則開始學起。你們已經破壞太多規矩了。」

「要記住你的所有規矩，實在太難了。」針掌惱火地彈動尾巴。「如果規矩少一點，也許我們就會比較願意遵守。」

鴉霜貼平耳朵。「如果我們的見習生再聰明一點，就不會記不住這些規矩。」

鴉霜的小貓光滑掌和爆發掌對著影族副族長嘶聲吼叫：「你是說我們很笨嗎？」

爆發掌怒瞪著他的父親。「如果你對我們好一點，我們搞不好會盡量記住你們的規矩，」他吼道。「別忘了我們見習生現在的數量跟你們差不多，所以最好對我們放尊重一點。」

這是在威脅嗎？小紫羅蘭瞪著他，嘴巴張得大大的。她不安地蠕動著腳。見習生們都移到針掌附近，好像嘴裡吐出來的每句怨言都在助長他們的自信。他們是打算叛變嗎？還是因為針掌的言語衝撞終於將這幾個月來悶燒的星星之火徹底釋放，開始燎原？

蓍草掌和刺柏掌火大地彈動尾巴。蜂掌從生鮮獵物堆那裡過來助陣。

「尊重？」花楸星瞇起眼睛。「尊重這種東西是要靠自己掙來的。」他用力咆哮。

蜂掌歪著頭。「我看不出來那些前輩有什麼地方值得我們尊重，他們整天只會狩獵和睡覺。」

雪鳥快步上前，毛髮豎了起來。「蜂掌！」她不安地眨眨眼睛看著她女兒。「妳不可以這樣批評妳的前輩們。」

「為什麼不行？」蜂掌朝著草掌挨近。「妳不是告訴過我們，影族貓愛說什麼都可以？」

雪鳥的孩子一臉狂妄地瞪著她，她目光驚恐。「妳這一套是從哪裡學來的？」

蜂掌瞪看著她母親。「要是妳以前有好好聽我們說話，而不是光訓話，妳就會知道我們是從哪兒學來的。」

鴉霜蓬起毛髮，目光緊張地望著他的孩子們。只見光滑掌、刺柏掌和爆發掌連手站在一起，眼神挑釁地瞪著花楸星。

光滑掌甩著尾巴。「長老們以前曾說其他部族有多害怕影族，」她喵聲道：「但現在我們總是在強調和平友好。」

爆發掌哼了一聲。「我們跟寵物貓一樣躲在邊界裡。」

「沒錯！」刺柏掌附和道：「現在就連風族也看不起我們。上次大集會，蕨掌罵我們只會吃青蛙。以前別族的見習生根本不敢跟我們說話。鼠疤說，雷族以前的育兒室故事都是在說影族有多可怕。我敢打賭，現在他們的育兒室故事恐怕沒那麼可怕了。」

花楸星不安地蠕動著腳。「和平共處才能帶來源源不絕的獵物，」他喵聲道：「既然有足夠的獵物餵飽每一隻貓，為什麼還要為了邊界大動干戈？」

鼠疤站了起來。棕色公貓瞇起眼睛。「見習生們說得也不無道理。影族以前統治著這座森林，現在我們的日子過得就像一群雷族貓，只要求和平與食物。我們跟寵物貓幾乎沒什麼兩樣。」

扭毛低吼：「你們在胡說八道什麼？別的部族向來懼怕和尊重影族。」

「可是現在就連自己的小貓都不怕我們，也不尊重我們了。」鼠疤冷冷地說道。

橡毛越過空地，面對花楸星。「為什麼那些當導師的管不好自己的見習生？以前我們那個時候，導師叫我們做什麼，我們就做什麼。」

石翅從貓群裡擠出來，怒瞪著刺柏掌。「你真讓我覺得丟臉，我對你來說難道不是一位好導師嗎？該教的，我都教你啦。」

刺柏掌齜牙咧嘴。「貓兒生來就會狩獵和格鬥，我根本不需要你來教我本來就會的事。」

石翅扭頭看著花楸星，眼神帶著譴責。「我早就警告過你，見習生們現在愈來愈不像話了。」

花楸星不甘示弱地瞪回去，毛髮像刺蝟一樣豎得筆直。「總不應該由我來幫你管好你自己的見習生吧。」

曦皮快步向前，目光哀求地看著光滑掌和她的同窩夥伴們。「我不懂你們在不滿什麼。我在你們這個年紀的時候，對於自己能當上見習生都感到很自豪，」她喵聲道：「以前的我們都是這樣，我們都很認真地學習戰士守則。」

「那是因為你們想變得跟雷族一樣。」針掌冷笑道。

曦皮被激怒。「才不是！」

褐皮對著針掌嘶聲喊道：「請尊重妳的前輩！」

「除非他們也尊重我們！」光滑掌打岔道。

營地裡的怒吼聲此起彼落。小紫羅蘭嚇得緊挨在針掌身側，四周吵鬧不休。也許戰士守則真的太嚴苛了，她曾不只一次聽聞針掌抱怨。可是值得為它吵成一團嗎？戰士守則的存在當然有它的必要性，不然他們不就跟惡棍貓或獨行貓沒兩樣了？

「安靜！」花楸星跳上空地邊緣低矮的岩石，怒瞪著族貓們，他的毛髮根根倒豎，兩眼在暮色中射出熊熊怒火。

族貓們頓時噤聲，滿臉期待地看著他們的族長。

「針掌，」花楸星的怒目射向銀色見習生。「妳破壞規定，必須被處罰。妳去給我負責照顧長老，清理他們的臥鋪，抓身上的蝨子，幫他們狩獵。從現在起，他們就是妳的工作了。」

針掌一臉淡定地回望他。「這工作要做多久？」

花楸星露出尖牙：「做到我滿意為止。」

「好吧。」針掌聳聳肩，轉身離開。她從同窩夥伴中間擠出去，朝生鮮獵物堆走去。小紫羅蘭瞪看著她。**她怎能如此冷靜？**

「小紫羅蘭！」花楸星的叫聲嚇了她一跳。

她看著他，心臟快從喉嚨裡跳出來。

「妳不應該擅自離營。」影族族長的喵聲嚴厲，目光射向育兒室。松鼻在育兒室外面觀看。他彈動尾巴，示意貓后過來。「妳應該好好看著她。」他向走過來的貓后說。

她垂下頭。「對不起。」

「不要再讓她離開妳的視線。」花楸星警告道。

松鼻停在小紫羅蘭旁邊。「不能請草心照顧她嗎？」她語帶企盼地問道。「我的小貓們都離開育兒室了，我想重回戰士崗位。」

小紫羅蘭試著不去在乎心裡受傷的感覺。她早就知道松鼻從來不是很喜歡她。**她當然情願去狩獵，也不想成天守著我，我又不是她親生的小貓。**她在貓后的毛髮上聞到松樹和新鮮空氣的氣味，她是不是已經外出過了？

花楸星面露不悅。「我知道妳很想回去巡邏和狩獵，但草心是第一次生小貓，不會有時間多照顧另一隻小貓。」

小紫羅蘭憤憤不平地抬起下巴：「我可以照顧自己。」

花楸星從岩石上跳起來，緩步朝她走近。「如果妳可以照顧自己，今天就不會擅自離營了。」他轉向松鼻。「好好照顧她。確保她學會戰士守則。我不希望她變得跟他們一樣。」他怒瞪著光滑掌和她的同窩夥伴。「她太常跟針掌廝混了。」

松鼻垂下目光。「我知道了。」她嘴裡嘟囔。

可是針掌是我唯一的朋友啊！小紫羅蘭瞪著花楸星，一顆心彷若被石頭壓著。**以後我再也找不到誰陪我說話了。**憤怒猶如火花竄流小紫羅蘭全身，她快步走回育兒室，鑽了進去。草心的小貓正喵喵叫地在窩裡蠕動，草心在打瞌睡。小紫羅蘭怒瞪著他們。他們永遠不知道失去母親和姊姊的滋味是什麼。她悄悄爬進育兒室邊緣暗處，蜷起身子，鼻子埋進腳爪下。

✦✦✦

「小紫羅蘭！」針掌穿過空地，嘶聲喊道。

小紫羅蘭在午後陽光下抬頭瞇眼張望。陪草心的小貓玩了一整個早上的她已經累了。褐皮信守承諾，跟草心談過她的事情。因此隔天一早她醒來的時候，草心就叫她帶小蛇、小螺紋和小花到外面玩。她很開心地教他們青苔球的玩法還有貓捉老鼠的遊戲，總算暫時不再覺得孤單。可是小貓們現在又去休息了，跑進臥鋪裡偎在他們媽媽的懷裡。小紫羅蘭又無事可做了。

「小紫羅蘭。」針掌又喊了一次。

小紫羅蘭朝松鼻的方向看了一眼。貓后正在營地盡頭的生鮮獵物堆那裡煩躁地挑選食物。小紫羅蘭勉力站起，快步穿過空地。

針掌正拖著一大坨蕨葉往長老窩走去。小紫羅蘭跑過來找她，她順手擱下那坨蕨葉。「一群愚笨的老貓，」針掌氣呼呼底說道：「他們到底有完沒完啊？『針掌，幫我拔那隻蝨子』、『針掌，去幫我拿食物來』。」針掌故意學他們沙啞的聲音。「『針掌，我要新的臥鋪』。」她累得一屁股坐下來。

「要不要我幫忙？」小紫羅蘭熱心地問道。

針掌眼睛一亮。「好啊。」

小紫羅蘭傾身過去，準備聽她吩咐。針掌是要她去營地四周收集青苔？還是去生鮮獵物堆幫忙拿獵物？

針掌挨近過來，在小紫羅蘭耳邊低語：「我要妳今晚去惡棍貓營地一趟。」

「我？」小紫羅蘭一臉驚訝地眨眨眼睛。「妳也要去嗎？」

「我不能去啦！」針掌翻翻白眼。「那些老跳蚤貓全都盯著我幹活兒，我怎麼走得開啊？」

小紫羅蘭皺起眉頭。「那為什麼要我去？」

「我要妳幫我帶話給雨。我本來答應他今晚會去找他，可是自從我跟妳一起被逮之後，就沒辦法出去了。」

小紫羅蘭突然覺得愧疚。

「所以妳代替我去。」針掌以哀求的目光看著她。

小紫羅蘭不安地蠕動著腳。「我怎麼去啊？松鼻一直看著我，草心也是啊。」

「等月亮升起來的時候，她們就睡了，」針掌喵聲道：「而且一定會睡得像豪豬一樣一覺到天亮。」

小紫羅蘭看了育兒室一眼。兩個貓后夜裡的確睡得很沉，小貓們也一樣。也許她有辦法偷偷溜走，可是她從來沒有夜裡單獨去林子的經驗。要是遇見狐狸怎麼辦？要是被逮到怎麼辦？花楸星一定會氣瘋。恐懼像火花一樣在她身上竄流。

針掌似乎知道她心裡在想什麼。「不會有事的。要是被巡邏隊逮到，就告訴他們是我叫妳去的。只要小心狐狸和貓頭鷹就行了。狐狸的味道很容易聞得到，離牠遠一點。還有記得不時抬頭看一下樹頂有沒有貓頭鷹，牠們的眼睛會在夜裡發光。」

貓頭鷹？小紫羅蘭渾身打了個寒顫。她不要再看到貓頭鷹了！

「妳一定要去！」針掌表情絕望。「雨會等我。要是我沒去，他就可能再也不喜歡我了。」

小紫羅蘭於心不忍。針掌是她在部族裡唯一的朋友，一直對她很好，至少別的貓兒就不會帶她去看小嫩枝。「好吧。」她同意道。

針掌的眼睛一亮。「謝謝妳！妳一定要趕在月升之前，抵達他們的營地喔。」

✦✦✦

一隻貓頭鷹尖聲嚎叫。小紫羅蘭緊張地抬頭瞥看漆黑的樹冠，尋找暗處裡發亮的眼睛。但她身處在松樹林的深處，樹木密集叢生到幾乎不透光。貓頭鷹又叫了一聲，她嚇了一跳，心臟差點從喉嚨裡蹦出來。她很確定自從她越過最後一條溝渠之後，那隻貓頭鷹就一直跟著她。

毛髮豎得筆直的她，快步疾行，害怕到連疲累都忘了。

稍早前，躺在溫暖臥鋪裡的她一確定兩隻貓后和小貓們都睡著了，便從松鼻旁邊溜出來。夜裡迎面撲來的冷空氣令她愣了一下。當她偷偷穿過穢物處的通道時，心跳得好快。她獨自走進林子裡，覺得自己就像隻獵物。此刻她已經快走到影族領地的邊緣地帶，惡棍貓的營地就快到了。哪怕是在黑暗中，她也還記得那條小路。她在荊棘叢底下匍匐爬行，而這叢荊棘到現在都還聞得到針掌上次留下的氣味。

邊界外的地勢緩緩升高，樹木漸稀，小紫羅蘭一路往上爬，慶幸月光照亮了眼前的小徑。最後，松樹林不再，取而代之的是赤楊木和山毛櫸。星子在光禿的枝椏間閃閃發亮。她繃緊神經，竭力看著前方，終於看到惡棍貓營地邊緣的低矮花楸叢。**我成功了！**

正當她得意之際，頭上傳來一聲尖嚎。她扭頭抬眼，瞥見形似貓頭鷹的巨大黑影快速朝她俯衝而下，她嚇得愣在原地。貓頭鷹半空中急剎速度，扭動翅膀，兩隻利爪森冷發亮，朝她撲天蓋地而來。她感覺到颼颼的氣流，鷹爪戳進她的毛髮，頓時一陣劇痛。

有隻貓的吼叫聲劃破夜色。羽毛撲打著她的耳朵，這時貓頭鷹不知道被什麼東西猛力一推，被撞了開來，爪子跟著鬆開。

她瞥見一團灰色身影，還有銀色的。雨和蟑螂用後腿撐起身子，硬是將貓頭鷹拖到地面。

「快跑！」雨緊緊抓住貓頭鷹有力的翅膀，放聲大喊。

小紫羅蘭卻嚇到動彈不得。她看見蟑螂跳上貓頭鷹的後背，尖牙戳進厚重的羽毛裡。貓頭鷹發了瘋地拍打雙翅，翅膀重擊地面，蟑螂被牠狠甩在地，然後一個蠻力，掙脫了雨，奮力竄飛上去，翅膀在空中死命拍打，枝葉間撲撲亂竄。

雨氣喘吁吁地朝她轉身。「我不是叫妳快跑嗎？」

被他虎瞪著的小紫羅蘭縮起身子，渾身發抖。

「別那麼兇！」烏鴉從花楸灌木叢間跳了出來，在小紫羅蘭旁邊煞住腳步。「她一定是嚇壞了！」她用尾巴圈住小紫羅蘭，搜尋她的目光。「針掌呢？」

雨愣了一下。「不會是貓頭鷹把她抓走了吧？」

小紫羅蘭搖搖頭，好不容易才發出聲音。「她……她不能來，」她說得結結巴巴。

「所以我才來這裡，她要我來告訴你。」

「妳自己穿過林子？」烏鴉一臉詫色。

「那又怎樣？」雨不為所動。「部族貓不是無所不能嗎？夜裡在小小的林子散散步，又不是什麼難事。」

「她還沒滿三個月大欸。」烏鴉蹲近小紫羅蘭，用溫暖的腰腹挨近她。

我在發抖。小紫羅蘭這才發現她全身抖得像隻受困的獵物。

蟑螂推推雨，眼帶淘氣。「雨，針掌不能來欸。她一定是有什麼更好康的事要做。」他的語氣聽起來像是在調侃他的同營夥伴。

「才沒有呢，」小紫羅蘭隨即反駁。「她遇到了麻煩，被禁足在營地裡幫忙照顧長老們。」

火焰從花楸叢裡鑽了出來，橘色身影在月光下顯得慘淡。「好體貼喔，針掌要照顧老貓欸。」她語調嘲弄，一臉懶洋洋說道。她的白咳症已經好了，現在的聲音清亮多了……只不過她的友好態度也隨著白咳症不見了。

「只要一解禁，她就會來。」小紫羅蘭承諾道。

烏鴉用鼻口輕觸小紫羅蘭的頭。「我相信她會。」

小紫羅蘭很是感激烏鴉的友善。自從她從育兒室偷溜出來之後，這還是她首度覺得自己已經安全了。「我想我最好回去了。」她看了天色一眼，暗地希望惡棍貓已經徹底嚇跑貓頭鷹。

腳步聲在山毛櫸的後方響起。「妳不應該現在走。」暗尾從暗處走出來，眼裡閃著憂色。「獨自回去太危險了。」

「可是我得趕在黎明前回到育兒室。」小紫羅蘭一想到萬一松鼻發現她不見了，就緊張到心跳像漏了一拍。

暗尾緩步經過她身邊，穿梭在他的同營夥伴之間。「別擔心，小東西，我們一定準時送妳回去。」他和雨互看一眼。「妳一定又累又餓。蕁麻！」他朝暗處喊道。

棕色虎斑貓快步走出來，嘴裡叼著一隻兔子，裂縫也叼著松鼠跟在後面。

「我們一起吃吧，然後妳先睡一覺。」暗尾停在小紫羅蘭面前，距離近到她的鼻口都籠罩在他呼出來的空氣裡，她甚至聞得到裡頭的血腥味。

她不安地眨眨眼睛看著他。她不想留下來，但也不想自己走回家。「你現在可以帶我回家嗎？」她語氣企盼地問道。

烏鴉在她旁邊輕聲喵嗚：「親愛的，妳一定累了。」她看了暗尾一眼，後者的眼神莫測高深。「跟我們一塊吃吧，先休息一下，待會兒我們就送妳回去。」

✦✦✦

小紫羅蘭一醒來，看見林間有淺白的曙光滲了進來，嚇得整個心揪了起來。她趕緊坐直，四周蕨葉窸窣作響。烏鴉在分食完兔子後，便做了個臨時臥鋪供她休息。她還特地鋪上青苔，讓臥鋪很是暖和舒適，害小紫羅蘭擋不住睡意地閉上眼睛，她原本只是想先打個盹兒，待會兒再讓惡棍貓帶她回家。

「天亮了！」她環顧四周。惡棍貓們各自趴在自己的臥鋪裡呼呼大睡。她從蕨葉鋪上跳起來，穿過惡棍貓營地所在的邊坡坑地，停在烏鴉旁邊。「快起床。」她用腳爪去戳母貓。

烏鴉猛地躲開，露出尖牙。「是誰？」她低吼道。

小紫羅蘭也被嚇一跳，身子往後彈開。「是我啦！我們睡著了。我應該要回營地了。」

烏鴉立刻換上一副溫柔的表情。「喔，可憐的小東西。」她喵聲道，然後站起來，伸個懶腰。「暗尾！」她輕聲呼喚惡棍貓首領，後者還在臥鋪裡打呼。

他的尾巴微微抽動。

「暗尾，」烏鴉又叫了一次。「該是時候送小紫羅蘭回營地了。」

暗尾抬起頭，睡眼惺忪地看著她。「時間到了嗎？」

「我以為你們昨天晚上就會送我回家。」小紫羅蘭小心翼翼地說道。

「我猜是因為蕁麻和裂縫抓來的獵物太好吃，結果大家吃完都昏昏欲睡的，一不小心就睡太熟了。」暗尾坐了起來。「雨！蟑螂！快醒來！」他朝正在睡覺的公貓喊道。

「我們要帶小紫羅蘭回家了。」

小紫羅蘭一臉焦急地看著惡棍貓們打呵欠的打呵欠，伸懶腰的伸懶腰。她看見太陽的光芒就快漫到林子外面來了。影族可能醒了。要是松鼻發現她不見了，會怎麼說？她開始踱步。

暗尾朝雨和蟑螂點頭示意。「你們兩個跟我去，其他貓兒在這裡留守。」

小紫羅蘭瞥了烏鴉一眼。她其實希望是這隻友善的母貓陪她回去。可是她不敢跟暗尾爭辯，暗尾態度雖然看起來很和善，但眼色始終陰沉，這令她很害怕。

「走吧。」惡棍貓首領朝營地外走去。小紫羅蘭跟在後面。雨和蟑螂尾隨其後。

✦✦✦

等到他們抵達影族營地的荊棘圍籬時，太陽已經升起，林間水氣氤氳。他們一接近營地，小紫羅蘭便豎直耳朵，結果聽到營地裡已經在張羅一天的開始，心不禁一沉。

「針掌！」扭毛沙啞喊道：「妳去告訴葉池我要老鼠膽汁，我發現我尾巴那裡又長了一隻蝨子。」

「褐皮和石翅，」鴉霜的指令聲劃破寒冷的空氣。「你們各自帶一支隊伍出去，這次務必確保見習生們一定抓到一些值得吃的獵物，別再叼那些烏鴉才吃的亂七八糟東西回來。」

「蓍草掌！爆發掌！」黃蜂尾的聲音響徹營地。「你們早該起床了。鴉霜已經在組隊了。」

暗尾豎起耳朵，停在入口前面。「隊伍？見習生？」他一臉好奇。「這裡挺嚴格的嘛！你們一定很不自由。」

小紫羅蘭沒有回答。她正在仔細聽有沒有誰在找她。也許她能幸運逃過一劫。也許松鼻和草心根本沒注意到她不見了。她對著暗尾眨眨眼睛。「謝謝你們送我回來。」她的目光瞟向蟑螂和雨。「也謝謝你們救了我一命。」然後轉身，朝穢物處的通道走去，想要神不知鬼不覺地溜進營地。

「等一下。」暗尾的喵聲令她不寒而慄。

「什麼事？」她不安地面對他。

「我想確定妳不會被責罵。」暗尾覷了一眼營地入口。

「沒關係，」小紫羅蘭覺得不妙，緊張到肚子揪緊。他想幹嘛？「我不會有事的。」

可是暗尾已經低身鑽進入口通道。

雨推著小紫羅蘭，要她跟進去。「走啊，」他鼓勵道：「我們想看著妳平安回到營地。」

小紫羅蘭心蹦蹦跳地跟著暗尾穿過通道。雨和蟑螂跟在後面。

他們一現身營地，小紫羅蘭就感覺得到所有目光都射向她。她好想逃走，躲起來。花楸星會怎麼說？她竟然把惡棍貓帶進營地。

暗尾揚高尾巴，大步走過空地。

影族貓在他的四周嘶聲大叫。石翅弓起背。穗毛和雪鳥從戰士窩裡衝出來，驚詫地瞪大眼睛。

鴉霜從圍在他四周的眾多戰士裡頭擠出來。「你們來這裡做什麼？」他在空地上與暗尾正面交鋒。

暗尾彈動尾巴，示意雨和蟑螂停在後面幾步之遙的地方。小紫羅蘭站在他們中間，背脊上的毛髮全豎了起來。「我發現這隻小貓在林子裡遊蕩，」他告訴鴉霜。「所以我想應該送她回來。外面很危險。」

穗毛撲向他，但暗尾腳爪一揮，將他擋開。

「我們幫你們把迷路的族貓送回來，這就是你們的待客之道嗎？」惡棍貓首領的語氣故作受傷。

「小紫羅蘭！」松鼻從育兒室衝出來，全身毛髮倒豎。「妳還好嗎？他們有傷到妳嗎？」

小紫羅蘭看著貓后，啞著嗓子低聲說：「他們很照顧我。」

「妳跑到林子做什麼？」松鼻質問，原本的恐懼變成了憤怒。

針掌從長老窩裡快步出來。「小紫羅蘭，原來妳在這裡。妳怎麼每次去穢物處方便都會迷路啊？」

小紫羅蘭眼睛眨巴眨巴地看著她，一臉不解。不是要說是針掌派她出去的嗎？為什麼變卦了？

不過她還是某種程度地在幫我掩護，小紫羅蘭心想道，**也許她臨時改變主意，決定換種說詞。**

扭毛哼了一聲。「誰會去穢物處方便時迷路啊？妳只要用鼻子聞就知道在哪裡。」

穗毛發出嘶聲，怒瞪暗尾。「幹嘛扯到穢物處？營地裡出現了陌生貓兒！」

「比陌生貓兒更糟，」曦皮走到穗毛旁，縮張著爪子。「是惡棍貓！」

「你們在我們營地裡做什麼？」花楸星的怒吼劃破了族貓們此起彼落的憤怒低語聲。影族族長大步穿過空地，停在暗尾面前，離暗尾只有一根鬍鬚之距。

「我把你的小貓送回來了。」暗尾朝小紫羅蘭點頭示意。

花楸星的目光一掃過來，小紫羅蘭立刻嚇得縮起身子。

暗尾繼續說道：「我不懂你們為什麼這麼不友善？」他瞠目看著花楸星，眼睛眨呀眨的。「我們只是在幫你們的忙」。

花楸星瞇起眼睛。「就像你們幫風族的忙一樣？」

暗尾故作無辜地看著他。「我們是在保護自己。我們有權利這麼做，對吧？」

「惡棍貓沒有權利進入任何部族的領地！」穗毛齜牙低吼。

光滑掌快步走進空地。「為什麼不行？」

她的族貓全都扭頭看她。

「為什麼不行？」褐皮的毛髮豎了起來。「我不敢相信妳竟然說出這種話。他們不是部族貓！」

著草掌快步走到光滑掌旁邊。「要是他們不在我們的領地裡，怎麼可能救小紫羅蘭回來。」

光滑掌眨眨眼睛，看著她的族長。「要是星族派來的這隻特別的小貓出了什麼事，你的寶貝星族會說什麼呢？」

「安靜！」花楸星怒瞪著黃色見習生。

暗尾看了雨和蟑螂一眼。「我想我們該告辭了。」他冷靜說道。「我們好像害他們吵架了。」

他轉身朝入口走去。

「等一下，」花楸星抬起下巴。「我們很感激你送小紫羅蘭回來，但是你們不屬於這裡。」

雨和蟑螂表情饒富興味互看一眼。

「巡邏隊會護送你們離開影族領地，」花楸星繼續說道：「褐皮、穗毛，還有曦皮，」他朝幾位戰士點頭示意。「跟他們一起去，確保他們離開邊界。」

褐皮點點頭。

「我可以跟妳去嗎？」針掌一臉企盼地快步朝她的導師走去。

褐皮齜牙咧嘴。「妳忘了嗎？妳的責任是照顧長老們。」

小紫羅蘭看見針掌眼裡閃著怒光，接著就見到銀色見習生的目光瞟向雨。雨對她眨了眨眼睛，就別過臉去，轉身跟著暗尾和蟑螂走向營地入口。

褐皮、曦皮和穗毛快步跟在後面。

小紫羅蘭心懷恐懼地轉過身去面對花楸星。影族族長虎瞪著她，表情惱火。小紫羅蘭垂下頭，等著接受處罰。

第九章

小嫩枝蓬起全身毛髮禦寒，亦步亦趨地跟著赤楊掌穿過布滿月光的森林。他們要去見小紫羅蘭和針掌。自從上次見面後，已經又過了半個多月，她好想趕快見到她妹妹。她要告訴小紫羅蘭，她上次差點淹死時，有聽到媽媽的聲音，還聞到她的味道。也許小紫羅蘭仍記得媽媽的味道和聲音。小嫩枝跟著赤揚掌爬上滿布落葉的坡地，試圖不再去想那件丟臉的事，但它仍一直啃蝕著她。「你覺得棘星還在氣我掉進湖裡嗎？」

赤揚掌在一叢受到霜害的羊齒植物旁邊停下腳步。「他沒有氣妳，他只是擔心。」

「別的貓兒都認為我腦袋是羽毛做的。」小嫩枝還記得湖水緊緊壓迫鼻口的感覺，她當時好害怕。「我本來想向他們證明我很特別，結果反而證明我只是個鼠腦袋。」

自從她跌進湖裡，小葉和小蜂蜜就老是揶揄她。

妳想當河族貓啊？

也許她是想當魚。

他們兩個其實也常互相揶揄，不是只揶揄她……所以並非對她特別殘忍。

但還是帶來了傷害。

赤楊掌跳上一根橫擋路面的原木，等小嫩枝爬上來。「松鴉羽小時候也曾跌進湖裡。」他告訴她。

她眼睛眨巴眨巴地望著他，一臉驚訝。「真的假的？」

赤楊掌喵嗚道：「他跟妳一樣從營地偷溜走，想證明自己很特別。」

「可是他本來就很特別，他是三力量之一。」她心裡燃起一線希望，彷若有隻飛蛾在她心裡撲撲拍翅。

「妳也很特別啊。」

赤楊掌的話令她覺得溫暖。她等不及想告訴小葉和小蜂蜜，她跟松鴉羽一樣。她從育兒室裡流傳的故事中得知，松鴉羽曾解救部族貓免於黑暗森林貓的殘害。她吞吞口水，**我以後也辦得到嗎？**

遠方有隻貓頭鷹在嚎叫，小嫩枝趕緊貼近赤楊掌，這才察覺到夜裡的森林好像特別深，黑影特別多。她悄悄窺視。「你覺得黑暗森林的貓會再回來嗎？」她問赤楊掌。

赤楊掌驚訝得瞪大眼睛，「妳怎麼這麼問？」

「因為如果我像松鴉羽一樣特別，那麼也許我也應該跟他們交手。」

赤楊掌抽動尾巴。「黑暗森林的貓不敢再回來了。」他從原木上跳下來，沿著荊棘叢間的一條小路快步前進。

小嫩枝加快腳步跟在他後面。「你的預言有說我該做什麼嗎？」

「沒有。」赤楊掌的目光始終盯著前方。「它只說我們必須找到幽暗處裡的東西，它會幫忙讓天空轉晴。」

小嫩枝若有所思地皺起眉頭。「你認為我可以讓天空轉晴嗎？」

赤楊掌喵嗚道：「星族也辦不到吧。」

「可是如果部族貓在大集會上爭吵，祂們就會讓烏雲遮月。」小嫩枝突然好奇星族的神力到底有多強。如果祂們可以讓烏雲遮月亮，那麼為什麼還需要森林貓來幫祂們實現預言呢？

「走快點，」赤楊掌加快腳步。他似乎跟小嫩枝一樣很是興奮這次的會面。「就快到了。」

他們一趨近影族邊界，赤楊掌便突然跑了起來。小嫩枝追在後面，冷空氣立刻灌進她的肺裡。她好不容易追上剛抵達空地的赤楊掌，他們上次就是在這裡跟她們碰面。

赤楊掌滿懷希望地沿著空地邊緣嗅聞樹根。

「你有聞到她們的氣味嗎？」小嫩枝掃視暗處，希望能見到小紫羅蘭身上斑點狀的白毛在月光下閃閃發亮。「你確定我們是在這裡跟她們碰面？」

「那天我在邊界遇到針掌時，是針掌告訴我在這裡碰面的。」赤楊掌傾身向前。

小嫩枝隔著枝葉探看。月亮高掛夜空。為什麼她們還沒來？她開始擔憂。「也許貓頭鷹把她們抓走了。」

「針掌會驅趕貓頭鷹的。」赤楊掌還在緊張地朝邊界張望。

「那會不會是狐狸？」小嫩枝開始踱步。「也許有惡棍貓攻擊影族營地。要是小紫羅蘭受傷了怎麼辦？」

「很可能是她們沒辦法偷溜出營地啦。」赤楊掌合理推斷。「我相信她們沒遭遇什麼不幸。」

「但要是你猜錯了呢？」小嫩枝心跳加快。小紫羅蘭一定會想辦法來見她。恐懼攪亂了她的心思，這時邊界外面突然傳來腳步聲。她的心立時雀躍。「小紫羅蘭？」

「是誰？」邊界氣味線上的荊棘叢後方傳來低沉沙啞的喵聲。

小嫩枝立刻提高警覺，趕緊躲到赤楊掌旁邊，緊貼著他。

「是我，」他喊道：「我是赤楊掌。」

小嫩枝感覺得到他的毛髮緊張地豎了起來。

一位影族戰士緩步從荊棘叢後面走出來。對方是一隻寬肩的公虎斑貓，後面跟著一隻灰色母虎斑貓和一隻白色公貓。

「嗨，虎心，」赤楊掌向公貓垂頭致意。「苜蓿足、漣漪尾。」

小嫩枝嗅聞空氣。她以前從沒見過這幾隻影族貓。赤楊掌八成是在大集會上認識他們的。

虎心掃視他們後方的陰暗處。「鴿翅有跟你們來嗎？」

「沒有。」赤楊掌很驚訝他會這麼問。

虎心聳聳肩。他眼裡是失望的神色嗎？「你們來這裡做什麼？」

「採藥草。」赤楊掌回答得有點太快了。

「晚上採藥草？」漣漪尾緩步走進空地，不停抽動著耳朵。

「有些藥草最好在傍晚過後採集。」赤楊掌告訴他。

漣漪尾看著小嫩枝。「雷族常派小貓夜裡出來幫巫醫貓採藥草？」

苜蓿足繞著他們轉。「這不會太危險了嗎？」

「她擔心她妹妹。」赤楊掌告訴母虎斑貓。「我意思是，她可以來啊，因為也許我們會碰巧遇見影族巡邏隊。」

小嫩枝很是佩服他編的理由，連她自己都快相信了。

「還好我們有遇到你們。」赤楊掌繼續說道：「小紫羅蘭還好嗎？」

「當然很好。」虎心從他的隊友中間擠過來。「她怎麼可能過得不好？」

小嫩枝抬起下巴。「我擔心可能有惡棍貓傷害她。」

虎心縮張著爪子。「她有影族貓保護。」

「再說，」漣漪尾補充道：「惡棍貓根本不構成威脅。」

赤楊掌瞪看著年輕的戰士。「他們曾殺了荊豆皮。」

漣漪尾怒氣沖沖地說：「是風族先挑起戰端的。」

赤楊掌瞪著影族公貓看，表情驚訝。

小嫩枝上前。「但你們會保護她，對吧？」難道影族貓不知道惡棍貓有多危險嗎？

「我們當然會。」虎心低吼道。「只是如果她別老跟著針掌一起偷溜出營地，我們會比較輕鬆點。」

赤楊掌眨眨眼睛。「她常偷溜出營地？」

小嫩枝皺起眉頭，她已經半個月沒見到她妹妹了。小紫羅蘭都跑到哪兒去了？

「褐皮前幾天晚上才逮到她們兩個。」虎心告訴赤楊掌。「所以花楸星處罰針掌去服侍長老們，派松鼻寸步不離地看緊小紫羅蘭。」

小嫩枝頓時鬆了口氣。至少她知道她妹妹不能來的原因了。可是心也跟著一沉。這表示今晚見不到她妹妹了。這時她猛然發現虎心正瞪著她。

「為什麼妳和小紫羅蘭不能像正常的小貓一樣乖乖待在營地裡呢？」他唐突問道：「人家別的小貓月亮一出來就乖乖睡在自己的臥鋪裡。」

小嫩枝憤憤不平地揮打著尾巴。「我們很特別。」她告訴他。

虎心哼了一聲。「那我們就等著瞧吧。」他轉身朝他的巡邏隊點頭示意，接著向赤楊掌傾身。「希望你能找到你的藥草。不過我覺得你應該帶小嫩枝回家了，今天夜裡特別冷，她那麼小，身上的毛都還沒長齊呢。」

赤楊掌垂下頭。「我會的，」他承諾道：「現在她知道她妹妹平安無事，就能安心入睡了。」他瞥了小嫩枝一眼，這時虎心已經帶隊走回影族領地，消失在黑暗裡。

「好險，」赤楊掌低聲道。「針掌和小紫羅蘭不能來或許是件好事，因為要是被巡邏隊發現我們跟她們在一起，那就麻煩了。」

小嫩枝難過地看著他。「我想也是。」**但是還要多久才有機會再見到小紫羅蘭？**

赤楊掌一定是看見她眼裡的哀傷，於是用鼻口輕觸她的頭顱。「我們回家吧。我會盡快找針掌安排下一次的碰面時間。」

「要是小紫羅蘭再也偷溜不出來，那怎麼辦？」小嫩枝跟著赤楊掌折回原路。

「我相信她可以的。」赤楊掌承諾道。

「如果大家都不認為我們很特別，或許還比較好一點，」小嫩枝嘆口氣道。「至少我們就不用分開了。」她停下腳步，一個突如其來的念頭像刺一樣扎著她。「要是我們真的一點也不特別？那花楸星不就白費功夫了？」

赤楊掌轉身，又圓又亮的眼睛帶著憐憫。「你們當然很特別。」他向她再三保證。

小嫩枝一臉決然地甩著尾巴。「我一定會很特別，不然不就沒意義了。我一定要長得很高大強壯，像你一樣受到重視。」

赤楊掌抽動著鬍鬚。「我沒那麼重要。」

「你有，」小嫩枝堅稱道：「等你成了像松鴉羽一樣的巫醫貓，就會變得很重要。」她挺起胸膛。「我也要當巫醫貓。我已經認識很多藥草。我知道我這方面很厲害。而且我才不會像松鴉羽那樣愛發脾氣。我會像你和葉池一樣好脾氣。」

赤楊掌的眼睛閃著憐愛。「我很感動妳希望以後可以跟我一樣。可是妳還年輕，別現在就決定自己的未來，順其自然吧，也許有一天妳會改變心意，不想當巫醫貓。」

「可是我想要受到大家的重視啊。」小嫩枝很堅持。

「會的。」赤楊掌將尾巴覆在她的背脊上，領著她往前走。「不過在部族裡，也有其他方法可以受到大家的重視。妳看棘星還有松鼠飛，或者灰紋和蜜妮。所有貓兒都會在部族裡找到屬於自己的位置。有一天妳也會找到。」

小嫩枝靠了過來，輕輕擦過他的毛髮。「你真的這麼想？」

赤楊掌用尾巴緊緊裹住她。「我很確定。」

第十章

小紫羅蘭可憐兮兮地蹲在育兒室旁，朝營地張望。太陽被雲層擋住，帶著水氣的風吹得荊棘叢咯咯作響。她渾身打顫。旁邊的松鼻將最後一口鼠肉吞進肚裡，然後坐起身子說道：「我要進去了，快變天了。」接著看了小紫羅蘭一眼，「妳最好跟我一起進去。」

小紫羅蘭的心一沉。「可不可以先讓我吃完這個？」她把吃了一半的地鼠挪近一點。她其實不餓，但是她想待在外面久一點。被禁足在營地裡已經夠無聊了，若是只能待在育兒室裡，那不是更慘了。尤其草心的小貓們都在睡覺，她根本不能出聲。

「好吧，」松鼻答應，「但別太久喔。」

貓后消失在荊棘窩穴裡，小紫羅蘭假裝又咬了一口地鼠肉。自從惡棍貓送她回來之後，松鼻就像老鷹一樣時刻盯著她。小紫羅蘭很是惱火暗尾。他幹嘛大剌剌地走進營地裡？她知道影族都在怪她引狼入室。資深戰士們視她為叛徒。但奇怪的是，年輕一輩的戰士和見習生每次經過她身邊，反倒都會跟她打招呼，他們的眼裡閃著興味，好像現在才注意到她的存在。蓍草掌甚至停下腳步，問她惡棍貓長什麼樣子，但立刻被松鼻噓跑。「小紫羅蘭怎麼會知道？」貓后呸口道：「他們只是在林子裡發現她，又沒跟她交朋友。」

小紫羅蘭的思緒四處游盪，目光掃過空地。葉池和水塘掌正在巫醫窩外面綑藥草。

鴉霜和曦皮正在分食一隻畫眉鳥。莓心和漣漪尾懶洋洋地躺在戰士窩外面，他們半睡半醒，毛髮被風吹得如波起伏。褐皮、虎心和穗毛在巨岩旁邊避風，花楸星則坐在他的窩穴外面，半閉著眼睛，覷看著營地。

小紫羅蘭望向長老窩。針掌在那裡嗎？整個早上她都沒見到她的朋友。也許扭毛又叫她去拿新鮮的青苔幫忙鋪床了。

孤單的感覺啃蝕著小紫羅蘭。她滿懷希望地看著蓍草掌和蜂掌。他們正在空地邊緣練習戰技，光滑掌躺在長草堆裡觀看。也許他們願意教她格鬥技巧。那絕對比無所事事地跟松鼻待在育兒室裡有趣多了。她試著捕捉他們的目光，可是他們都沒注意到她。她朝刺柏掌眨眨眼睛，但這隻黑色公貓正跟著他的導師石翅，快步朝入口走去，沒有朝她這邊看。也許爆發掌願意跟她說話。但卻見到公虎斑貓趁黃蜂尾在空地上示範某個狩獵技巧時，意興闌珊地點了點頭。當黃蜂尾貼近地面蹲伏下來時，他還疲憊地打了個呵欠。

突然間，營地入口旁邊傳出斷聲。小紫羅蘭扭頭朝荊棘通道張望。石翅站了起來，弓起背，毛髮像尖刺一樣豎得筆直。爆發掌蹲在他旁邊，發出低吼聲。他們的目光全盯著一隻正走進營地的公貓身上。

是雨！

小紫羅蘭立刻認出那隻灰色公貓。她站了起來，緊張到背脊上的毛髮如波浪不斷起伏。**他來這裡做什麼？**

他的嘴裡叼著一隻肥美的鴿子。烏鴉和火焰跟在他後面從通道裡擠出來。他們也都帶著獵物。小紫羅蘭聞到溫暖又香濃的血腥味。

鴉霜猛地抬頭，一看見是惡棍貓，立刻露出尖牙。他快步穿過空地，上前迎戰。「你們來這裡做什麼？」他貼平耳朵，停在雨的面前。

葉池從巫醫貓裡探出頭來，表情驚訝，眼睛瞪得又圓又大。

花楸星從他的窩穴那裡跑了過來，在他的副族長旁邊煞住腳步。「我告訴過你們，要你們離開我們的領地！」他對惡棍貓說。

雨把鴿子放在影族族長面前。「這是我們送的禮物。」他垂下頭，火焰也把一隻小兔子擱在鴿子旁邊，烏鴉則把一隻很肥的畫眉疊放在最上面。這些都是很新鮮的獵物。

鴉霜很是提防地看著那一小堆獵物，花楸星縮張著爪子。

「我們想加入你們的部族。」雨搶在另外兩隻貓兒開口前喵聲說道。

「加入影族？」花楸星瞪大眼睛看著惡棍貓們。

褐皮、虎心和穗毛從巨岩底下緩步出來。葉池挨近水塘掌。其他見習生在空地邊緣站成一排，目光炯亮，眼帶興味。

針掌！小紫羅蘭突然發現她的朋友也在那群見習生之列。她眨眨眼睛。她剛剛跑去哪裡了？

雨順服地在花楸星面前蹲伏下來，滿臉期待地注視著影族族長。

花楸星怒瞪著他。「你以為用這些在我們領地裡抓到的獵物來賄賂我們，我就會答應？」

鴉霜嘶聲道：「除了影族貓之外，誰都不可以在影族的領地裡狩獵。」

雨的姿態蹲得更低了。「對不起，我們沒搞清楚規矩。」他看了他的同伴們一眼，後者也恭敬地垂下頭。「請原諒我們，」他繼續說道：「如果我們冒犯到你們，那我們還是走吧。」

當他轉身時，花楸星竟傾身向前。「等一下。」

雨面對族長，眼裡有微光一閃而逝。

「你們是在我們領地的哪個地方抓到這麼好的獵物？」好奇心軟化了花楸星的語調。

「我們的狩獵運氣一向不錯。」雨告訴他。「也許我們可以把這樣的好運帶給你們。」

「不必了。」鴉霜上前一步，黑白相間的毛髮豎得筆直。「帶著你們的獵物滾吧！」他怒目看著花楸星。「我們不能接受他們的獵物，他們攻擊過別的部族！」

「為什麼不行？」針掌質問道。

小紫羅蘭看見她的朋友走上前去，當場愣住。

「風族是我們的朋友嗎？」針掌環顧她的族貓們。「我以為影族都是單打獨鬥的。我們唯一承認的停戰協定就只有大集會上的停戰協定而已。所以憑什麼要為了風族而拒絕這些獵物？」

光滑掌和爆發掌也點頭附和。

莓心也點頭了。黑白相間的年輕母貓甩著尾巴說：「風族也會為了我們這麼做嗎？」

光滑掌加入針掌的陣營。「風族從來沒有帶獵物給我們過。雷族或河族也沒有。但我們卻必須效忠他們？這是什麼道理？」

小紫羅蘭皺起眉頭。如果四大部族無法團結，那小嫩枝不就與她為敵了？她不安到毛髮豎了起來。

「什麼道理？」花楸星覆誦光滑掌的話，驚訝地瞪大眼睛。「因為他們跟我們一樣生在部族，而且也遵守戰士守則。」

「這些貓是惡棍貓！」鴉霜挺起胸膛。「他們是沒有原則的。」

「我們願意學啊。」雨輕聲說道。

花楸星瞪著他。「我們為什麼要相信你？」

雨掃了營地四周一眼。「我們看到了你們的生活方式，」他喵聲說：「看見了你們的茁壯，我們想要跟你們一樣。」

虎心大步走上前來，眼裡怒光閃現。「那就去建立你自己的部族啊，但請在你自己的土地上！」

花楸星挺直身子。「我曾經押送你們離開我們的領地，今天一樣得押送你們出去。」他朝虎心、穗毛、褐皮猛地點頭示意。「下一次再讓我們發現你們出現在影族領地上，絕對會讓你們嚐一嚐我們爪子的厲害。」

惡棍貓們互看一眼。小紫羅蘭想從他們的眼神裡找到恐懼的痕跡，但他們只是平靜地接受事實。

雨對花楸星眨眨眼睛。「我們接受你的決定。」

花楸星愣了一下：「你們沒有選擇。」

雨眼帶興味地看他一眼，這才轉身離開，跟著褐皮走出營地。

小紫羅蘭吞吞口水。她發現她心跳得好快。針掌剛剛斗膽直言，幫惡棍貓說話。**她為什麼要這麼做？難道她的惡棍貓朋友比部族還重要嗎？**

巡邏隊一消失在荊棘通道裡，針掌便大步穿過空地。

小紫羅蘭大氣不敢喘，因為針掌就停在花楸星面前。

她把獵物踢向他。「你要怎麼處理這些獵物？」她咆哮道：「跟惡棍貓一起被丟出去嗎？」

花楸星驚詫地瞪大眼睛：「影族貓會自己捕捉獵物。」

「如果我們有他們加入，一定會捕到更多獵物。」針掌朝入口的方向彈動尾巴。

「你為什麼不讓他們加入？」

曦皮從空地邊緣緩步過來。「他們不是在部族出生的。」

「小紫羅蘭也不是啊，」針掌反駁：「可是你就讓她加入。但她除了多張嘴巴等我們餵之外，對影族有什麼貢獻？」

小紫羅蘭的心頓時揪緊。針掌真的這麼想嗎？**我還以為妳是我的朋友。**

虎心看著銀色見習生。「是妳把她從赤楊掌的探索之旅裡帶回來的，」他直言道：「是妳煞有一回事地說她是預言的一部分，花楸星才逼不得已地接納她。」

曦皮彈彈尾巴。「她是預言的一部分，有一天，小紫羅蘭會使天空轉晴。」

「你們根本搞不懂我的意思！」針掌背上的毛全豎了起來。「你把三個孔武有力、擅長狩獵的貓兒攆走了，究竟是為了什麼？」

褐皮緩步過來，眼神嚴厲地射向針掌。「妳夠了沒？」她厲聲道。

「不夠！」爆發掌大步上前，停在針掌旁邊。「我們本來有機會再度壯大影族的。」

蓍草掌揮動尾巴。「老是什麼事都聽雷族的，你們不覺得煩嗎？你們難道不希望我們愛到哪狩獵就到哪狩獵，不用再聽命於別的部族嗎？」

花楸星縮張著爪子。「你們想和其他部族開戰嗎？」

爆發掌貼平耳朵。「我們想要選擇自己的路，不想走別族要我們走的路。」

「你想要怎樣不重要！」花楸星嘶聲道：「影族族長是我。由我來決定哪一條路對影族最好。那些陌生貓兒已經被證實非常危險，收留他們對任何部族來說都不是件好事。」

「對風族或河族那種積弱不振的部族來說的確不是好事，」爆發掌低吼道：「但我們是影族。有了他們加入我們的陣營，搞不好我們就能統治整座湖。」

「你真是愚蠢又不成熟，」花楸星強忍住怒氣。「你們根本不懂戰爭所帶來的痛苦和損失。我就是對你們心腸太軟了，」他的目光掃過其他見習生，「每個都一樣。只怪我當初沒有嚴格要求你們遵守規矩。」他捕捉到刺柏掌的目光。「別以為你狩獵回來，我沒聞到你在外面偷吃過獵物。你抓到的獵物是要送進生鮮獵物堆的，不是放進自己的肚子裡。」他抬起下巴，吼聲響徹營地。「從現在起，戰士守則必須被嚴格遵守。星族正在監看我們。尊重我們的祖靈才是我們的正途。」

小紫羅蘭看著針掌，以為她會垂眼退回去。

沒想到銀色母貓竟然怒目瞪視影族族長。「你要我們去聽命一群死貓的話？」她朝聳立在營地上方的松樹林點頭示意。「你睜開眼睛看看這個活生生的世界吧！我們需要什麼，這裡都有。我們想把領地擴充到多大就有多大，我們想要什麼就可以有什麼。誰管星族想什麼？祂們的生命早就結束，該輪到我們活了。」

蜂掌、刺柏掌和光滑掌也都嚎叫附和。

曦皮和鴉霜表情驚恐地瞪看著他們，彷彿不敢相信他們的小貓竟會跟自己的部族翻臉。

花楸星冷酷地迎視針掌的目光。「要住在影族，就得照我們這裡的規矩行事。」

「我不要。」針掌甩著尾巴。「我早就厭倦了住在一個老是把和平掛在嘴上的部族。惡棍貓才能壯大我們。但如果你不准他們加入我們，那我就去加入他們。」

小紫羅蘭嚇得縮起身子。**什麼？**

四周貓兒們的毛髮全都豎得筆直。

「叛徒！」鴉霜怒瞪著針掌。

褐皮似乎嚇呆了。「你……你們是瘋了嗎？」她開口時，有點結結巴巴。

石翅和鼠疤貼平耳朵。雪鳥和曦皮互看一眼，眼睛瞪得斗大。

小紫羅蘭緊張地吞吞口水。**針掌不是認真的吧？**她一臉不可置信地看著針掌走向入口。

「我也要跟她去。」刺柏掌吼道：「再也沒有誰可以命令我什麼獵物可以吃。」

「我也去！」光滑掌轉身，跟在針掌後面離開。

疑慮的低語聲在部族裡此起彼落。花楸星目光尾隨著見習生們，那雙瞪得斗大的琥珀色眼睛閃過一絲驚訝。「只要你們離開營地，就是與我們為敵。」他吼道。

小紫羅蘭看著針掌從她旁邊經過。「妳別走！」她難過地心揪成一團。針掌是她在影族裡唯一的朋友，但她卻說她只是另一張得餵飽的嘴巴而已。**我這麼相信她，難道我錯了嗎？**

針掌停下來，迎視小紫羅蘭的目光。「妳跟我一起走。」

「我跟妳走？」小紫羅蘭驚訝不已，頓時覺得鬆了口氣，全身不再緊繃。**原來她真的是我朋友！**

「妳別留在這裡跟這些寵物貓混。」針掌用尾巴朝小紫羅蘭揮了揮，回頭瞥了花楸星一眼。「我要帶這隻小貓走，因為當初是我找到她的。」

「妳不能帶她走！」葉池急忙走過來。「她屬於四大部族的。星族需要她待在這裡。」

「是我找到她的。」針掌重複道。「如果她很特別，到哪兒都會很特別。」

花楸星憤怒地彈動尾巴。「帶走吧！」他朝針掌喊道：「的確是妳找到她的，但她對我們影族一點好處也沒有。自從她來了之後，麻煩不斷，還不如沒有她比較好。最好連妳也沒有，那就更好了。」

小紫羅蘭覺得身子發麻，跌跌撞撞地追在針掌後面，光滑掌和刺柏掌走在兩側。她心緒紊亂。這是真的嗎？她給影族帶來的只有麻煩嗎？她不知所措地跟著針掌鑽進入口通道，進入通道深處的她，回頭瞥看曾經熟悉的窩穴。她正在離開另一個家。她的選擇是對的嗎？

她捕捉到花楸星的目光，他的眼神冷若冰霜。

這根本由不得我選擇，她絕望到了極點。**這裡的貓兒不要我，從來就沒有誰真的想要我。**

第十一章

頭頂上的圓月照亮了黑漆漆的夜空。島嶼的空地上冷颼颼的，跟在松鴉羽旁邊的赤楊掌顯得坐立不安。

「你坐在這裡可不可以不要動來動去啊？」松鴉羽沒好氣地說道。

現在是大集會。貓兒們正在他們前面的空地四處走動，月光下，毛髮閃閃發亮。棘星走在貓群當中，跟老朋友們打招呼。一星已經坐上巨橡樹，瞇起眼睛看著部族貓。

霧星正在跟一字排開、坐在樹根上的副族長們寒暄，她喵嗚輕笑，看著松鼠飛朝空地邊緣一群正在互相炫耀戰技的見習生點頭示意。赤楊掌真希望自己也能加入見習生的行伍，跟他們閒聊部族裡的八卦。就因為他是巫醫貓，便一定得一本正經地跟隼翔、蛾翅、和柳光坐在這裡嗎？如果他的見習生任期會拖得比別的貓兒久，那麼至少讓他有點樂子，不行嗎？

他看著火花皮，這是她當上戰士後首度參加大集會，她就坐在櫻桃落旁邊，自豪地挺起胸膛，用那雙炯亮的綠色眼睛看著其他貓兒。棘星緩步走到她旁邊，慈愛地以鼻口輕觸她的額頭。赤楊掌強自壓下心裡的妒意。他其實也很為火花皮感到驕傲的。

他看向空地邊緣的長草堆，嗅聞空氣裡影族的味道。他們遲到了。他焦急到微微前傾身子。**針掌會來嗎？**如果只因為小紫羅蘭擅自離開營地而害她到現在還在受罰，那麼這次恐怕在大集會上見不到她了。他的尾巴不安地彈動。他答應小嫩枝大集會結束後，要把小紫羅蘭的消息告訴她。不過要是他沒辦法問針掌，也許可以問光滑掌。

薄荷毛的目光突然朝空地邊緣轉過去，赤楊掌也愣了一下。河族公貓的鼻子不停抽動，赤楊掌也跟著豎起了耳朵。長草堆後面的樹橋上出現爪子扒抓聲，還有小石子被踩踏的聲響。影族貓來了。

空地上的貓兒一個接一個地轉頭去看，長草堆一陣窸窣作響，影族貓緩步走了出來。

赤楊掌皺眉。他們看起來像剛打了一場架似的。花楸星的眼睛上面帶著傷，鴉霜身上有刮傷的痕跡，黃蜂尾走路一跛一跛的。他們跟誰打架？他尋找針掌，沒看見她在裡頭，心不禁一沉。光滑掌也不在，也許蓍草掌或爆發掌會願意告訴他小紫羅蘭的近況。

葉池！

巫醫貓從長草叢裡鑽出來。

對了！他可以問她！赤楊掌趁她朝巫醫貓們走過來時，趕緊過去找她。他一趨近，竟看見她眼神陰鬱，面帶憂色。水塘掌垂著尾巴，緩步走在她後面。「發生什麼事了？」他走到他們前面問道。

葉池垂下眼睛，從他旁邊經過。「花楸星會宣布。」

「小紫羅蘭還好嗎？」焦慮瞬間襲捲赤楊掌全身。

「我上次見到她的時候，她還很好。」葉池坐到蛾翅旁邊，看著赤楊掌，但隨即別開目光。

上次見到她？赤楊掌瞪著她看，一頭霧水。「妳這話什麼意思？」

松鴉羽彈彈尾巴，喝令他回去坐好。「坐下來，別再問了。」他下令道。「宣布影族消息不是葉池的責任。」他的盲眼掃向大集會裡的貓兒們。

等到影族戰士和見習生們都鑽進貓群裡，花楸星才大步走向巨橡樹，爬上一星所在的樹枝上。一星先是一臉敵意地瞪他一眼，然後才別開目光。

棘星離開火花皮，匆匆朝巨橡樹走去，霧星這時也肢體僵硬地撐起身子，爬上樹幹，在花楸星旁邊找位置坐下。等到棘星坐定，掃視貓群時，廣場上的竊竊低語聲才終於止住。

「天氣很好，」他說到，目光同時掃向布滿星子的天空。「我們有星族的祝福。」

花楸星表情不屑地嘟囔道：「雷族貓總是自以為受到祝福，哪怕禿葉季已經餓得半死的時候，也這樣說。」

「現在還不是禿葉季，」霧星提醒他們。「我們必須慶幸獵物還在到處跑，雪季也還沒到。」

「河族向來都有獵物到處跑吧，」一星冷笑道：「或者我應該說到處**游**。」

「河水若是結冰，就沒獵物了。」霧星糾正他。

赤楊掌的尾巴掃過地面。**為什麼族長們今天都那麼針鋒相對？**

花楸星站起來，舉起尾巴。「影族有了兩位新的戰士，」他宣布道：「爆發石和著草葉。」

「爆發石！」

「蓍草葉！」

部族貓們大喊著影族新戰士的戰士名，歡呼聲響徹夜空。

霧星抬高音量蓋過他們。「河族也有新戰士了，蔭皮和狐鼻！」

棘星大聲喊道：「火花掌現在更名為火花皮！」

「蔭皮！」

「狐鼻！」

「火花皮！」

火花皮環目四顧歡聲雷動的貓群，興奮到毛髮全蓬了起來。

「火花皮！」赤楊掌抬高音量，想要她聽見他正在歡呼她的戰士名。

她捕捉到他的目光，開心到綠色眼睛炯炯發亮。他為她感到驕傲，胸膛跟著挺了起來，更放聲高喊她的名字。

身旁的松鴉羽卻沉默不語。

赤楊掌推推他。「巫醫貓也可以歡呼啊。」他在他導師耳邊嘶聲說道。

松鴉羽嘟囔道：「我為什麼要歡呼？戰士愈多，就表示受傷的貓愈多，我的工作量就愈大。」

赤楊掌看著葉池，以為她會責備松鴉羽的掃興，但葉池也只是嘴裡跟著喊戰士名，臉上卻面無表情，不知道魂飛到哪兒去了。他突然覺得自己喊不出來，目光掃過齊聲喝采的貓兒們。**光滑掌不是也該被授予戰士名了嗎？還有刺柏掌呢？**他們都是爆發掌的手足啊。難道他們沒通過評鑑嗎？他掃視貓群，尋找他們，但沒見到那兩位見習生的蹤影。赤楊掌不安地蠕動身子。貓群的歡呼聲漸漸平息，他望向花楸星。

花楸星一臉嚴肅地望著部族貓。「曾攻擊一星巡邏隊的惡棍貓，現在住在我們領地邊緣，就是我們跟雷族之間的邊界附近。」

驚詫的低語聲在貓群裡頭此起彼落。

「你為什麼不把他們趕走？」蕨毛喊道。

風皮露出尖牙。「他們是凶手！」

鴉羽抬起鼻口。「我們可以連手合作，把他們趕走。」

花楸星大聲地對他們說：「他們要求加入影族，還帶來獵物當禮物。但我拒絕了他們。」

「他們好大的膽子。」燕麥爪甩著尾巴。

火花皮貼平耳朵。「他們休想當上部族貓。」

「**我已經拒絕了！**」花楸星重複道，背上的毛髮全豎了起來。他的怒目令憤憤不平的貓群為之噤聲。「可是我們有幾個見習生選擇加入他們。」

赤楊掌本來以為會聽見更大的驚呼聲，沒想到部族貓竟被嚇得鴉雀無聲，靜待影族族長繼續說下去。

「他們還帶走了小紫羅蘭。」

霧星朝他扭頭。「那隻預言裡的小貓？」

花楸星點點頭。

棘星貼平耳朵。「你讓他們帶走她？」

花楸星吼道：「棘星，我們根本搞錯了預言的意思。小紫羅蘭只是一隻普通的小貓。小嫩枝八成也很普通。所以當初既然是針掌找到她，為什麼不能讓她帶走？」

為什麼不能讓她帶走？赤楊掌傻在那裡。針掌會不會跑去加入惡棍貓？他的嘴巴頓時乾澀。當然不會。針掌是喜歡破壞規距，但絕不會背叛自己的部族。

棘星低聲吼叫，怒目瞪視花楸星：「你竟然讓一隻弱不禁風的小貓被帶去加入惡棍貓？**你腦袋在想什麼？**我早該料到小紫羅蘭會在影族出事。如果你根本不相信預言，當初何必堅持帶她回影族？我們也可以照顧她啊！」

「我們得把她帶回來！」蛾翅喊道。

「她走了，我們要怎麼讓天空轉晴？」薄荷毛喊道。

松鼠飛憤怒地彈動尾巴。「現在先別管天空轉不轉晴的事了。有隻小貓從部族裡被帶走，我們當然要營救她！」

空地上的附和聲此起彼落，但赤楊掌幾乎聽不見他們的聲音。**我要怎麼告訴小嫩枝？**是他把小紫羅蘭帶回部族，但現在卻落入惡棍貓的掌心裡。罪惡感像野火燎原，炙烤他全身毛髮。**小嫩枝永遠不會原諒我的。她一定會心碎。**赤楊掌強自按壓下驚恐的心情。**我們會把她帶回來的，我們一定會。我會告訴小嫩枝這件事會解決的。**他真希望如他所願。

葉池溜到他身邊來，毛髮輕擦他的脅腹。「對不起，我無法先知會你，」她低聲道：「這消息理當由花楸星來發布。不過我相信針掌一定會好好照顧小紫羅蘭。她很喜歡小紫羅蘭。無論發生什麼事，針掌一定會保護她。」

渾身顫抖的赤楊掌迎視她的目光。「可是針掌只是個見習生，她要怎麼對抗一整群的惡棍貓？」

他看見葉池無語地望著她，心不禁一沉。他多希望葉池能夠說點什麼讓他安心。

棘星的吼聲劃破貓群不安的私語聲。「花楸星，你打算怎麼辦？」他怒瞪著影族族長。

花楸星抽動尾巴。「我們昨晚攻擊他們，」他回報道。「希望見習生們會因為看見我們為他們而戰而回心轉意地回來。」

赤楊掌看見薑黃色公貓的眼神，心跟著揪緊。他以前從沒見過族長這麼害怕過。

「但是他們沒有。」花楸星的喵聲在顫抖。「反而又多了一個見習生和兩名戰士投奔他們，與我們為敵。」

「是哪幾個？」一星質問道。風族族長氣到全身毛髮豎得筆直。

「蜂掌、莓心和苜蓿足。」花楸星看著自己的腳。

一星的鼻口朝影族族長探近。「你還有臉說自己是族長?你連自己的部族都管不好！」

「他們會回來的。」花楸星的喵聲帶著濃濃的感傷。「他們年紀太輕，太意氣用事。但是他們終將明白自己錯了，到時就會回來了。」

「也許你說得沒錯。」棘星的語氣軟化了。

赤楊掌看見他父親目光憐憫地看著已然心碎的影族族長。

一星露出尖牙。「但再怎麼說，惡棍貓還是住在部族的領地上。如果他們敢偷部族貓，想必也敢偷獵物。」

霧星怒目瞪著風族族長。「他們離你的邊界可遠的很，你大可不必擔心你會少掉任何一隻寶貴的兔子。」

一星不屑地嘶聲回道：「不然妳去保護妳水裡的魚啊？」

「這件事對我們大家都有影響！」棘星吼道。「他們現在有了小紫羅蘭，而她是預言的一部分。」

「都你在說。」花楸星在嘴裡嘟囔，語氣不是很相信。

霧星沒理會影族族長的話，直接面對棘星：「我們不能冒險前去營救她。她只是隻小貓，如果我們攻擊他們的營地，他們隨時可能殺了她。」

「我們必須等一等。」棘星決定道。

一星的頸毛豎了起來。「所以我們什麼也不做？」他一臉不可置信地瞪著棘星。

「是這些貓殺了我們的族貓。」

還奪走了你的一條命，赤楊掌陰鬱地想道，**而且把天族從峽谷趕走。**他忍不住覺得一星說得沒錯，他們的確應該積極地應戰惡棍貓。

「我們應該現在展開攻擊，把他們趕得愈遠愈好。」一星繼續說道。

花楸星瞪大恐懼的眼睛。「我不想跟我的族貓在戰場上交手，哪怕他們走錯了路。他們還是可能改變心意，重回部族。」

「我瞭解。」棘星一臉同情地迎視花楸星的目光。「我們也不能拿小紫羅蘭的性命來冒險。」

一星發出怒吼，眼睛在月光下射出怒火。「那我們就沒什麼好說的了。」他從巨橡樹上跳下來，趾高氣揚地穿過空地，憤怒地甩動尾巴，示意族貓們跟上。

兔躍匆匆離開其他副族長，回到他族長旁邊。其他風族貓也很快跟進，一個接一個地從貓群裡鑽出來。月光照亮他們的毛髮，風族貓朝長草堆前進，最後消失其中。

赤楊掌看著棘星。**現在怎麼辦？**

「大集會結束了。」雷族族長喊道，也從樹上跳下來。

赤楊掌動也不動，地上的四隻腳像結了冰。就這樣？他們從此得住在惡棍貓的旁邊，假裝他們只是另一個部族？棘星難道忘了這些貓曾把天族貓趕出家園嗎？要是他們也在這裡故計重施，那怎麼辦？

其他貓兒都往樹橋走去，他的喉嚨一緊。他不想跟上去，因為回到家，他就得告訴小嫩枝，她的妹妹現在跟惡棍貓在一起。

第十二章

「後腿要蹲低。」藤池下令道。

嫩枝掌又蹲低了一點，目光緊盯著前方葉子。

新葉季的陽光斑駁灑向林地，樹上嫩芽襯得整片林子彷若浸淫在綠色的氤氳水霧裡。自從小紫羅蘭消失後，已經又過了四個月。嫩枝掌當上見習生後的這半個月來，一直努力學習，想讓她的新導師對她刮目相看。她想要跟雲雀掌、葉掌和蜂蜜掌一樣厲害。他們已經在上戰技課了，而她目前為止只能在葉堆上學習狩獵技巧。不過他們是在三個月前當上見習生的，當時林地覆滿白雪，河流和小溪也都結了冰。

「尾巴保持不動。」藤池提醒她。

嫩枝掌把尾巴貼平在鬆軟的地上。她聞得到林間飄來的獵物氣味，好想抓到一隻真的老鼠。

「先判斷距離，」藤池告訴她。「等妳確定後，再撲上去。」

嫩枝掌眯起眼睛，檢視她和葉子之間的距離。她全身亢奮不已，後腿猛地一蹬，撲了上去。

然後著地，卻在葉片上打滑，前腳在溼滑的地面一路滑出去，最後胸口最先重摔在地。

藤池快步走到她旁邊，喵嗚笑道：「妳的跳躍距離抓得很完美，但不幸的是，妳沒有算到妳的獵物會逃跑。」她輕推嫩枝掌，扶她爬起來，伸出腳爪彈掉她肩上的殘葉碎屑。「妳要學會的最重要一門技巧就是，著地時必須穩住重心。」

嫩枝掌甩甩毛髮。「我不知道地面這麼溼滑。」她看了一眼她在泥地上的著地痕跡，只見它在林地上一路拖曳。

「下次妳就會記得要先想清楚自己要在哪裡著地。泥地、岩地、布滿枯葉的林地所需的著地技巧各有不同。不過妳做得很好。妳的專注力很強，妳也學得很快。百合心要是聽到我這樣誇妳，一定很開心。」

嫩枝掌自豪地喵喵叫。「我的學習速度跟雲雀掌一樣快嗎？」她知道雲雀掌已經是很厲害的狩獵者了。百合心總是誇耀他每天都會帶獵物給她。

「這不是在比賽。」藤池語氣溫和地告訴她。「妳必須照自己的速度來學習。」

「可是我想證明我很**特別**。」哪怕已經過了好幾個月，但玫瑰瓣的話仍言猶在耳。**小嫩枝很普通，在她學會狩獵之前，她充其量也只是另一張嘴，等著我們餵而已。**她眼神絕望地注視著藤池，「我必須是最厲害的。」

「誰說妳一定要是。」藤池安慰她。

「可是如果我不是的話，我在這裡做什麼？」

藤池用憐憫的目光看著她。「妳從來不認為自己是雷族的一分子，是嗎？」她沒有等嫩枝掌回答，「希望有一天妳會。」

嫩枝掌愧疚地垂下眼睛。「妳這話讓我覺得我好像不忠於雷族。」

「妳誤會我了，」藤池慈愛地喵嗚道：「我看得出來妳就跟在部族裡出生的貓兒一樣對雷族忠心耿耿。但妳自小就跟妳媽媽、妹妹分開，對妳來說一定很不好過。」她兩眼炯亮，語帶鼓勵：「不過百合心一定很為妳感到驕傲。要是妳真正的媽媽看到現在的妳，相信也一定會為妳感到驕傲。真可惜松鼠飛的搜救隊一直沒能找到她。」

嫩枝掌皺起眉頭，一頭霧水。「松鼠飛的搜救隊？」藤池在說什麼？如果松鼠飛曾帶領搜救隊去搜找她的母親，為什麼都沒聽他們談過？她的心像有隻小鳥在胸口裡撲撲亂飛。也許他們找到了她母親的屍體，但為了保護她，不敢讓她知道。她對藤池眨眨眼睛。「他們有找到任何線索嗎？」

「只找到赤楊掌當初找到妳的那個臥鋪，已經廢棄很久了。」

「其他什麼也沒有？」

藤池緊張地蠕動著腳爪。「我也不是很清楚。後來他們就沒有再提這件事了。」

恐懼在她背脊上流竄。雷族隱瞞了她什麼嗎？**我必須查清楚！**嫩枝掌抬眼看著通往營地的坡地。**赤楊掌！**他一定會坦白告訴她，哪怕是壞消息。「我們現在可以回坑地了嗎？」她必須找赤楊掌談一談。

藤池的尾巴在潮溼的葉屑上揮打。「我不是故意要讓妳沮喪的。」

「沒關係，」嫩枝掌的思緒紊亂。「我只是必須回營地一趟。」

「好吧。」藤池不安地看著她。

嫩枝掌幾乎沒注意到她目光的不安，因為她已經爬上坡地，朝金雀花叢屏障走去。她低身穿過通道，匆匆進入營地。她的腳步跟不上自己的思緒。赤楊掌應該在巫醫窩裡。他會說什麼？他認識她母親嗎？當她跑步穿過空地時，灰紋在地上那根山毛櫸那裡喊她。

「嫩枝掌，妳那麼急要做什麼？」

「出了什麼事？」薔光正在生鮮獵物堆旁跟蕨歌分食一隻老鼠。

「我需要找赤楊掌談一談！」嫩枝掌鑽進垂在地上的荊棘簾幕，走進巫醫窩裡。

正在窩穴岩壁旁的水池那裡浸泡青苔的松鴉羽冷哼一聲，沒有抬眼。「我還以為妳當了見習生之後，赤楊掌就擺脫跟屁蟲了。」他甩掉腳爪上的水，「以跟屁蟲的標準來說，妳實在夠吵了。」

赤楊掌正撿起薔光臥鋪裡的舊青苔，一轉身，嫩枝掌已經衝到他旁邊。

「松鼠飛的搜索隊有找到我母親嗎？」她唐突質問。

他眨眨眼睛看著她，眼神不解。「松鼠飛的搜索隊？」

「就是幾個月前棘星派出去找我母親的那支搜索隊！」嫩枝掌沮喪到胃開始翻攪。當她看見他眼裡閃現警覺的神色時，不禁恐懼起來。**他一定知道什麼！**

「我們私下談。」他眼帶愧色地看了松鴉羽一眼。

「別理我，」松鴉羽語帶諷刺地說道：「你們愛待多久就待多久，反正這只是我的巫醫窩嘛。」

嫩枝掌沒理會巫醫貓。「你必須告訴我，」她懇求著赤楊掌：「他們有找到我母親嗎？」

赤楊掌把她往窩穴外面推。「我們去外面。」

為什麼？他一定是有什麼惡耗要告訴我！嫩枝掌頓時頭重腳輕地乖乖跟著赤楊掌穿過荊棘叢的垂枝。

赤楊掌帶著她走進窩穴旁的蕨葉坑裡，躲開族貓們的視線，這才迎視她的目光。「我們不知道妳的母親出了什麼事。」他低聲道。

她茫然地看著他。「為什麼要躲在這裡跟我說？」

赤楊掌不自然地扭動身子。他的樣子怎麼這麼怪？

「如果她死了，你可以直接告訴我，」她催促他。「我情願知道真相，也不要一輩子都在猜測。」

「我沒辦法告訴妳，」赤楊掌瞪著她看：「因為我不知道。」

「所以搜索隊沒有找到她？」嫩枝掌質問道。

赤楊掌別開目光。「搜索隊不是去找她。」他含糊說道。

「你說什麼？」嫩枝掌幾乎不敢相信耳裡所聞。他在說什麼？「松鼠飛帶了搜索隊去找我母親，這是藤池告訴我的。」

赤楊掌搖搖頭，「他們不是去找妳母親。」

「不是找我母親？那藤池為什麼這麼說？」嫩枝掌瞪著他，但他卻看著她，沒有回答，這令她胸口隱約升起一股怒火。「他們曾經找過她嗎？」

赤楊掌一臉愧色地低下頭。「沒有。」他的聲音細若游絲。

「從來沒有？」她看見赤楊掌吞吞吐吐，更是火大。

「他們在找別的東西。」他嘴裡終於咕噥吐出這幾個字。

「那為什麼藤池說他們是去找我母親？」

「整個部族都以為他們是去找妳母親。」赤楊掌仍然在閃躲她的目光，「到現在也還是這麼認為。」

「那他們到底去找什麼？」嫩枝掌試著想像有什麼事情比找她母親更重要。

赤楊掌一臉無助地望著她。「我不能告訴妳。」

「為什麼不行？」**我還以為你什麼事都會告訴我！我這麼信任你！**她的腳爪在地上握成拳狀。

「那是部族的機密。」

嫩枝掌的毛髮像刺蝟一樣賁張。「所以我不能知道是因為我不屬於這個部族！」

「妳當然屬於這個部族！」赤楊掌的眼睛瞪得又圓又大，滿是愧疚。「妳誤會我的意思。其實那支搜索隊的真正任務只有少數幾隻貓兒知道。因為這是機密，所以我無法告訴妳。」

嫩枝掌猶豫了一下，不確定自己是該難過他對她有所隱瞞，還是該慶幸自己不是唯一被蒙在鼓裡的貓。懊惱彷若火花在她全身流竄。「那棘星為什麼不能派支隊伍去搜找我母親？」

赤楊掌的眼神黯了下來，神情哀傷。「他覺得沒有必要。」

「他不在乎她出了什麼事？」嫩枝掌的心揪了起來。

「他當然在乎，只是……一個做母親的不可能在小貓還嗷嗷待哺的時候就撒手不管，除非……」赤楊掌的喵聲愈說愈小。

「除非……除非她死了？」嫩枝掌甩打尾巴。「這是你想說的，是不是？」她試圖甩開這念頭，但它一直啃蝕她。這足夠解釋她為何丟下她們。**可是我們也不能確定啊。**在他們確定之前，哪怕機會渺茫，也有可能她還活著啊。她神情頑強地怒瞪著赤楊掌。「也許她被什麼事耽擱了，一時之間回不來。有可能她回來了，卻發現我們不見了。她可能納悶我們跑哪兒去了。也許她到現在還在找我們！」她伸長鼻口，挨近赤楊掌。「如果你沒帶走我們，搞不好我和小紫羅蘭到現在都還跟她在一起。」

赤楊掌還來不及回答，嫩枝掌便從蕨葉叢裡鑽出去，大步離開營地。如果不是赤楊掌當年的雞婆，她根本不用待在這個爛部族裡。她可以跟她妹妹在一起，而她妹妹也不用跟一幫惡棍貓廝混。怒火中燒的她循著那條通往影族邊界的小徑快步疾走。自從小紫羅蘭被針掌帶離影族後，她就沒再見過她。可是她現在一定要見她。她要找到她，告訴她整個事情的經過。

嫩枝掌平常也不是沒聽過族貓們私下閒聊的內容，所以當她穿梭在矮木叢裡時，以前聽聞到的消息就在她思緒裡翻攪。**惡棍貓就住在影族領地外面，靠近雷族邊界那裡。**她現在就在朝那個方向前進。**我一定要找小紫羅蘭說話，**她必須告訴她，雷族貓騙了她，**要是我們的母親曾回來找我們呢？**

頭頂上的鳥兒正互相嘰喳喊叫，要不就是出聲警告彼此，或者高聲鳴唱，打理巢穴。亮晃晃的溫暖陽光隔著發芽的樹枝斑駁灑在嫩枝掌的背上，但她幾乎感覺不到。就在快走到邊界時，她離開了小路，循著氣味記號線往林子深處探進，這裡的地面開始隆起。她以前從沒來過這兒……哪怕是藤池在她第一天當見習生時，帶她巡視雷族領地時，也沒來過。那天她很為自己感到驕傲，因為她認定這是她的土地，有一天，她會在這裡巡邏，保衛小貓們和長老們。

可是誰來保衛我母親的安全？她頑強地抬高下巴，繼續挺進。腳下地面愈來愈鬆軟，林木漸漸稀疏，終於變成泥地。她走向雷族的氣味記號線，一腳跨過它。她看到領地外面的陌生足跡，心跳不免加快。

惡棍貓一定就在附近。她聞得到陌生的氣味。她繃緊神經，掃視矮木叢，總覺得暗尾那幫惡棍貓比較像是鬼魂，而非真實的貓兒。他們從沒去過大集會，一直住在領地的邊陲地帶，巡邏隊偶而會在暗處瞥見他們。部族貓一談到他們，便自動壓低音量，彷彿說的是黑暗森林的貓。

她走進暗處，趨近影族領地邊緣，緊張到毛髮豎了起來。她張開嘴巴，嗅聞空氣裡的氣味，結果聞到新葉季的新鮮葉子和泥巴的刺鼻味道。她腳下地面變成了草地，地勢陡得更厲害了。這裡長著山毛櫸和赤楊木，樹幹間有花楸灌木叢生。她慢下腳步，清楚明白自己已經踏上惡棍貓的領地，於是低下身子貼近灌木叢。

一個身影在前方移動，她停下腳步，心整個揪了起來。上坡有隻公貓叼著獵物。嫩枝掌愣了一下，看著他快步穿梭在兩排蕨葉之間，最後消失在視線裡。

「妳在偷看嗎？」

身後的喵聲嚇了她一跳，她霍地轉身，心臟差點從喉嚨裡跳出來。她眨眨眼睛，一隻年輕母貓正以責難的目光看著她。她嗅聞空氣，聞到陌生的惡棍貓氣味。

「妳在這裡做什麼？」母貓質問道，同時豎起頸毛，黑色斑點在白色毛髮上如波起伏。

「小紫羅蘭？」嫩枝掌鬆了口氣。小紫羅蘭看起來很好。惡棍貓顯然沒有傷害她。嫩枝掌瞪著她看，不敢相信眼前這隻毛色光滑的年輕母貓就是她妹妹。她看得出來她毛髮底下的肌肉很結實，腳掌變大了，尖銳的利爪藏在其中。嫩枝掌顯得猶豫，因為小紫羅蘭正瞪著她。那是懷疑的眼神嗎？「是我，我是嫩枝掌。」

小紫羅蘭瞇起眼睛。「我現在叫紫羅蘭掌。」

嫩枝掌朝她眨眨眼睛。**她不高興見到我嗎？**「我是來找妳的。」

「為什麼現在來？」紫羅蘭掌的眼裡沒有流露出任何情緒。

「我發現到一些事情。雷族裡有些貓兒都被告知曾有搜索隊被派出去搜找我們的母親，但其實根本沒有。全是一場謊言。從來沒有搜索隊被派出去查探她的下落。」嫩枝掌一口氣說了出來，氣喘吁吁。

紫羅蘭掌聳聳肩。「妳覺得很驚訝？」

「他們早就該去找了！」嫩枝掌驚駭不已。她的妹妹怎麼了？難道是因為跟惡棍貓廝混久了，才變得如此冷酷無情？「赤楊掌騙了我。我一直當他是我朋友。大家都相信棘星曾派出搜索隊去找我們的母親，但是他沒有。赤楊掌說他們是去找別的東西。」嫩枝掌覺得自己說得漫無頭緒，不過她只需要她妹妹理解她的心情。因為沒有任何一隻雷族貓能理解她的心情。只有紫羅蘭掌是可能理解。

紫羅蘭掌眨眨眼睛看著她，不帶任何表情。

嫩枝掌瞪大眼睛：「就連妳也不在乎？」

「我一向認定我們的母親死了。」紫羅蘭掌皺起眉頭。嫩枝掌看得出來她正在思考。「不然她為什麼丟下我們？」

「要是赤楊掌把我們帶走之後，她又回來找我們了呢？」

紫羅蘭掌偏著頭。「那她會發現我們不見了。」

「可是她可能還在找我們啊？」嫩枝掌希望她妹妹能明白她的感受。

「都這麼久了，還在找？」紫羅蘭掌看起來不太相信。

「妳不想去找她嗎？」沮喪哽在嫩枝掌的喉間。

紫羅蘭掌身後的蕨葉一陣擺動。「找誰？」針掌走了出來。

紫羅蘭掌扭頭一看，毛髮豎得筆直，神情內疚。「嗨，針尾。」

針尾！影族見習生八成在離開影族後，就給了自己一個戰士名。

針尾停在紫羅蘭掌旁邊。「找誰？」她重複問道，耳朵貼平。

嫩枝掌抬起下巴。「找我們的母親。」她喵聲道，無視恐懼在身上流竄。針尾已經完全長大成熟了，她的身材修長，毛色滑順，尾毛濃密光亮，但是眼帶敵意。「我猜她可能還活著，正在找我們。我想要紫羅蘭掌幫忙我一起去找她。」

「為什麼？」針尾朝她挨近，瞇起眼睛。「她在惡棍貓這裡已經有自己的家了，」她的目光瞟向紫羅蘭掌。「對吧？」

「對啊。」紫羅蘭掌立刻接口。「惡棍貓現在就像我的血親一樣。他們對我很好，比以前的影族貓好多了。針尾也像我姊姊一樣。」

嫩枝掌的肚子像挨了一記，覺得很受傷。**我們才是姊妹啊！我這幾個月來一直在擔心妳。**難道紫羅蘭掌忘了她們小時候的相依為命嗎？「所以妳不想幫我一起找她？」她突然覺得好累，對赤楊掌的怒氣正在慢慢消失。

紫羅蘭掌注視著嫩枝掌，目光柔和了一點。「我不能離開營地夥伴。他們餵養我，保護我。我不能跟妳走，這樣是不對的。」

針尾抽動著尾巴。「暗尾很看重忠誠度。」她發出咆哮的喵聲。

嫩枝掌直覺後退。

紫羅蘭掌眼睛眨巴眨巴地看著她姊姊。「嫩枝掌，對不起。我幫不了妳。妳該回去了。」

「是啊，部族貓！」針尾冷笑道。「回家去，那裡比較安全。」她看了坡地一眼，似乎在留意惡棍貓有沒有來。

嫩枝掌的胃頓時揪緊。要是惡棍貓發現她在這裡，怎麼辦？針尾顯然是不會站在她這邊。

「走吧，紫羅蘭掌，」針尾走進蕨叢裡。「我們的營地夥伴在等我們回去。」

「對不起。」紫羅蘭掌對著嫩枝掌眨眨眼睛，與她對視了好一會兒才轉身離去。

嫩枝掌看著她妹妹被吞沒在蕨葉叢裡。她站在原地，動也不動，一顆心空蕩蕩的。赤楊掌認為她母親死了，而紫羅蘭掌似乎不在乎母親的死活。她突然覺得自己很蠢，根本是在小題大作，大家都對這件事一點興趣也沒有。

她朝林子的方向看了一眼，淺藍色的天空底下，林子一片綠油油的。陽光普照大地，她知道林子後方的湖面必定也是波光粼粼。

也許找她母親這件事根本是個蠢點子。就算她還活著，現在也可能有了新的小貓，哪裡還會再想到幾個月前丟棄的小貓？疲累的嫩枝掌終於朝回家的方向移動腳步，緩緩走下斜坡。

第十三章

紫羅蘭掌回頭看了一眼，試圖隔著蕨葉叢最後一次捕捉嫩枝掌的身影。可是新枝嫩葉擋住了視線。她滿肚子疑慮。**我剛剛是不是應該答應她才對？她終究是我姊姊。**

「走快點！」針尾彈動尾巴，這時她們正從蕨葉底下出來，來到了通往營地的那一大片草地。「狩獵隊快回來了，我快餓死了。」

巡邏隊！紫羅蘭掌在心裡氣沖沖地對自己說。惡棍貓在編隊出任務上，根本跟影族完全不一樣。暗尾會突然因為現在想吃獵物，就派他們出去狩獵，或者在他們正準備離開要去標示那老在變來變去的邊界時，提醒他們順道帶獵物回來。這裡完全缺乏組織和常規，跟她以前在影族所習慣的生活全然不同。

也許他們總會學會的。紫羅蘭掌加快腳步。她剛剛差點認不出她姊姊。**嫩枝掌看起來好不一樣。她好像變得很雷族。**紫羅蘭掌突然恍然大悟以前針尾、蜂鼻、和其他影族貓在取笑雷族貓老自以為比其他部族優秀的原因是什麼了。難道嫩枝掌真以為我會為了找那死去的母親而捨棄營地夥伴，像她一樣鼠腦袋地展開尋母任務嗎？紫羅蘭掌惱火到毛髮都豎了起來。**嫩枝掌只有在需要我的時候才想到我。自從我離開後，這四個月來她怎麼都沒想過來找我？難道她都不擔心我嗎？**她氣呼呼地對自己說，**她一定以為她想要什麼就可以有什麼。再說，她憑什麼認定她們的母親還活著？她當然死了。**不然她為什麼會丟下她們？**嫩枝掌自以為聰明，標準的雷族思維，**紫羅蘭掌憤憤不平地想道。

針尾看了她一眼。「妳在咆哮什麼啊？」

紫羅蘭掌甩甩毛髮。「沒什麼。」她不想在針尾面前抱怨嫩枝掌。嫩枝掌再怎麼討厭，終究還是自己姊姊。雖然現在感覺上針尾比較像是她的親姊姊，但跟其他貓兒的關係呢？紫羅蘭掌總是懷疑自己跟其他營地夥伴的感情能否像跟針尾的感情一樣好？以前她還沒加入這個幫派之前，烏鴉曾經對她很友善，但現在態度已經沒那麼好了。老實說，惡棍貓沒有一個是友善的。就連加入惡棍貓的影族貓也跟以前在影族一樣對她不太有耐心。

但我有針尾，紫羅蘭掌安慰自己，**有她就夠了。**

地面上響起腳步聲，雨和光滑鬚朝她們跑來，嘴裡各叼著一隻老鼠，看見針尾和紫羅蘭掌，趕緊煞住腳步。

「你們用跑的？」針尾驚訝地眨眨眼睛。「有狐狸在追你們嗎？」

光滑鬚放下老鼠。「我們為什麼不能跑？我們擔心營地夥伴可能肚子餓啊。」她玩笑地看了雨一眼。「對不對？」

雨喵嗚笑道：「對啊。」

針尾妒嫉地怒瞪著光滑鬚，移動身子，硬是從這兩隻貓兒中間擠過去。

紫羅蘭掌才不相信他們的說法。她看到光滑鬚腰腹的毛髮十分扁平，顯然先前曾躺在地上。再說，紫羅蘭掌和針尾曾不只一次地逮到光滑鬚在新葉季的陽光底下打瞌睡，雨也一樣。這陣子以來，他們兩個好像都不把狩獵當一回事。

針尾看了老鼠一眼，顯然不太滿意。「這根本不夠餵飽我們大家。只能寄望苜蓿足和蟑螂能多抓點獵物回來。我快餓死了。」

光滑鬚火大地甩甩尾巴。「妳自己有抓到什麼嗎？」

「我們不是來狩獵的。」針尾抬起下巴：「我在教紫羅蘭掌一些新的格鬥技巧。」

光滑鬚不屑地看著紫羅蘭掌。「我不懂妳幹嘛不嫌麻煩地訓練她。反正我們又不住在部族裡，就讓她像惡棍貓一樣自己學會打架和狩獵就行啦……經驗多了就會了。還是因為她不夠聰明？」

針尾露出尖牙。「紫羅蘭掌以後會成為戰士，不是惡棍貓。」

雨愣了一下。「妳是想要回去影族嗎？」

「當然不是！」針尾哼了一聲：「只是戰士的打鬥技巧比惡棍貓高竿多了。」

雨抽動著鬍鬚。「妳去跟一星說啊。」

針尾歪著頭。「因為他不是跟普通的惡棍貓打鬥，」她的喵聲溫柔諂媚：「他是跟你打。」

雨的眼睛一亮。「所以妳認為我的打鬥很有戰士的架勢？」他繞著針尾轉，身子輕輕擦過她的毛髮。

「比戰士還優。」針尾喵嗚回答。

光滑鬚翻起白眼。「你們兩個可不可以不要像一對鼠腦袋一樣？我要把獵物送回營地，免得硬掉了。」

紫羅蘭掌抽動耳朵。**妳是想趕在苜蓿足的狩獵隊回去之前，先把牠藏在生鮮獵物堆的最底下吧。**這也抓得太少了，連光滑鬚和雨自己都看不下去吧。暗尾已經注意到這現象，而且在抱怨了。但還好裂縫和蜂鼻都不想吃，他們不知道生了什麼病，胃口全無。

她看見雨專注看著針尾的眼睛。「也許我們應該一起去狩獵，」他溫柔地喵聲道：「只有我們兩個。」

紫羅蘭掌不悅地皺起眉頭。她才不會讓雨輕易搶走她的朋友。「針尾答應明天要教我怎麼追蹤兔子。」

針尾的目光依依不捨地從雨身上移開。「她說得沒錯。」語調聽起來似乎很懊惱？光滑鬚叼起老鼠，朝營地走去。雨也叼起老鼠，跟在後面，邊走還邊回頭看針尾。紫羅蘭掌趕緊走到導師前面，擋住他的視線。

他們進到營地時，苜蓿足剛好轉頭過來。灰色虎斑貓站在一隻肥美的兔子和一隻畫眉鳥旁邊。

「你回來啦！」光滑鬚把老鼠丟進生鮮獵物堆裡，聲音聽起來很訝異。

苜蓿足抽抽鼻子。「是啊，抓這些獵物又不用花多少時間。」

刺柏爪正在舔洗身上的葉屑。他抬起頭來：「獵物很多啊。」

「我們已經回來好久了。」蟑螂打個哈欠。銀色公貓懶洋洋地躺在附近。

雨把他的老鼠丟在光滑鬚的老鼠旁邊。「裂縫和蜂鼻怎麼樣了？」他望著枝葉低垂的花楸叢，生病的貓兒就躺在裡面。

枝葉一陣抖動，蕁麻小心翼翼地走出來，一臉憂色，回答了雨的問題：「他們的病況更糟了。蜂鼻一直咳個不停，裂縫體溫也愈來愈高。」

在惡棍貓裡頭，蕁麻的角色最近似巫醫貓。但這隻棕色虎斑貓只略懂一些藥草，已經全用病貓身上，卻一點效果也沒有。

雨聳聳肩。「喔，那……」他飢腸轆轆地嗅聞兔子。「我們就可分到更多的獵物吃。」

「等一下。」營地外面傳來尖銳的吼聲。

紫羅蘭掌認出暗尾的聲音，立刻緊張起來。

惡棍貓首領從營地邊緣的長草堆裡緩步走出，目光凶狠地盯住雨。「你今天不准碰生鮮獵物堆裡的東西。」

雨豎起頸毛。「我要吃東西不需要經過誰的同意。」

「你想吃嗎？」暗尾慢慢走向他。「那就去抓點值得吃的東西回來。」他停在生鮮獵物堆旁邊，用爪子勾起一隻老鼠。「這是給小貓吃的。」

紫羅蘭掌緊張地看著針尾。暗尾的語氣裡帶著威脅，雨眼神挑釁地瞪著他。這隻灰色公貓最近愈來愈常挑釁惡棍貓首領。昨天他還拒絕出外巡邏。「他們要打起來了嗎？」她低聲問道。

「噓！」針尾沒有看著紫羅蘭掌，目光始終在雨身上。長毛公貓朝暗尾趨近，針尾眼神急切炯炯發亮。

「我抓的獵物對你來說不夠好？」雨吼道。

惡棍貓首領甩著尾巴。「你帶回營地的獵物愈來愈少。」他扔掉老鼠。「這隻老鼠是目前為止最慘不忍睹的。」

雨的眼睛瞇成一條縫。「你一直在計算我抓多少獵物回來嗎？」

「我當然會算。」暗尾嘶聲道：「我是這個幫派的首領，我得確保每隻貓兒都有出力。」

「你的語氣聽起來像是部族貓。」雨冷笑道。

「那又怎樣？」暗尾抬起下巴。「他們過得很好啊。」

「你是想訂規矩嗎？」雨縮張著爪子。

「規矩可以幫忙填飽我們的肚子。」暗尾緩緩說道，凶狠的目光一直沒有離開雨的身上。

「這就是我們來這裡的原因嗎？」雨嘶聲道：「躲在灌木叢裡捕捉部族貓不要的獵物？」他的尾巴朝綿延在後方的影族松樹林彈了彈。「我們躲在這鼻屎一樣小的地方，而那兒卻有大片的領地等著我們去奪取。」

紫羅蘭掌覺得一股恐懼冰涼地爬上她的背脊。雨是要惡棍貓把影族趕走嗎？為什麼？這裡的獵物已經夠多啦，而且這四個月以來，暗尾也似乎不願招惹影族，情願與影族和平共處。她想到松鼻和花楸星、還有水塘掌和草心。**草心的小貓們！**他會威脅到他們嗎？

「我們還不需要那片松樹林！」暗尾呸口道。「目前該有的我都有了，不需要無謂交戰。我們還不用奪取任何領地，除非我下令。」

雨貼平耳朵。「你心腸變軟了。」他壓低身子，姿態威嚇，喵聲裡帶著咆哮。

暗尾眼裡有光一閃而逝，突然大吼一聲，朝雨撲過去。雨用後腿撐起身子應戰，但被肌肉結實的公貓迎面撞上，踉蹌後退。雨伸爪穩住自己，一個翻身，仰躺在地，後腿一抬，凶狠踢打暗尾的下腹。紫羅蘭掌看著兩隻貓兒在空地四周翻滾、尖嚎，嚇得往後彈開，心臟撲通撲通地跳。她以前也見過惡棍貓互相扭打，但今天這兩隻貓兒的兇惡吼聲令她毛骨悚然。

針尾在他們四周奔來跑去地觀戰，目光始終盯住雨，這場爭鬥令她亢奮到毛髮如波起伏。

「小心！」紫羅蘭掌出聲警告，因為暗尾掙脫了箝制，狠狠甩出了一巴掌。針尾低身躲過，差點被爪子劃到，雨的面頰卻被直接命中，當場血流如注。

雨奮力爬了起來，低身躲過第二記巴掌，順勢撲向暗尾的前爪，撞了上去，惡棍貓首領當場跪跌，腹部著地。雨用後腿撐起身子，前腳猛擊暗尾的背脊。

惡棍貓首領齜牙低吼，翻身躲過，跳起來重新站好，眼裡射出怒火，露出尖牙，撲了上去。紫羅蘭掌看見惡棍貓首領利牙戳進雨的頸間，嚇得倒抽口氣。

長毛公貓嘴裡咕噥一聲，摔倒在地。暗尾低吼咆哮，將雨壓制在地，尖牙仍戳在灰色公貓的頸子裡。

雨在他下方猛力抽動，喉間的呼吸聲咯咯作響。

「快放開他！」針尾驚慌的尖叫聲劃破空氣。「你會把他殺死的。」

雨動也不動地被惡棍貓首領壓在底下，紫羅蘭掌嚇得大氣不敢喘。雨被徹底打趴在地上，暗尾這才肯鬆手。恐懼像火花一樣在紫羅蘭掌毛髮底下流竄。暗尾退後幾步。惡棍貓的營地都是這樣嗎？為了爭奪首領位子而打得你死我活？她小心翼翼地環顧其他惡棍貓，還有誰敢出來挑戰暗尾？

針尾跌坐雨旁邊。「你沒事吧？」那雙晶亮的眼睛布滿驚駭。

雨咕噥出聲，頸間毛髮盡是觸目驚心的鮮血。氣喘吁吁的雨好不容易站了起來，面對暗尾。

暗尾皺起眉頭：「誰才是首領？」

雨怒視著他。「你是首領。」他低吼道。

紫羅蘭掌全身發抖。

「不准再質疑我。」暗尾低聲說道，身後的尾尖不懷好意地抽動著。

雨看著他，眼裡仍有怒氣。「我不敢了。」

「是的，你不敢了。」突然在毫無預警下，暗尾腳爪猛地一揮。雨還沒來得及眨眼，眼睛就被他的爪子迅如閃電地耙過去。

雨的眼窩立刻血流如注，紫羅蘭掌嚇得上氣不接下氣。雨蹣跚後退，驚駭地貼平耳朵，痛苦嚎叫，最後癱倒在地。

針尾弓身擋住他。「你把他弄瞎了！」她對暗尾尖聲大喊。

暗尾齜牙咧嘴。「只是半瞎而已。」他低吼：「一隻半瞎的貓就威脅不了誰了。」他緩步走到生鮮獵物堆那裡，用嘴叼起一隻肥美的兔子，帶回空地邊緣，大啖起來。

紫羅蘭掌盯著雨打量，一看到他的臉，驚恐頓時如火苗燒烤她全身。以前她也在這裡看過惡棍貓打架，但從來不像這次這麼凶殘。他的面頰被劃出口子，單眼緊閉滲血。她一陣反胃，跑離營地，在一株赤楊木後面煞住腳步，大吐特吐，嚇到全身抽搐。

✦ ✦ ✦

紫羅蘭掌弓背坐在臥鋪裡，在黑暗中窺看。營地靜悄悄的，只除了雨的呻吟聲和針尾的安慰聲，她正盡其所能地照顧他。蕁麻一整個晚上拿著藥草進進出出，現在還蹲在長草堆的外面，雨和針尾就依偎在裡面。

紫羅蘭掌看著蕁麻不敵睡意地慢慢闔上眼睛。暗尾的打呼聲在營地迴盪。空地上沒有月光，雲層遮避了天空。其他惡棍貓都蜷臥在自己的臥鋪裡。生鮮獵物堆上還有獵物。稍早前只有暗尾胃口大開地享用生鮮獵物，其他惡棍貓都悄無聲息地躲進暗處。紫羅蘭掌好奇他們是不是也像她一樣被那殘忍的一幕給嚇到。她甚至好奇那幾隻影族貓現在是不是很後悔當初離開影族的決定。也許影族有太多的規矩得遵守，但至少大家都會互相照應，絕對不可能弄瞎彼此。

紫羅蘭掌知道自己必須離開。她不能再這樣下去，她不能繼續生活在一個被恐懼和利爪統治的幫派裡。可是她能去哪裡呢？她想像自己成了獨行貓，她不安到一顆心砰砰亂跳。也許她可以拜託花楸星讓她回去，或者拜託棘星。也許有部族貓還是相信她是預言的一部分，因此很歡迎她回去。她只知道她不能繼續待在這裡。這些惡棍貓太反覆無常了。要是她不小心說錯什麼，或者沒抓到夠多的獵物回來，那怎麼辦？誰知道暗尾和其他惡棍貓多久之後就會把矛頭轉向她？

她聽得到針尾在長草堆後面的低語聲。這陣子以來，針尾跟雨走得愈來愈近，**她離不開他了，尤其現在更不可能了**。如果他們兩個真的成了伴侶貓，針尾還會有時間陪我嗎？**我在這裡一定會很孤單**。

紫羅蘭掌靜悄悄地站起來。她爬出臥鋪，她的心跳聲大到連自己的耳朵都聽得到。她踮起腳尖，穿過空地，停在蕁麻旁邊，後者正發出輕微鼾響。她伸長脖子，目光越過蕁麻，想看清楚長草堆裡的動靜，可是除了黑影之外，什麼也看不到。她想告訴針尾她要走了，順道謝謝她。可是她又怕被逮到，不敢冒這個險。

「雨，別擔心，慢慢就不會痛了。」

她聽到她朋友的溫柔低語聲。從此以後，她不再有針尾為伴了。**再會了，針尾**。心痛的她轉身離開，走出營地。

✦✦✦

天剛破曉，松樹和青苔的氣味充斥她鼻腔，剛降臨的新葉季把陽光滲進了影族領地。紫羅蘭掌蹲在一株荊棘底下，這裡離營地圍籬只有一棵樹的距離。一隻肥美的兔子被擱在她腳下。**這樣的心意夠嗎？**

當初暗尾送獵物大禮來時，花楸星曾拒絕接受，甚至要求針尾把她也帶走。**是妳找到她的，但她對我們影族一點好處也沒有。自從她來了之後，麻煩不斷，還不如沒有她比較好。**自她離開後的這幾個月來，這番話始終在她腦海裡迴盪。如今她這樣大費周章地想重回影族，會不會只是浪費時間？也許她應該直接去雷族，求棘星收留她？嫩枝掌一定會站在她這邊，不是嗎？

她害怕到心跳也跟著加快。要是沒有部族想收留她，那該怎麼辦？要是他們都認為她是燙手山芋，只是多一張嘴巴等他們餵，那該怎麼辦？惡棍貓絕對不會原諒她的不告而別。她恐怕要當獨行貓了。

「誰在那裡？」

褐皮的喵聲嚇了她一跳。荊棘叢裡探進一個玳瑁色鼻口，紫羅蘭掌發現自己正瞪著戰士的綠色眼睛看。「小紫羅蘭？」對方眨眨眼睛。

「我現在叫紫羅蘭掌。」紫羅蘭掌喵聲說道，語氣不太肯定。她從來沒有自己的命名大典，是針尾自行決定該是時候訓練她了，就順道改了她的名字。這是不是表示她還不夠格被稱為什麼「掌」？

褐皮退出荊棘叢。「妳出來。」她的語氣嚴厲。

紫羅蘭掌緊張地用嘴叼起兔子，鑽了出來。

穗毛和虎心都站在褐皮後面瞪著她看。

「妳是不是在我們的領地上偷抓獵物？」褐皮一臉驚詫地瞪看她。

紫羅蘭掌扔下兔子。「我穿過邊界前抓的。」她可不想犯跟暗尾一樣的錯。

「妳為什麼來這裡？」褐皮質問她。

「我想回影族。」她看著自己的腳，聲音低到像是在耳語。

穗毛低吼：「是妳自己選擇離開的，這裡沒有妳的容身之處了。」

「是花楸星叫針尾帶我走的。」紫羅蘭掌抬起頭來，強迫自己必須勇敢。「我知道這裡從來沒有誰真的想要我，但我還是希望我可以在這裡找到屬於我自己的角色。」

穗毛怒瞪著她。「什麼角色？影族的叛徒嗎？」

「你別說了，」褐皮朝她的同伴轉身。「又不是只有她離開影族。」

「他們全是叛徒。」穗毛嘶聲道。

虎心擠到憤怒的公貓前面。「紫羅蘭掌離開時只是隻小貓。而且的確是花楸星叫針尾帶她走的，又不是她自己決定的。」

褐皮正在看她帶來的兔子。「這是妳自己抓的？」

「是啊。」紫羅蘭掌溫順地說道。

穗毛把虎心推到一旁。「她可能有帶其他惡棍貓來。」

紫羅蘭掌挺起胸膛。「我是自己來的！他們都不知道我離開了。」

褐皮伸爪戳戳地上的兔子。「這隻獵物好大，看得出來妳不再是小貓了。」她朝營地方向點頭示意。「來吧，我們讓花楸星決定吧。」

褐皮、穗毛和虎心護送紫羅蘭掌走進營地時，花楸星正在空地邊緣的大岩石旁休息。虎心嘴裡叼著紫羅蘭抓到的兔子。當他們經過空地時，紫羅蘭掌刻意無視影族貓投來的目光。她聽見扭毛正在巫醫窩外面跟橡毛竊竊私語，但聽不出來對方在說什麼。松鼻從戰士窩裡盯著她。紫羅蘭掌避開母貓的目光，羞愧到全身毛髮微微刺痛。她猜松鼻八成對她沒什麼好感。正在梳洗的石翅和黃蜂尾在她經過戰士窩時抬起頭來。曦皮正在生鮮獵物堆裡翻找，挑挑揀揀昨夜剩下的獵物。紫羅蘭掌朝育兒室看了一眼，希望能捕捉到小螺紋、小蛇和小花的身影。也許他們已經當上見習生了。但是沐浴在清晨陽光下的育兒室顯得靜悄悄的。

花楸星一看到她便迅速起身。紫羅蘭掌全身繃得死緊，急著想要解讀他眼神裡的含意。她在那雙綠色眼睛裡看到的是如釋重負嗎？

「我就知道你們會回來！」他的目光瞟向入口，滿臉企盼。

「只有紫羅蘭掌，」褐皮停在影族族長面前，「她單獨回來的。」

花楸星一臉狐疑地瞇起眼睛。「她是來刺探我們的嗎？」

虎心把兔子丟在腳下。「她想重回影族，這是她帶來的禮物。」

花楸星皺起眉頭。「又是惡棍貓那一套。」

「我不是惡棍貓！」紫羅蘭掌彈彈尾巴。為什麼部族貓老愛幫別的貓兒貼標籤。她怒火中燒。難道大家都不想要她嗎？她這輩子總是被貓兒們到處轉送。先是赤楊掌把她從母親的窩穴裡帶走，然後花楸星又把她從雷族手中搶走，接著針尾帶她加入惡棍貓。這是她第一次自己來決定要待在哪裡，而她選擇了影族。**所以算他們走運！**「我知道我不是在部族出生，但我想成為部族貓，所以我決定回來。不過我也可以選擇雷族。」

花楸星表情不安。「不行。」

「為什麼？」她迎視他的目光，很訝異自己的膽子竟然這麼大。

「我們需要妳留在這裡。」影族族長看起來很疲憊。「搞不好妳回來之後，其他貓兒也會跟著回來。」

「要不要回來，得由他們自己決定。」紫羅蘭掌很不服氣地說道：「如果你需要的是一個生力軍，那就讓我回來。別因為我可以當誘餌誘引他們回來才勉強接受我。」

穗毛低吼。「花楸星，別信她。她很可能是惡棍貓派來的。這裡頭也許有陰謀。」

紫羅蘭掌怒目瞪他。「如果他們真的想滲透影族，你覺得他們可能會派我來嗎？影族最不想要的貓應該就是我吧，我又不是在影族出生的。」

褐皮的身子輕輕刷過她。「花楸星，我覺得我們應該讓她回來。她願意離開惡棍貓，冒險回來這裡，是需要很大的勇氣。」

虎心點點頭。「她也許不是在部族出生，但她的膽識跟部族貓無異。」他眼神溫暖地對她眨眨眼睛。

紫羅蘭掌驚訝到全身毛髮微微刺癢。這麼容易就能回來了？她看著花楸星，心跳得好快。

花楸星遲疑了一下，環顧營地，最後垂下頭。「很好，反正我們現在很需要戰士。歡迎妳重回影族成為我們的一分子。」他望向生鮮獵物堆。「曦皮，就由妳來擔任紫羅蘭掌的導師吧。」

曦皮朝紫羅蘭掌緩步走來，但才一靠近，就皺起鼻子。「好吧，」她同意道：「不過她得先把身上的惡棍貓臭味洗掉，我才要訓練她。」

紫羅蘭掌幾乎沒聽到她在說什麼。她根本不在乎自己臭不臭。她只覺得興奮無比。她又是部族貓了，而且是真正的見習生了。

第十四章

紫羅蘭掌重回影族之後，決心證明給大家看她對部族的價值，於是每天早起，趕在曦皮帶她出外上課之前，先幫長老們更換新鮮的臥鋪，而狩獵了一整天之後，也總是等到最後一個才去生鮮獵物堆拿獵物吃。如果曦皮忙到沒空教她，她就去幫忙水塘光收集藥草。上次見到水塘光的時候，他還是位見習生，但自從葉池回雷族之後，他就被扶正成為正式的巫醫，有了正式的巫醫名號。紫羅蘭掌喜歡幫他做事，他總是對她很和善，不過他好像有點緊張自己的巫醫角色，每天都在擔心怎麼保持族貓們的健康，顯得有點不知所措。

住在惡棍貓那裡的那段日子讓她練就成了厲害的狩獵者。曦皮對她的狩獵技術很是刮目相看。紫羅蘭掌不敢跟她說是針尾訓練她的。她幾乎不提針尾或其他惡棍貓的事，哪怕有族貓向她問起，也一概不說。就連花楸星逼問她惡棍貓的事情時，紫羅蘭掌也不願詳談，只說只要暗尾在，對影族就不會構成威脅。畢竟她曾聽暗尾說過，他無意占領影族的領地，她希望他說的是真的。最後花楸星便不再追問了，就連整個部族也都不問了。她知道那是因為她拒絕出賣以前的夥伴而勉強獲得了他們的尊重。有天晚上她筋疲力竭地走回自己的窩穴，竟無意中聽到扭毛對鼠疤說：「如果她不會出賣他們，就表示她不會出賣我們。」

當然有些族貓還是不信任她。雪鳥和焦毛總是瞇起眼睛看著她。穗毛幾乎不跟她說話。松鼻盡量跟她保持距離，頂多禮貌地點個頭。但至少蓍草葉和爆發石夠友善，很願意在一天終了時與她分食獵物。

她很想念針尾，每次一想到她，便覺得有罪惡感，只好盡可能地讓自己忙到沒空想她，但偶而也會納悶嫩枝掌和她們的母親現在怎麼樣了？可不可能嫩枝掌說得沒錯？她們的母親其實還活著？當初嫩枝掌來求助她的時候，也許她應該答應她的。每次一想到這些事情，她就刻意讓自己忙到無暇去想。

今天她醒來的時候，雨滲過樹冠滴了下來。當時她正躲在溫暖的見習生窩裡，聽見外頭有雨聲，便蓬起全身毛髮，低頭鑽出空地，悄聲走過營地。其他族貓都還在睡覺。微弱的曙光難以穿透雲層。正當她想到有一處地方的蕨葉叢好像可以收集到乾燥的莖梗來幫長老更換臥鋪，突然看見水塘光從巫醫窩裡走出來。

他眼帶愁雲。

「怎麼了？」紫羅蘭掌匆匆走向他，腳爪在泥地上踩得嘰叭作響。她目光越過水塘光，朝巫醫窩入口張望。她知道黃蜂尾和橡毛都在裡面，身染不知名的疾病。「他們的情況更嚴重了嗎？」

「我不知道該怎麼辦？」水塘光踱步，完全沒注意到雨水浸溼了他的毛髮。「我把我所知的藥草全用上了，我本來以為是綠咳症，可是貓薄荷沒有效。艾菊是可以稍微緩和他們的呼吸狀況，但發燒的情況愈來愈糟，而且好像什麼藥草都不見效。」

「我可以幫你什麼忙嗎？」紫羅蘭掌提議道：「我可以幫忙採集藥草……」

「妳沒聽到我說的嗎？藥草不管用！」水塘光瞪著她，神色顯得驚慌。「我不知道該怎麼辦？」

「去問花楸星。」紫羅蘭掌催促道，心裡暗自希望自己能有更好的建議。「也許他以前看過類似這種病，或許知道小雲用過什麼藥。」

水塘光朝她感激地眨眨眼睛，就朝族長的窩穴走去。紫羅蘭掌跟在後面，甩掉身上的雨水。

「花楸星！」水塘光在族長窩的入口小聲喊道。

暗處傳來沙啞的低吼聲。「是誰？」

「是我，水塘光。」年輕巫醫貓退後一步，讓花楸星鑽出窩穴。

影族族長睡眼惺忪。他的毛髮凌亂，無精打采地看著水塘光。「你要幹嘛？」

「我不知道怎麼醫治黃蜂尾和橡毛，」水塘光承認道：「我能試的都試了，但一點效果也沒有。」

「他們不是得了綠咳症嗎？」花楸星呼嚕出聲：「給他們吃貓薄荷啊。」

「貓薄荷沒效。一定是別種病，一種我不知道的病。」水塘光一臉倉皇。

花楸星惱火到背上的毛豎了起來。「你是巫醫貓欸，」他咆哮道：「幹嘛問我？」

紫羅蘭掌上前一步。「他想也許你以前見過這種疾病，」她告訴他：「他希望你知道該怎麼做。」

「以前都是小雲在照顧病患。」花楸星生氣地眨眨眼睛。

「也許我們應該請教更有經驗的巫醫貓，」紫羅蘭掌大膽提議。「或許可以再請葉池過來幫忙。我可以現在就去找她……」

「不准去！」花楸星眼裡閃過惱意。「不准向雷族求助。」

「可是是她訓練我的！」水塘光爭辯道：「那時你怎麼就不介意向他們求助。」

「我當時沒有選擇。」花楸星低吼。

「我們現在也沒有選擇，」水塘光施壓道：「我們不能讓黃蜂尾和橡毛病得更重。橡毛老了，我不知道他還能撐多久。還有要是這種疾病傳播出來怎麼辦？所以我必須知道要怎麼醫啊！」

「試試別的藥草。」花楸星蓬起毛髮，抵禦變大的雨勢，隨即轉身回自己的窩穴。

水塘光瞪目瞪著他的背影：「我什麼都試過了。」他聲音沙啞地喵聲道。

「我可以現在溜出營地，去把葉池找來。」紫羅蘭掌小聲說道。

「不行，」水塘光搖搖頭：「花楸星會生氣。」

「可是你需要援手。」

水塘光一臉疲憊地看著她：「我會繼續給他們服用我找到的藥草，希望病情能好轉。」他緩步離開，陷入自己的思緒。「若將艾菊、款冬和琉璃苣混在一起……」

他朝自己的窩穴愈走愈近，聲音愈來愈小。

紫羅蘭掌目送著他，心想自己到底能幫什麼忙。**乾脆建議曦皮今天不要上課，全力幫忙採集藥草好了。**

✦✦✦

曦皮同意。於是整個溼淋淋的早晨，紫羅蘭掌和她都在收集成綑的艾菊、款冬和琉璃苣。水塘光先前曾在窩穴將庫存的藥草枝葉拿給她們看，所以紫羅蘭掌沒花多久時間就在幾條狐狸身長遠的地方循著氣味找到這些藥草。

日正當中時，她們叼著滿嘴的藥草返回營地。紫羅蘭掌快步穿過入口通道，藥草刺鼻的氣味熏得她頭昏眼花，卻在這時驚見焦毛、鴉霜和褐皮正擠在花楸星的窩穴入口，虎心趕忙過去找他們，他們身上的毛髮如浪起伏，紫羅蘭掌因此判斷，一定是出事了。她看了曦皮一眼，只見她導師的眼裡閃著憂色。她八成也察覺到了。於是兩隻貓兒相偕奔過營地。

褐皮聽見腳步聲，警覺轉身，紫羅蘭掌扔下嘴裡的藥草。「出了什麼事？」

「花楸星身體不舒服。」褐皮的眼裡有憂色閃現。她看了腳邊的老鼠一眼。「我送獵物來給他，可是他都沒醒來，一定是病得很重。」

窩穴裡傳出沙啞的咳嗽聲。

焦毛退後幾步。「聽起來好像跟黃蜂尾和橡毛生了一樣的病。」

鴉霜直起身子，眼神堅定。「去叫水塘光來。」他告訴紫羅蘭掌。

紫羅蘭掌轉身就朝巫醫窩奔去。她衝進窩穴，疾病的臭味迎面撲來，害她差點作嘔。臥鋪上的黃蜂尾和橡毛氣喘吁吁，全身毛髮髒亂打結，鼻口處黏著口水鼻涕。

水塘光正在一堆藥草旁打盹兒，聞聲扭頭抬眼，朝她眨眨眼睛。「我剛剛不小心睡著了。」他喃喃說道。

紫羅蘭掌愣了一下，有點緊張。「你也生病了嗎？」

水塘光蹣跚爬起來。「沒有，我只是累了。」

「你工作得太辛苦了。」紫羅蘭掌同情道。「可是我們有事要麻煩你。花楸星……」她突然止住，因為她發現水塘光兩眼茫然地看著她，似乎沒有注意到她的存在，一臉心不在焉，眼裡有光在閃爍。她歪著頭，滿臉焦急。也許他也病了？「你確定你沒生病？」

水塘光眨眨眼睛，終於回神。「我沒生病。」他急忙從她身邊擠過去。

她跟著他走進空地，他怪異的舉止令她全身不安。巫醫貓究竟怎麼了？他的舉止怎麼這麼奇怪？

「鴉霜！」水塘光在副族長面前煞住腳步，沾滿雨滴的毛髮看起來閃閃發亮。「我做了一個夢！」他聽起來興高采烈。「星族終於託夢給我了。」

鴉霜瞪看著年輕的公貓，耳朵不停彈動。「什麼夢？」

「這種病叫黃咳症，鼻涕蟲帶我去了星族的狩獵場。他告訴我該怎麼醫治這種病。」水塘光說得很快。「有一種藥草叫兜蘚，就長在高地上，它的葉子可以醫好我們的族貓。」

鴉霜抬起尾巴。「他有沒有給你看藥草的樣子？」

「有！」水塘光興奮地點點頭。

「那好，」鴉霜朝花楸星的窩穴看了一眼。「我們的族長病了。」水塘光低身走進去，沒過多久又衝出來環顧族貓們，眼裡布滿愁雲。「你們有誰知道艾菊長什麼樣子。」

「我知道。」曦皮朝她腳邊的藥草點頭示意。「這裡也有款冬和琉璃苣。」

「對喔！」水塘光喵聲道，彷彿現在才想到他今天早上才拿這些藥草給她看過。「先把這幾種藥草以等份的劑量嚼成泥，讓花楸星吞進去。這種藥泥也許治不好他，但起碼能在我帶兜蘚回來之前，先緩和他的症狀。」水塘光朝營地入口轉身。

「等一下！」鴉霜隔著雨水朝巫醫貓眨眨眼睛。「這裡需要你。」

「只有我知道兜蘚長什麼樣子。」水塘光瞪著副族長看。

鴉霜遲疑了一下，隨即朝虎心點個頭。「你跟他去。焦毛，你也去。」

紫羅蘭掌看見鴉霜的目光掃向她，身子一僵，很是驚喜。「還有妳。」喜悅像火苗一樣在她腳爪下滋滋作響。鴉霜是因為夠信任她，才會派她參加這麼重要的任務。

焦毛皺起眉頭。「應該是褐皮去吧，怎麼會派她來？」他怒目瞪著紫羅蘭掌。「褐皮才值得信賴吧。」

鴉霜一臉不悅。「紫羅蘭掌也值得信賴。」

焦毛嘴裡嘀咕著。

「快一點！」水塘光朝入口走去。「別浪費時間了。」

鴉霜朝巫醫貓彈彈尾巴。「快跟他去。」

紫羅蘭掌一路跑跳，穿過溼答答的空地，虎心跟在她後面。焦毛從她旁邊跑過去，經過時還故意濺起泥巴，才低身鑽出營地。

紫羅蘭掌跟著他們，虎心從後面喊道：「我來帶隊，我知道有條捷徑。」他從紫羅蘭掌、焦毛和水塘光旁邊擠過去，朝溝渠走去，再逐一躍過溝渠，紫羅蘭掌跟在後面跳。當她在林地裡躍過這些缺口時，仍留意水塘光能不能應付得來。只見巫醫貓身手矯健，輕鬆一躍而過。前方地面開始平坦，她瞥見有光滲入，原來已經快走到林地邊緣。

虎心率先跑出林子，紫羅蘭掌跟在後面。剛從松樹林裡出來的她，立刻瞇起眼睛抵禦迎面撲來的雨水。她閃過一叢荊棘，朝湖岸疾行，腳爪在溼淋淋的草地上滑行。

她看到兩腳獸那座探進湖面的半橋，橋的後方是大片草地可直通高地的斜坡。

「虎心！」隊伍後面傳來喊叫聲。

紫羅蘭掌回頭一看，一隻雷族貓正在邊界那裡放聲大喊。她隱約辨識出岸邊的身影，**是鴿翅！**她旁邊還有另一隻貓。她緊張地仔細瞧，**是嫩枝掌！她是來找我的嗎？**她心想道，頓時對上次碰面，拒絕幫忙嫩枝掌尋找母親的事深感內疚。嫩枝掌自己去找她了嗎？她找到了嗎？

鴿翅沿著氣味記號線走，神情急切地望著影族搜索隊。難道她們有什麼消息要告知？紫羅蘭掌朝虎心轉頭，公虎斑貓還是往風族邊界急奔。他不可能沒聽見鴿翅的喊叫聲。「等一下！」紫羅蘭掌喊道。

虎心急煞住腳步，轉身瞪著她：「幹什麼？」

「嫩枝掌和鴿翅在那裡！」她朝雷族貓扭頭示意。

焦毛和水塘光跟著停下腳步。

「是怎樣啦？」焦毛溼淋淋的毛髮都豎了起來。

虎心的目光似乎刻意避開雷族貓。「我們沒有時間了，等下次大集會的時候，再跟她們聊。」

紫羅蘭掌沮喪到全身微微刺癢。她好想跟嫩枝掌說說話。

水塘光甩動尾巴。「我們應該警告她們這種病的存在，」他喵聲道，「它傳播得很快，應該讓她們知道。」

巫醫貓朝雷族邊界跑過去，紫羅蘭掌的心跟著砰砰跳。虎心不耐地低吼，只好也跟過去。

焦毛翻翻白眼。「巫醫貓是少哪根筋啊？」

紫羅蘭掌幾乎沒聽到他在說什麼，她追在虎心後面，風灌進她的毛髮。

「記得警告葉池。」等到她追上的時候，水塘光已經在跟鴿翅說話了。年輕巫醫貓的眼睛閃著自豪的光芒。「但你可以告訴她，我知道解藥是什麼。就跟她說星族有託夢給我。」

嫩枝掌站在鴿翅身後一條尾巴之距的地方，看著自己的腳爪。**妳看看我啊！**紫羅蘭掌拚命想捕捉她姊姊的目光，**妳有去找我們的母親嗎？**嫩枝掌卻表現得好像紫羅蘭掌不存在似的。她還在生氣嗎？還是她沒找到母親，所以覺得不好意思？**沒關係，我本來就知道機會不大。很抱歉沒能幫上忙。**她吞回這些話，沮喪到腳爪都發燙了。

鴿翅眼睛覷著虎心。「謝謝你特地停下來告訴我們這個消息。」

虎心蓬起毛髮。「是水塘光執意要停下來告訴你們，不是我。」

鴿翅冷靜迎視他的目光。「我們是因為看到你們朝風族領地的方向走得很急，覺得奇怪，以為出了什麼事，才會叫住你。」

「好吧，既然妳現在知道是怎麼回事了。」虎心說完便唐突轉身。

「嫩枝掌？」紫羅蘭掌滿懷希望地抽動耳朵，但嫩枝掌一逕看著自己的腳，尾巴不安地彈動，顯然不想說話。

「走吧，紫羅蘭掌！」虎心催促她離開。

紫羅蘭掌用央求的目光看了嫩枝掌最後一眼。「我很抱歉。」她低聲道，隨即轉身跟著隊友走了。

虎心和水塘光已經回到焦毛那裡，繼續朝風族領地挺進。她又回頭瞥了一眼。

嫩枝掌正在目送她。

紫羅蘭掌心裡燃起一線希望。嫩枝掌這樣看著她，一定是因為她很在乎。**我們很快就可以再見面聊了。**她希望自己能守住這份暗自許下的承諾。她們有好多話可以說，但現在沒時間想這個了。焦毛已經躍過影族和高地中間的溪流。她在潮溼的草地上賣力前奔，漸漸拉近距離。等她終於趕上他們時，肺差點爆開。

荊棘叢在這裡被石楠叢取而代之，而且坡度愈陡，石楠叢就愈濃密，腳下草地的觸感也更粗糙。風大雨急，紫羅蘭掌的毛髮被雨水狠狠拍打。但還好四周有石楠叢環繞，多少擋掉雨水，才沒那麼狼狽。她發現自己正跟在焦毛後面，鑽過一道很窄的缺口，兩邊傍著粗壯的植物莖梗。她左彎右拐，不時聞到甜香的泥煤味還有一種說不出來的酸味。她從來沒來過高地。

突然間石楠叢霍然展開，眼前大片草原赫然在目。金雀花叢緊傍一旁，隨風擺盪，再過去，她看見拱起的高地如貓的背脊一樣聳立天際。

虎心慢下來，焦毛站在他旁邊。水塘光也放慢腳步，環顧坡地，似乎在尋找兜蘚。

「你有看到嗎？」紫羅蘭掌在他旁邊煞住腳步。

「噓！」虎心的嘶聲嚇了她一跳。公虎斑貓已經停下來，正瞪著前方一叢隨風搖擺的石楠。紫羅蘭掌警覺地瞇起眼睛。虎心嗅聞空氣。「風族貓。」他出聲警告。

焦毛在她身旁不安地蠕動。

紫羅蘭掌對虎心眨眨眼睛。「他們應該可以理解我們來此的目的吧？」

「當然會。」水塘光緩步向前，急切地豎直耳朵。三名風族戰士從石楠叢走出。

紫羅蘭掌愣在原地。對方眼裡明顯帶著敵意。體型最大的公貓頸毛豎得筆直。水塘光停下腳步，緊張地看了虎心一眼。

「別擔心。」影族公貓上前一步，擋在巫醫貓前面，直接面對風族巡邏隊。

「你們來這裡做什麼？」暗灰色公貓不懷好意地貼平耳朵。

「嗨，鴉羽，」虎心站穩腳步，俐落招呼：「我們來這裡是為了採集藥草，而且時間緊迫。」

一隻琥珀色眼睛的黑色公貓往前趨近，露出尖牙。

「等一下，風皮。」鴉羽告誡道。

「有什麼好等的？」第三隻公貓嘶聲道，他的虎斑毛髮被雨水黏在修長的身軀上。「我們應該把他們趕出去。」

「還不是時候，葉尾。」鴉羽上前幾步，離虎心只有一個鼻口之近。「我們先帶他們回去找一星，讓他們自己向他解釋。」眼神顯得不屑。

虎心抬起下巴。「我很樂意跟一星談一談。我相信他會理解我們來此的目的。」

鴉羽和葉尾互看一眼。他們是覺得很好笑嗎？紫羅蘭掌心一涼。

水塘光似乎沒有察覺到空氣裡劍拔弩張的氣氛。他朝風族戰士眨眨眼睛。「我們要去你們的營地嗎？」他眼睛一亮。「太好了，我正要找隼翔聊一聊。」

鴉羽抽動著鬍鬚。「我猜你們恐怕沒什麼時間多聊吧。」他陰沉地說道。

風族戰士押著他們沿著山坡走，紫羅蘭掌有種不祥的預感，緊張到胃不時抽搐。他們橫越高地，最後看見一處被金雀花叢環繞的坑地。鴉羽帶著他們走向濃密的綠色圍籬，再從缺口處低身鑽進去。紫羅蘭掌跟在焦毛和虎心後面，水塘光殿後。

一出通道，赫然是大片草地。草地邊緣叢生石楠，再後面是濃密的金雀花叢。當影族隊伍大步穿過空地時，有多隻體型嬌小、身材修長的貓兒從窩穴裡鑽出來瞪著他們看。風族貓個個神情緊張。紫羅蘭掌心跳不免加快。全場氣氛繃得很緊，彷彿風雨欲來。她朝水塘光挨近，腰腹輕輕抵住他的，這才稍微安心點。

一星坐在空地盡頭一塊平坦的大岩石上。

他一看到他們，眼神立時銳利，隨即跳進草地，不動如山地等著他們趨近。

紫羅蘭掌眨眨眼睛，喉嚨不由得縮緊。當初惡棍貓第一次來訪影族時，就是這種感覺嗎？她懷疑惡棍貓會像她這麼害怕嗎？花楸星雖然嚴厲，但目光不若一星這般冰冷。

風族族長鼻孔噴煙地直視她，害她更緊張了。「她來這裡做什麼？」

鴉羽一臉不解地停在一星面前。「呃……我們是在邊界這頭逮到他們。」

一星眼裡瞬間射出怒火，朝她的方向甩打著尾巴。「這隻貓是惡棍貓，跟她同住的那群貓殺了荊豆皮。」

紫羅蘭掌嚇得愣在原地。

風族族長背脊上的毛髮豎得筆直。「妳好大的膽子！」他嘶聲道：「快把她趕出去，否則就別怪我動手報仇！」

虎心後退一步，紫羅蘭掌看見草地上兩名戰士腳爪握拳，戰事似乎一觸即發。她也試著後退，卻撞上一堵茶褐色的毛牆，空氣裡充斥濃烈的風族氣味。風族貓從四面八方逼近。他們被金雀花叢團團包圍，她四腳發抖。他們被困住了。

「聽我說完，紫羅蘭掌現在是影族貓，她不構成任何威脅。」虎心語氣平靜地說。

一星齜牙低吼：「有話快說。」

虎心看了水塘光一眼，後者目光始終盯著一星。紫羅蘭掌聞得到他身上所散發的恐懼氣味。虎心長話短說：「我們有三隻族貓生了一種我們從沒見過的病，星族託夢給水塘光，告訴他哪種藥草可以治癒這種病。但祂們說這種藥草得上高地採集。」

一星眼睛瞇成一條縫。「我才不管星族告訴他什麼。反正我不准有影族貓踏進風族領地。」

虎心尾巴不停抽動。紫羅蘭掌猜想他一定也很火大，但是他回答的語氣還是是很平和。「我們沒有惡意，只是我們不能眼睜睜看著我們的族貓病死。」

一星冷哼一聲：「但是在你們保護下的惡棍貓曾經殺害我的族貓。」他再一次怒目瞪著紫羅蘭掌。

焦毛毛髮豎了起來。「紫羅蘭是我們的族貓！我們沒有保護任何惡棍貓！」

一星的鼻口伸向暗灰色戰士。「就算她對影族忠貞不二……但你們還是放任惡棍貓住在你們的領地邊緣，完全無視他們是凶手的事實。你們有一半的見習生跑去加入他們。這證明了我一直以來的想法是對的：影族貓根本跟惡棍貓沒什麼兩樣。所以我不准你們上我的領地採集藥草。」

風族族長語調憤怒到令紫羅蘭掌簡直不敢相信。他有毛病嗎？就因為惡棍貓的關係，他寧願眼睜睜看著部族貓病死？族長不是應該都很睿智嗎？

這時她的眼角餘光發現動靜。她看見隼翔走了過來。「水塘光應該可以採集藥草吧？」風族巫醫貓緊張地對著他的族長眨眨眼睛。「當生存出現危機時，四大部族向來准許巫醫貓自由越界採集藥草。」

一星朝他轉身。「不准！」

「可是我們的族貓需要……」

一星嘶聲作響，打斷隼翔的話。「我不准他們來這裡採集藥草，」他的目光不懷好意地瞟回虎心身上。「快滾出我的領地！」

虎心紋風不動地瞪回去。

「還不走？」一星喊道。「回邊界去，不准回頭。你們一離開營地，我就會派巡邏隊跟在後面，如果又被逮到，絕對會把你們的皮扒掉。」

虎心蠕動著腳。「算我求你。」他語氣溫和地央求道。

紫羅蘭掌驚訝地看著戰士。他在求他。他把部族置於自己的尊嚴之上了。

「快滾！」一星的吼聲響徹營地。

虎心轉身，用尾巴示意隊員跟上。

紫羅蘭掌快步跟在後面朝入口走去，她察覺得到水塘光就在她身後，甚至聞得到他身上散發的恐懼氣味。他們一走出入口，虎心便邁步前奔。「快跟上！」他回頭喊道。「一星瘋了。我們最好快點離開他的領地。」他飛奔遠離風族營地，紫羅蘭掌緊追在後，焦毛刻意殿後。紫羅蘭掌由衷感激這隻公貓。她知道他是故意擋在她和風族巡邏隊之間，因為後者馬上就會追上來。也許他已經開始接納她了。

第十五章

「後來，」火花皮跟著赤楊掌步上橋面，「穗毛告訴蓍草葉，這跟雷族沒有關係，結果都還沒來得及跟我說清楚原委，穗毛就把她從邊界處拉走了。可是這當然跟我們有關係啊。要是風族和影族開始互鬥，絕對會影響到其他部族，不是嗎？」

「應該吧，」赤楊掌跨過潮溼的樹皮，盡量不去看下方陰暗的水流。「可是也可能是蓍草葉自己在胡說八道。妳根本無法確定她說的是真是假。」自從他們越過風族邊界後，火花皮便一直喋喋不休影族和風族之間的風波。

圓月點亮了整座湖面，島上樹木跟著發亮，月光下的嫩葉色澤極為淺淡。他好奇風族和影族是不是已經等在大集會現場，於是抬眼查看夜空零星的雲朵。這兩個部族能遵守休戰協定嗎？還是得靠星族用烏雲蔽月的方式來制止兩族交戰？要是他們豁出去了，硬是要打，那該怎麼辦？赤楊掌的嘴巴開始發乾。

他跳上湖灘，腳下的礫石嘎吱作響。「我不相信一星會拒絕巫醫貓前來採集藥草。」他等著火花皮從橋上跳下來。

「他當然可能拒絕，」火花皮喵聲道：「誰都嘛知道自從他少掉一條命之後，就變得跟布穀鳥一樣瘋瘋癲癲的。」

赤楊掌皺起眉頭。失去一條命之後的風族族長似乎真的變得脾氣古怪，但是會古怪到拒絕幫助部族貓嗎？

火花皮從他旁邊擦身而過。「走快點，我等不及想知道究竟出了什麼事。」她率先鑽進長草堆裡。

棘星和松鼠飛在最前面領著亮心、雲尾、和莓鼻朝空地走去，這次葉池也隨行。赤楊掌回頭探看。錢鼠鬚正在鼓勵蜂蜜掌爬上樹橋。「我跟在妳後面，」他向他的見習生保證：「就算妳滑下去，我也會抓住妳的頸背。」

仍在對岸的雲雀掌和葉掌正彼此推擠，急著想上樹橋。

玫瑰瓣一把推開他們。「讓你們的妹妹先過。」

「蜂蜜掌怕水！」雲雀掌揶揄道。

玫瑰瓣目光凌厲地瞪看她的見習生。「有時候懂得怕才算聰明。」

葉掌哼了一聲。「戰士應該什麼都不怕。」

蜂紋玩笑地推推她。「等下次我們外出訓練時，要是聞到狐狸的氣味，我會記得提醒妳說過這句話。」

葉掌挺起胸膛。「我不是怕，」她用力吸吸鼻子：「我是聰明。」

蜂紋和玫瑰瓣互看一眼，顯然被這句話逗樂了。鼹栗霜和灰紋、蜜妮在後方耐心等候，嫩枝掌在藤池和鴿翅旁邊猶豫不前。

「赤楊掌！」火花皮從長草堆裡喊道：「快來！風族已經到了。我聞得到他們的氣味。」

赤楊掌跟著她低頭鑽進沾滿露水的草堆裡。他張開嘴巴，嗅聞氣味。沒有影族的味道。他快步走進空地。亮心和雲尾已經和鯉尾、錦葵鼻聊了起來。在歷經漫長的禿葉季之後，河族貓看起來一樣油光水亮，想必河裡一定到處都有魚。

風族貓繞過空地，拉開跟其他部族貓的距離。他們一臉焦急不安地看著彼此，又看看其他部族的貓。赤楊掌突然有不祥的預感，毛髮豎了起來。他掃視空地，尋找一星。

風族族長正在巨橡樹底下踱步，背上的毛髮如波起伏。雷族一到，他的目光立刻掃向長草堆，眼神裡盡是猜疑，好像擔心有誰埋伏在那裡，結果被魚貫跑進空地的葉掌、蜂蜜掌和雲雀掌嚇了一跳。

「夜掌！風掌！」葉掌跟河族見習生喵嗚打招呼，快步過去找他們。雲雀掌和蜂蜜掌跟在後面。

風族的見習生蕨掌和斑掌眼巴巴地覷看他們，但不敢離開他們的導師。

火花皮朝一群河族戰士走去，赤楊掌則跟著葉池走向巨橡樹。今夜自願留營的松鴉羽抱怨，若他真的想花一個晚上的時間聽貓兒抬槓，那他倒不如坐在長老窩裡。「這場大集會感覺有點怪。」赤楊掌在葉池旁邊喃喃低語。

她循著他的目光望向一星。「氣氛很緊張。」

「以前有過這種情形嗎？」赤楊掌問道。

葉池坐下來。「部族之間向來常有爭戰。」

「可是會有部族拒絕幫助別的部族治療病貓嗎？」赤楊掌嚴肅地眨眨眼睛。

「這種事也不是沒發生過啦。」她承認道。

「他們就眼睜睜看著貓兒死去？」赤楊掌不安地蠕動著腳。

「戰士和巫醫貓的想法不一樣。」葉池嘆口氣。

「為什麼不一樣？」赤楊掌很是不解，這沒道理啊。如果部族貓本該互相幫助，那就不該讓任何一隻貓兒受苦。

「這答案只有星族老天才知道吧。」葉池望向空地，同時改變話題。「嫩枝掌還好嗎？」她看著年輕母貓，後者正獨自坐在一叢羊齒植物旁。

「我也不知道。」赤楊掌循著她的目光望過去，罪惡感像針似地扎著他的肚子。自從他告訴嫩枝掌，棘星從沒派搜索隊去找她母親之後，她就鮮少跟他說話。雖然他們同住在見習生窩裡，但每次他醒來，她都已經離開臥鋪，就連他夜裡進窩穴準備就寢，也都發現她已經蜷伏在臥鋪裡睡著了……不過也可能是在裝睡。至於白天，他們兩個都忙著上課，不過他其實也注意到，每次她都叼著獵物到空地盡頭獨自進食，就算在營地裡碰到他，也會刻意避開目光。

「她在難過什麼事情啊？」葉池追問。

赤楊掌無法解釋。葉池就跟其他族貓一樣，以為搜索隊是出去找嫩枝掌的母親。她對天族的事一無所知。他聳聳肩：「我不太清楚。」

「藤池說她工作很認真。」葉池皺起眉頭。「她一定是決心將自己奉獻給部族。不過也許她還在想念她妹妹。」

「可能吧。」

葉池用尾巴裹住自己的腳爪。「她一定很高興紫羅蘭掌重回影族。脫離惡棍貓對她來說是比較安全點。」

「我想也是。」赤楊掌真希望自己知道嫩枝掌現在在想什麼。鴿翅一把消息帶回營地裡，他就匆忙趕去恭賀嫩枝掌，但嫩枝掌只是聳個肩便轉身走了。

部族貓們的目光紛紛投向長草堆，不耐地蠕動著腳。還是沒看到影族蹤影。白色圓月藏到巨橡樹後方。**難道影族決定不來了？**

棘星穿過空地，經過霧星身旁時，順道向她點頭示意。河族族長跟著他走向橡樹，跟在後面爬上樹幹。他們在低矮的樹枝上坐定，一星也跳到他們旁邊，坐好位置，怒目瞪視下方正圍聚的貓群。松鼠飛跟著兔躍和蘆葦鬚走到樹根處的副族長位置。隼翔、蛾翅、和柳光在葉池旁邊坐下來。

「我們開始吧。」棘星喊道。

他身旁的霧星不安地蠕動身子。「我們應該再等一下影族吧？」

「只要他們一到，隨時可以直接加入我們。」棘星的喵聲裡有不耐的語調。他抬眼望向貓群。「我有重要消息宣布。影族若是沒辦法來這裡親自分享這個消息，就由我來代為宣布吧。紫羅蘭掌……也就是星族預選的一隻小貓，已經重回影族了。」

河族貓開心地抬起頭來，豎直耳朵。

霧星朝棘星眨眨眼睛。「是影族把她救回來的？」

「她自願回來。」棘星告訴她。

一星的眼裡閃著怒光。「她隨便說說，影族就相信了？他們真是夠笨了。那其他的影族叛徒呢？」

「就我所知，他們還在惡棍貓那裡。」棘星喵聲道。

不安的竊竊私語聲在下方貓群裡此起彼落。

雷族族長沒理會他們。「但紫羅蘭掌回來了。星族的預言總算又安全無虞。」

鴉羽從貓群裡喊道：「我們確定這預言真的安全無虞了嗎？星族又還沒證實紫羅蘭掌和嫩枝掌就是預言的一部分。」

霧星彈動尾巴。「祂們也沒告訴我們她們不是啊。」

鯉尾從另一群河族戰士那裡放聲喊道：「難不成這預言還有別的含意？這兩隻小貓就是我們在幽暗處找到的啊。」

也可能是指天族啊，赤楊掌硬生壓下心裡的挫折感。**擁抱你們在幽暗處所找到的，因為只有他們才能使天空轉晴。**天空一定是指天族。哪怕星族已經好幾個月都沒託夢給他，但他很肯定天族在這個預言裡至關重要。他瞥了嫩枝掌一眼，後者坐在藤池旁邊，圓亮的眼睛始終盯著族長們看。嫩枝掌和紫羅蘭掌的確有可能是預言的一部分，但星族也絕對不會讓天族憑白消失。但問題是，知道天族這件事的貓兒根本沒幾隻，在這種情況下，四大部族怎麼可能有機會嚴肅探討這個預言呢？

一星踏到樹枝邊緣處，憤怒地抽動耳朵。「我們幹嘛浪費時間？這裡還有更重要的事情要討論。」他怒目瞪著部族貓們。「幾天前，一支影族巡邏隊入侵我們的領地……

裡頭還有一隻貓曾投奔惡棍貓！」

鴿翅立刻抬起頭來。「那不是入侵！我有看到那支隊伍。是水塘光和紫羅蘭掌，紫羅蘭掌現在是影族的見習生了。他們想要採集藥草，沒有交戰的意思。」

「那為什麼要派兩名戰士跟著他們？」一星怒目瞪她。「又為什麼要派紫羅蘭掌同行？她曾經跟殺害我戰士的凶手為伍。」

棘星哼了一聲。「兩名戰士加一個見習生，根本不算入侵吧。」

一星甩打尾巴。「他們是影族貓！」他嘶聲道：「就我們所知，那個見習生是在幫她的惡棍貓朋友探查敵情。」

「叛徒！」燼足吼道。

「惡棍貓的爪牙！」鴉羽嘶聲道。

燕麥爪貼平耳朵。「影族早就忘了部族的規矩。」

兔躍從橡樹根上跳了起來，毛髮賁張。「他們有一半的見習生跟惡棍貓廝混。」

一星朝他的副族長點頭稱許。「他們甚至連大集會都不來參加。」

葉池快步走到貓群前面，抬頭怒目瞪著風族族長。「別再鬼吼鬼叫地指責影族犯的錯，卻不想想自己做錯了什麼。」

一星瞇起眼睛。他朝雷族巫醫貓傾身，嘶聲說道：「我沒有犯錯。」

「你不准急需藥草治病的部族採集珍貴的藥草。」

就在她說話的同時，空地邊緣的草堆一陣窸窣作響，鴉霜率領族貓們走進空地。他們魚貫走進貓群裡，月光下，他們的眼神顯得小心翼翼。鴉霜從貓群中擠出來，爬上巨橡樹，坐上花楸星的老位置。「花楸星染上族裡的傳染病。今晚由我代他出席。」

棘星和霧星向影族副族長垂頭致意，下方的貓群則紛紛移動腳步，騰出空間讓給影族貓。水塘光在柳光和蛾翅身旁坐下。

一星的喉間發出低吼。

鴉霜沒理他。「要不是一星不讓我們在他的領地上採集藥草，花楸星現在早就康復了。」

一星露出尖牙。「你們可以到別的地方採集啊。我絕對不准影族貓踏進風族領地半步。」

蛾翅對鴉霜眨眨眼睛。「是什麼藥草？」

「兜蘚。」鴉霜告訴她：「星族託夢給水塘光。鼻涕蟲在夢裡告訴他，這種疾病叫黃咳症，只有兜蘚治得好。」

「水塘光被星族託夢了！」柳光眼睛一亮。「所以他真的是巫醫貓。」

蛾翅尷尬地在柳光旁邊蠕動身子。

柳光扭頭看了她前任導師一眼，很是內疚。「當然託夢這種事對巫醫貓來說也不是特別重要啦。」她很快地喵聲說道。

赤楊掌突然同情起蛾翅。「不過他是影族唯一的巫醫貓，」他喃喃說道：「所以如果他有辦法能跟星族溝通，自然是再好不過。」

蛾翅看著水塘光。「那藥草長什麼樣子？」

「它的葉子是暗綠色的，上頭有灰色斑點，」他告訴她：「如果我能找得到，一定會拿給你看。可是鼻涕蟲告訴我，它只長在高地上。」

蛾翅朝一星轉身。「我可以到你的領地上採集藥草嗎？我不是影族貓。」

赤楊掌傾身向前。蛾翅的提議太好了。

一星的腳爪刮著橡樹的樹皮。「如果藥草不是給影族用，就可以。」他吼道。

鴉霜的毛髮立刻豎了起來。「我們有兩位長老病了，若沒有兜蘚，恐怕撐不了多久。」他厲聲對一星說：「難道你要眼睜睜著無辜的貓兒病死？」

「影族貓沒有一個是無辜的，」一星呸口道：「你們都在保護惡棍貓。」

鴉霜貼平耳朵。「他們住在我們領地外面！」

「我們怎麼能確定？」一星朝鴉霜探出鼻口。「你們竟然讓紫羅蘭掌回來。你敢保證她對部族是忠心不二的嗎？現在你們的部族得到了以前從沒見過的傳染病，這難保不是惡棍貓帶進來的。」

鴉霜沒有移開目光，頸毛也始終豎得筆直。「紫羅蘭掌是我們的一分子。惡棍貓沒有跟我們的部族住在一起。」

「可是你們的族貓卻跟惡棍貓住在一塊！」一星嗆了回去，風族貓紛紛出聲應和。河族貓不安地蠕動著腳。雷族貓則緊張地互看彼此。

赤楊掌恐懼到全身毛髮都豎了起來。族長們不應該為此爭吵，爭吵治不好任何貓兒。「隼翔？」他看著風族巫醫貓。「你總不會眼睜睜看著部族貓無辜病死吧？」

雜灰色公貓一臉倉皇，貼平耳朵，看了一星一眼，後者正怒瞪著他。「我不能背叛我的部族。」他沙啞地喵聲說。

蛾翅用尾巴輕觸赤楊掌的肩膀。「這樣問他，不太公平。」

「當然公平，他是巫醫貓，不是戰士。」坐在他們旁邊的葉池，氣到毛髮豎得筆直。「真正不公平的是，就因為有隻貓兒特別頑固，其他無辜貓兒就會被牽連害死！」她憤憤不平地望向一星。

一星冷冷看著她。「如果影族把惡棍貓趕走，我就給他們藥草。」然後不待回答，便從橡樹上跳下來，從貓群中擠過去。他的族貓全跟著他，昂首闊步地穿過草地，毛髮如刺蝟賁張。

「對不起。」

隼翔的低語聲嚇了赤楊掌一跳。風族巫醫貓在水塘光耳邊喃喃低語。水塘光還來不及回答他，風族巫醫貓便匆匆離開，加入風族貓的行伍。

棘星看著風族離開，尾巴在樹枝邊緣垂了下來。

霧星瞥了天空一眼。雲彩輕劃過月亮。她朝鴉霜轉身：「我會派搜索隊在河族領地裡找找這種藥草，」她提議道。「但若是星族指名只有高地上有，恐怕也是找不到。」

鴉霜垂頭致謝，河族族長跳下樹枝。

雷族貓正往樹橋走去，赤楊掌朝水塘光眨眨眼睛。「恭喜你被託夢了。」

「謝謝你。」水塘光垂下頭。「我真希望鼻涕蟲的託夢能幫助我們解決問題，而不是愈搞愈糟。」說完他便匆匆離開，跟著鴉霜和褐皮走進暗處。霧星已經帶領她的族貓鑽進長草堆裡。空地頓時變得空蕩蕩的。

赤楊掌快步走到巨橡樹底下，等他父親跳下來。「你可以暗中派支隊伍去風族領地摘藥草嗎？」棘星落地時，他喵聲說道。

棘星疲憊地從他旁邊走過去。「要是被一星發現，怎麼辦？」

赤楊掌快步跟在他後面。「我不在乎一星。」他沮喪到毛髮如波起伏。「要是我們不出手幫忙，那些病貓必死無疑。」

「那就讓影族自己動手清掉那些惡棍貓吧。」棘星簡單回答。

赤楊掌急切地眨著眼睛。「我們可以幫他們啊！」

「這場仗不關我們的事。」

「這場仗關乎大家的事。是這些惡棍貓把天族趕走的。」

「所以呢？」棘星的肩膀垮了下來。

「你不在乎天族嗎？」為什麼他的父親輕言放棄？「他們也許是預言的一部分。」

棘星站在荒涼的空地上看著他。「天族已經亡了，」他喵聲道：「你愈早認清這個事實愈好。」

赤楊掌看著他的父親漸行漸遠，腳爪因震驚過度而充血。棘星真的這麼想嗎？他看了夜空一眼。**星族！祢們真的要讓天族從此消失，不給我們一點機會去拯救他們嗎？**

第十六章

嫩枝掌在空地邊緣徘徊，興奮到毛髮似乎也在嘶嘶作響。黎明巡邏隊已經離開，太陽正從霧濛濛的林子裡升起，這代表今天會很溫暖。藤池正在巫醫窩裡請教松鴉羽遠行專用藥草的事情。她們馬上就要出發。

她到現在還不敢相信藤池會建議她們一起去找她母親。昨晚的大集會上，嫩枝掌幾乎沒在聽部族之間的口角。她早就厭煩了這些愚蠢的爭吵內容。所有貓兒似乎都只在乎預言和惡棍貓，根本不管她的母親的死活，也許她到現在都還在某處尋找她失蹤的小貓。

從小島回程的路上，藤池問她到底在煩惱什麼。「妳這半個月來，上課都心不在焉。」她輕聲問道。

嫩枝掌原本很遲疑，不想說出心事。她的導師會不會認為這個部族都已經為她做了這麼多事了，她卻還一直掛心她母親，未免太自私了點？沒想到藤池竟然能夠體諒。

「每隻貓兒都需要有自己的血親。」藤池說道：「我希望有一天，妳會覺得這個部族就像是自己的血親一樣。但如果妳真的很想去找妳母親，我可以幫妳。」銀白相間的母貓提議她們一早出發。而棘星在藤池力保她們一定會小心行事之後，才老大不願意地答應。

而就在她等待出發的同時，她聽見松鼠飛在高突岩底下下達命令：「去查探影族邊界附近的惡棍貓氣味，」她對雲尾和刺爪點頭示意。「罌粟霜和莓鼻可以跟你們去。」

「我也可以去嗎？」蕨歌眼巴巴地看著她。「我已經好幾天沒參加邊界巡邏隊了。」

松鼠飛搖搖頭：「我要你陪藤池和嫩枝掌一塊遠行，你可以去嗎？」

「是去找嫩枝掌的母親嗎？」蕨歌目光掃過空地，落在嫩枝掌身上，兩眼炯亮。「當然好。」

嫩枝掌很是開心。蕨歌要跟她們一起去，這表示這趟尋親之旅就升格成部族裡的正式任務了？就像當初棘星早該派出去的一支正式搜索隊。

松鼠飛皺起眉頭。「這會是一趟漫長的旅行，」她警告蕨歌：「我要你們全都平安回來。」

雲尾彈動尾巴。「有必要這樣遠行嗎？根本不可能找到嫩枝掌的母親，畢竟都過了這麼久了。」

藤池在他說話的時候正好從巫醫窩裡出來。她怒目瞪著白色戰士：「嫩枝掌一直抱著一線希望。雖然得冒點風險，但萬一她是對的呢？我們必須去找找看才知道啊。」

罌粟霜若有所思地偏著頭。「但如果當初松鼠飛的搜索隊都找不到她，現在又怎麼可能找得到呢？」

藤池蓬起全身毛髮。陽光還沒照到坑地，所以這裡顯得涼颼颼的。「嫩枝掌也許會找到當初搜索隊可能沒注意到的線索。」

嫩枝掌由衷感激她的導師。她很高興部族裡終於有一隻貓願意相信她。她怒目瞪著巫醫窩。她到現在都還很氣赤楊掌騙她松鼠飛曾組隊搜索她母親的那件事。

巫醫窩入口處的荊棘簾幕一陣抖動，赤楊掌快步走了出來，嘴裡叼著一大坨藥草。他穿過空地，把藥草丟在嫩枝掌腳下。「松鴉羽說妳和藤池得把這些藥草都吃下去。」說完把藥草分成兩堆。

「蕨歌要跟我們去，」嫩枝掌告訴他：「他也需要服用藥草。」

「蕨歌？」藤池走過來找他們，眼裡閃著訝異。「我還以為只有我們兩個呢。」

「松鼠飛剛問過他，」嫩枝掌開心地告訴她：「妳不會介意吧？這樣這趟搜索之旅就升格為部族裡正式的任務了。」

「我當然不介意。」藤池熱情地看著朝他們走來的蕨歌。

赤楊掌皺起眉頭。「這有點危險。」

嫩枝掌吸吸鼻子。「你當初出外遠行時，年紀比我還小。」

「是啊，」赤楊掌一臉若有所思，然後眼睛突然一亮。「我應該跟你們一起去的。」

嫩枝掌瞪著他。「為什麼？你不是認為我母親死了嗎？」他隨行的目的是不是只是為了最後可以用「我不是早告訴過你嗎」這句話來當面嗆她？她甩開這念頭。赤楊掌的個性不會這麼做。

「我知道那個窩穴在哪裡。」他目光殷切地望著藤池，嫩枝掌的背脊彷若有希望的火苗在流竄。他說得對！他可以帶他們直接回到那地方。她怎麼沒想到這一點？

藤池對他眨眨眼睛。「如果你能帶我們去，那就太好了。」

蕨歌停在她旁邊。「我們什麼時候出發？」

「等你和赤楊掌吃了松鴉羽的藥草之後，我們就可以出發了。」藤池告訴他，「不過我們得先確定他肯讓赤楊掌跟我們一起去。」

「赤楊掌也要去？」蕨歌喵嗚道：「太好了。」他立刻朝巫醫窩走去，赤楊掌緊跟在後。

藤池眼色陰鬱地望著嫩枝掌。嫩枝掌突然有種不安的感覺。「妳知道我們也可能一無所獲吧？」藤池警告她。

嫩枝掌吞吞口水。「我知道。」**但至少我會覺得自己盡力了**，她心想，**也會覺得大家都盡力了**。她低頭舔食藥草，苦味竄進舌頭，不禁皺起鼻子。

剛吃完藥草的藤池全身打了個哆嗦，舔舔舌頭。「好了，我們現在精力百倍了。」

蕨歌和赤楊掌從巫醫窩裡快步出來。赤楊掌神情愉悅。「松鴉羽說我可以去。」

蕨歌身上的毛豎得筆直來。「最慘的是行前還得吃藥草。」說完，吐了吐舌頭。

藤池喵嗚輕笑，把他往入口推。「希望這些藥草能給你足夠的體力來保護我們。這就是你來的目的，不是嗎？」她的喵聲帶著揶揄。

蕨歌看著她，鬍鬚不停抽動。「我還指望妳來罩我呢。」

「如果你對我好一點，搞不好我會罩你喔。」藤池打趣道。

戰士們往入口走去，毛髮輕輕擦過彼此。

嫩枝掌跟在後面，總覺得有赤楊掌在旁邊很怪。他們已經很久沒像以前那樣自若交談了，現在竟然同行前往，會不會很彆扭啊。

「到那裡要花多久時間？」她問道，同時避開他的目光。

「如果我們不停趕路的話，明天就可以抵達轟雷路。」

嫩枝掌突然被嚇到。「我們整夜都得趕路嗎？」

「我們今晚會在路上找個地方休息，」赤楊掌鑽進入口，「如果明天起得夠早，日正當中時，就可以抵達了。」

跟在後面的嫩枝掌，既興奮又不安，她跟著赤楊掌爬上通往大湖的斜坡。地面在她腳下嘎吱作響。溫暖的新葉季像是在慢慢消融整座林子，氤氳薄霧中，嫩綠的新芽緊依附著枝葉，後方是一望無際的淺藍色天空。

「我希望我們能找到她，嫩枝掌。」赤楊掌在等她趕上來的同時，溫和地說道。

她眨眨眼睛，看見他眼裡的暖意。**他不是隨口說說，他是認真的。**這半個月來累積在她心裡的怨懟，開始消失。「我也希望。」

✦✦✦

嫩枝掌跟著蕨歌和藤池從林子裡走出來，腳爪痠痛不已。從昨天到現在，他們越過了丘陵和草原，溯河而行，繞過兩腳獸巢穴。為了避開夜裡最寒涼的時段，他們曾躲在一處隱蔽的凹地裡睡了一覺，現在終於快到目的地了。明亮的日光灑在臉上，嫩枝掌睋起眼睛。

赤楊掌在她旁邊停下腳步，朝前方綿長的山坡下方點頭示意。山谷被一條很寬的轟雷路貫穿，彷若一條惡臭的河流蜿蜒谷底。「我們就是在那裡找到你們的。」

「在轟雷路附近？」嫩枝掌眨眨眼睛，她以前從沒見過轟雷路……倒也不是她對轟雷路可能還有什麼印象。路上的噪音和臭味令她退避三舍。怪獸沿著轟雷路咆哮大吼，陽光在牠們那身發亮的毛皮上飛掠而過。

「是啊。」赤楊掌皺起眉頭。

藤池和蕨歌快步走上坡頂，身上毛髮緊張到不停波動。「我們要走到下面去嗎？」

「當然要。」嫩枝掌貼平耳朵，防堵轟雷路的聲響，邁步往前走。「我想去看那個窩。」她以前聽他們說過，赤楊掌和針尾是如何把她和紫羅蘭掌從幽暗處的窩裡救出來。所以那裡也許仍留有她母親的些許氣味，他們可以憑著那氣味繼續追蹤下去。

但藤池顯得遲疑。

蕨歌看著她。「我們都大老遠來了，」他喵聲道：「一定要堅持下去。」

「可是那些怪獸，」藤池緊張地瞪著牠們：「要是牠們離開轟雷路，朝我們衝來怎麼辦？」

蕨歌甩甩尾巴。「牠們從不離開轟雷路，」他喵聲道：「怪獸們或許塊頭很大，聲音很吵，但牠們的腦袋跟蜜蜂的腦袋一樣大。」

嫩枝掌彈動尾巴。戰士理當不能害怕。她疾步向前，心跳加快，同時掃視坡地，尋找窩穴的痕跡。

赤楊掌快步追上她。「我們得到轟雷路的下面。」

「下面？」嫩枝掌表情驚訝地看著他。

「那裡有條地道，它不是很……」怪獸的聲響吞沒了他的喵聲。

他們一邁近轟雷路，嫩枝掌便感覺到迎面撲來的怪獸掀起的熱浪。她抬高音量：「地道入口在哪裡？」

赤楊掌掃視轟雷路邊緣，皺起眉頭，過了一會兒，才朝轟雷路旁一處陰暗的小坑地點頭示意，坑地往下凹陷，形成一條溝渠。「在那裡。」

嫩枝掌興奮不已。她拔腿疾奔，怪獸捲起來的惡臭強風迎面撲來，打亂她的毛髮，她不顧一切地直接跳進溝渠裡。溝裡布滿卵石，扎著她的腳爪。她沿著溝底快步前進，直抵幽暗的坑底。這時一頭龐然怪獸從旁邊呼嘯而過。她瞇起眼睛，以免被沙石噴到。

赤楊掌也跳了下來，在她旁邊著地。另一頭怪獸呼嘯而過，他趕緊低下身子護住她。

這時他們的身後傳來嘎吱作響的腳步聲，藤池和蕨歌也沿著溝渠朝他們跑來。

「就是這裡嗎？」藤池對著溝渠旁邊的洞眨眨眼睛，洞口交織橫梗著數根表面光滑的暗色棍條。

嫩枝掌隔著交織的棍條窺看，發潮的石頭氣味和酸臭的水味立刻竄進鼻腔。她緊張嗅聞，想看穿暗處的動靜。等到眼睛適應了幽暗之後，才看到地道底部有小樹枝散落，裡頭積了水，水光粼粼地往遠處漫延。地道盡頭有淺淡的光。裡面有東西在動。是大老鼠嗎？

赤楊掌在她旁邊蹲下來。「妳還好嗎？」

「還好。」嫩枝掌吞吞口水。她努力回想這個地方，發現自己的毛髮都豎了起來。她的母親真的把她們丟在這裡嗎？她難過到心揪了起來。這地方這麼可怕，怎麼當育兒室啊？她想到營地裡的荊棘窩穴，那裡的貓后是用無比的愛心在照顧和保護小貓們。究竟是什麼原因逼得她的母親必須躲進這裡？她把頭塞進棍條縫裡，擠了進去。惡臭的溝水浸溼她的腳爪，腳爪的踩水聲迴盪在地道的岩壁間。她一路避開水面垃圾，小心前進。

嫩枝掌用力嗅聞，拚命想從地道的臭味裡聞出她母親的殘存氣味，但什麼也沒有，只有怪獸和大老鼠的惡臭氣味。

赤楊掌也跟在後面擠了進來，蕨歌和藤池蹲在洞口，瞪大眼睛，往內窺看。

「那個臥鋪八成被沖走了。」赤楊掌揣測道。

嫩枝掌在幽暗中朝他眨眨眼睛，心裡滿是悲傷。「她為什麼要把我們丟在這裡？」

「一定是有她不得已的苦衷。」赤楊掌的眼睛在幽暗裡閃閃發亮。

嫩枝掌環目四顧。「我現在終於懂你當初為什麼要帶走我們了。」她突然明白當初赤楊掌為何不願把她和紫羅蘭掌留在這裡。就算她們不被冷死或餓死，也早晚會被大老鼠吃掉。只不過她的心裡仍殘存一線希望。「我很好奇她到哪兒去了？」

她沒等赤楊掌回答，便從他旁邊擠過去，鑽出棍條的縫隙。她先貼平耳朵，防堵怪物的怒吼聲，再沿著溝渠查看。她在試圖想像她的母親離開窩穴時，心裡在想什麼？**她一定是去找食物了。她迷路了嗎？她忘了回地道的路嗎？**嫩枝掌擠過藤池和蕨歌身邊，沿著溝渠往前走，爬上斜坡，朝長草堆走去。那裡一定有老鼠，對吧？她母親的想法可能跟她一樣，也是走這條小路。

「嫩枝掌！」藤池在後面喊她。

嫩枝掌回頭瞥看。

銀白相間的母貓追在後面。蕨歌和赤楊掌緊跟其後。「等等我們。」她追上來，氣喘吁吁。

「我必須揣測出我母親的去向。」嫩枝掌緊張地說道。

藤池一臉同情地看著她。「可是嫩枝掌，那是好幾個月前的事了。妳不可能找得到她的蹤跡。」

蕨歌停在她旁邊。「禿葉季的雪早就把氣味洗掉了。」

嫩枝掌瞪著他們，驚恐到肚子開始翻攪。這時一個白色身影抓住她的注意，她目光越過他們。轟雷路上有隻貓！動也不動地坐在路中央，怪獸們接二連三從旁邊呼嘯而過。「你們看！」

藤池循著她的目光扭頭去看。

「我的星族老天！」蕨歌瞠目結舌地看著那隻毛髮打結的貓兒。

「她為什麼不逃走？」

嫩枝掌幾乎沒聽見藤池的喘息聲，她早就衝下斜坡。「我們必須救她！」

她不顧一切地奔向轟雷路。那會不會是她母親？她躍過溝渠，腳爪撞上轟雷路的同時，一頭怪獸正好呼嘯而過，只離她鼻頭一條尾巴之近。她的目光越過大片的灰色岩面。如果她能閃過那些怪獸，就能跑到她那裡，把她帶到安全的地方。她的思緒紊亂，雙耳充血。她左右巡看，尋找空檔衝過去。

突然間，有爪子攫住她的毛皮，不知道是誰突然把她往後用力一拖，她的腳掌刮過岩面，頸背被尖牙緊咬住，溝渠赫然出現在她身子下方，藤池一把將她拖了下去。

「看在星族老天的份上，妳以為妳在做什麼？」藤池瞪著她。

蕨歌在她們旁邊著地，毛髮全聳了起來。「妳想自殺啊？」

「那隻貓怎麼辦？」嫩枝掌的哭嚎聲蓋過怪獸。

她用後腿站起來，目光越過路緣窺看。一頭體型遠比其它怪獸還要大的亮紅色怪獸正朝無助的貓兒衝過來。「快逃！」嫩枝掌尖聲大叫。但那隻貓還是紋風不動。當紅色怪獸撞上她時，嫩枝掌驚恐尖叫。那隻貓不見了，她不敢相信地瞪大眼睛。

「牠們殺了她！」她的話哽在喉間。

藤池跳上轟雷路的路緣，掃視路面。嫩枝掌也跳到她旁邊，搜尋路面的血跡，但沒有任何血跡，只有白色絨毛隨著怪獸們呼嘯而過像蒲公英一樣在空中飛舞。

嫩枝掌瞪著半空中的白色絨毛。「原來那是一隻假貓。」她的喃喃低語聲被另一頭奔馳而來的怪獸掃過。

藤池把她推進溝渠裡。「一定又是兩腳獸的把戲。」她喵聲道，同時與嫩枝掌在卵石堆上嘎吱作響地雙雙著地。

蕨歌眨眨眼睛。「我們離開這裡吧。」

嫩枝掌瞪著他看，完全沒聽到他說什麼。她只覺得自己無法動彈。那有可能就是她母親的下場。這番恍然大悟突然像冰冷的寒風掃過她全身。她的母親怎麼可能還活著？她要餵小貓，她要狩獵，她必須無數次地穿越轟雷路。搞不好突然就被怪獸撞死了，就跟那隻沒有生命的毛茸茸東西一樣。要不然她怎麼可能不回她們的窩穴？這個念頭像石頭一樣篤定地壓在她的肚子裡。她的母親死了。

「走吧。」赤楊掌溫柔的喵聲在她耳邊響起。她感覺到他溫暖的鼻口正推她前進。她麻木地任由他帶著她走出溝渠，回到斜坡上。

她隱約感覺到藤池和蕨歌也走在她旁邊。但她每踏出一步都覺得心痛，接著陰影完全吞蝕了她。她眨眨眼睛，這才發現他們又回到了林子裡。

她迎視赤楊掌的目光。「我現在確定她死了，」她聲音沙啞地喃喃說道。「我們回家吧。」

第十七章

紫羅蘭掌在臥鋪裡翻了個身，半睡半醒，這時窩穴入口有毛髮輕輕擦過的聲音。睡得迷迷糊糊的她心想是不是自己睡晚了，所以曦皮跑來叫她起床。她半睜著眼，看見天還暗著，便認定自己一定是在做夢。

然後又任由睡意將她再次拖進黑暗裡。

「紫羅蘭掌。」

她的耳邊傳來嘶聲，她嚇得跳起來。「是誰？」她驚恐萬分，因為她聞到陌生的氣味。那不是影族貓。她在黑暗裡隱約看見一隻年輕母貓的身影。

「是我，」那聲音又嘶聲作響。「嫩枝掌。」

紫羅蘭掌愣在原地。「我的星族老天，妳來這裡做什麼？」

「我必須見妳一面。」

紫羅蘭掌環目四顧。感謝星族老天，還好小螺紋、小花和小蛇都沒升格為見習生，她才能獨占這個窩穴。「妳不能來這裡。」她不安地低聲道：「要是被他們發現，我們兩個就慘了。」她的部族才剛開始接納她，她不能被發現跟雷族貓廝混在一起。她把嫩枝掌往入口推，她姊姊身上的雷族氣味令她不禁皺起鼻子。

「可是我必須跟妳聊聊！」嫩枝掌把爪子戳進地上。

紫羅蘭掌推得更用力了。「不能在這裡啦！」她把嫩枝掌從窩裡推了出去，匆匆跑向空地邊緣的陰暗處。「走這裡！」她緊張地巡看營地。每個窩穴都有鼾聲傳出。除了月光下慘白的嫩枝掌之外，一切都了無動靜。「快點！」紫羅蘭掌趕緊帶路，鑽進通往穢物處的通道裡。

她轉身一看，發現嫩枝掌沒有跟進來。她姊姊還站在營地圍牆邊，黑暗中，兩隻眼睛尤其顯得晶亮。「妳在做什麼？」紫羅蘭掌質問道。嫩枝掌是故意想惹麻煩嗎？

「我去找我們的母親了。」嫩枝掌嘶聲說道：「她不見了，她死了，妳說得沒錯。」

紫羅蘭掌瞪著她。「她當然死了。不然她怎麼會把我們丟在那裡。妳來這裡就是要告訴我這個？」

她看見嫩枝掌眼裡閃著淚光，頓時一陣懊惱。嫩枝掌到底找她做什麼？「我很抱歉，但別指望我會覺得驚訝。」她緊張地掃視營地。雷族貓的臭味早晚會驚醒別的貓。「妳聽我說，」她低吼道：「我知道妳很難過，但妳必須離開這裡。」

「妳一點也不在乎嗎？」嫩枝掌瞪著她，仍然紋風不動。

紫羅蘭掌的毛髮全聳了起來。她這個蠢姊姊，腳爪是在地上生根了嗎？「這有什麼差別？」她推理道。「我們又不是小貓，我們是見習生。我們將來要當戰士。我們有自己的家和族貓。」

「可是我們沒有其他血親，」嫩枝掌低聲道：「只剩彼此。所以我們必須陪在彼此身邊。」

嫩枝掌腦袋顯然愈來愈糊塗了。「妳想加入影族嗎？」

「當然不想。」嫩枝掌厲聲道。「我只是想見妳，我想知道我需要妳的時候，妳就會在我身邊。」

紫羅蘭掌瞇起眼睛，一頭霧水。「我當然在妳身邊。但妳現在是雷族貓。」

附近傳來腳步聲。「誰在那裡？」

紫羅蘭掌嚇得心臟快從喉嚨裡蹦出來，她發現是她導師的聲音。

曦皮正繞過營地圍籬，從戰士窩裡走出來。乳白色毛髮在月光下閃閃發亮。

「快點！」紫羅蘭掌彈動鼻子，要嫩枝掌快躲進後面的穢物處。但嫩枝掌卻瞪大眼睛看著曦皮，眼裡布滿驚色。紫羅蘭掌忍住咆哮的衝動。嫩枝掌是鼠腦袋嗎？她真的以為她可以在別族營地裡爭論不休，完全不會引起注意？

紫羅蘭掌朝曦皮快步走去。「嗨。」她喵聲道，語氣試圖表現無辜。也許曦皮沒注意到嫩枝掌。

但曦皮的目光越過她，雙耳貼平。「我聞到雷族貓的味道，」她低吼：「誰在那裡？」她從紫羅蘭掌身邊擠過去，走向嫩枝掌。

「是我！」嫩枝掌小聲說道。「我必須見紫羅蘭掌一面，這不是她的錯。是我自己偷溜進來叫醒她。她一直想趕我走。」然後一臉不以為然地看著紫羅蘭掌。

紫羅蘭掌翻翻白眼。那她以為她還能怎樣？她的族貓說得沒錯：雷族貓都是青蛙腦袋。

曦皮繞著嫩枝掌轉，頸毛高聳。「妳是來查探我們的底細嗎？」

「不是，」嫩枝掌語氣惱火。「我告訴過妳，我必須找紫羅蘭掌談一談。」

「談什麼？」曦皮站在她面前怒瞪著她，離她鼻子只有一根鬍鬚之近。

「談我們的母親，」嫩枝掌告訴她：「她死了。」

曦皮看了紫羅蘭掌一眼：「這算是新聞嗎？」

紫羅蘭掌走上前來，嘆口氣：「對嫩枝掌來說算是新聞。」她停在她導師旁邊，頓時為她姊姊感到難過。「她一直認為母親還活著。」

曦皮小心翼翼地嗅聞嫩枝掌：「為什麼現在改變了想法？」

「我去找過她了，」嫩枝掌語氣絕望：「我看見那條轟雷路，她在那裡幫我們做了一個窩。結果我看見很多怪獸，一定是其中一頭殺了她。」

「饒了她吧，」紫羅蘭掌輕聲說道：「她沒有惡意。」

曦皮若有所思地瞇起眼睛。「她不能每次想找妳，就跑來這裡啊。」

「這是很重要的事！」嫩枝掌抬高下巴。

「那是妳認為很重要！」曦皮怒聲說道：「但不表示大家都認同妳的想法。妳就跟妳的族貓一樣傲慢。」

不准批評我姊姊！紫羅蘭掌怒瞪曦皮。「讓她回去吧。不會有誰知道她來過。」

空地裡傳來一個聲音：「太遲了吧。」

紫羅蘭掌當場愣住。褐皮正瞪著她們，背上毛髮豎得筆直。焦毛和蓍草葉睡眼惺忪地從戰士窩裡走出來。雪鳥和虎心跟在後面。扭毛從長老窩裡窺看。小螺紋和小花跌跌撞撞地走出育兒室，一看到嫩枝掌，頓時瞪大眼睛。

「入侵！」小螺紋奔過空地，大聲嚷嚷。

草心眼神驚慌地從窩裡衝出來。她伸長尾巴，裹住小花，瞪著在空地上四處亂竄的小螺紋，後者興奮到毛髮蓬亂。

鴉霜睡眼惺忪地從窩裡快步出來，紫羅蘭掌嚇得全身緊繃。

「怎麼了？」月光下的他眨眨眼睛，一看到嫩枝掌，眼睛瞪得斗大。

曦皮抬起尾巴。「有個雷族見習生偷偷摸摸地溜進我們營地。」

「嫩枝掌。」鴉霜看到原來是嫩枝掌獨自站在空地上，神情鬆了口氣。他伸出一隻腳爪攔住正朝他衝來的小螺紋。「回去你媽媽那裡。」他下令道。小螺紋心不甘情不願地拖著腳，走向草心。鴉霜朝曦皮轉身：「只有嫩枝掌嗎？」

曦皮點點頭。「她想跟紫羅蘭掌說話。」

鴉霜的目光警覺地瞟向紫羅蘭掌：「為什麼？」

曦皮疲憊地搖搖頭。「就是一些無聊話題，跟她們母親有關，不是很重要。」

紫羅蘭掌看見嫩枝掌一臉惱色。她猜嫩枝掌一定是想告訴影族副族長她母親的事當然很重要，於是趕緊先插話：「對不起，不會再有這種事了。嫩枝掌只是犯了錯。」

焦毛發出低吼。「我們怎麼知道不是紫羅蘭掌邀她過來的？」他齜牙咧嘴。「也許下次她就邀惡棍貓來了。」

「你這樣講我，太不公平了。」紫羅蘭掌甩打著尾巴。她這麼努力，全是為了想得到他們的認同，他們怎麼可以這樣輕易懷疑她？

嫩枝掌上前一步，挺起胸膛。「我妹妹不會像你說得那樣背叛任何影族貓。」

焦毛齜牙低吼：「可是妳卻跑來這裡。」

鴉霜腳步沉重地穿過空地。「顯然這些小貓都犯了錯，但所幸沒造成什麼傷害。」他眼神凌厲地看著嫩枝掌：「妳不能再來這裡找妳妹妹了，聽懂了嗎？如果妳想找她說話，得等到大集會的時候。你們也許是彼此的血親，但現在畢竟住在不同部族。」

嫩枝掌緊張地眨眨眼睛：「那要是很重要的事呢？」

「就先跟棘星說，」他告訴她：「他很清楚什麼方法才得體。」

嫩枝掌垂下頭。「對不起。」她喃喃說道。

嫩枝掌的哀傷觸動了紫羅蘭掌的心。她眨眨眼睛，一臉同情地看著她姊姊。其實嫩枝掌並無惡意。

鴉霜彈動尾巴示意雪鳥和虎心。「帶這個見習生回她的部族。跟棘星說一下，要他確保這種事不會再發生。」

虎心點點頭，走向嫩枝掌，雪鳥跟在後面。

「等一下！」焦毛的吼聲嚇了紫羅蘭掌一跳。

焦毛快步穿過空地，停在鴉霜旁邊。「我們部族裡有貓兒生病。」他喵聲道，眼神狡猾。

鴉霜瞇起眼睛：「所以呢？」

「我們需要風族准我們去高地摘藥草。」

紫羅蘭掌聽見焦毛這麼說，突然緊張到腳爪微微刺痛。這隻老跳蚤貓想幹什麼？

「可是風族不肯幫我們。」焦毛意有所指地環顧他的族貓們。「沒有一個部族肯幫我們。但也許我們可以利用這次機會說服他們出手相助。」

曦皮一頭霧水：「怎麼利用？」

鴉霜的眼神突然銳利了起來。「你意思是我們可以說服雷族幫忙我們。」他緊盯著嫩枝掌。

紫羅蘭掌上前一步，緊張到全身毛髮如波起伏。「你們在說什麼？」嫩枝掌有危險嗎？

鴉霜一定是看見她臉色的倉皇。「別擔心，我們不會傷害妳姊姊。但她必須留在這裡一陣子，這樣我們才好說服棘星。」

「你是要挾持她？」紫羅蘭掌倒抽口氣：「把她當籌碼？」

褐皮蠕動著腳爪。「紫羅蘭掌，這麼做不無道理。雷族和風族關係向來很好。雷族已經多次營救風族。如果我們說服不了風族給我們藥草，那麼雷族也許辦得到。」

「再加上一點適當誘因的話。」焦毛不懷好意地覷著嫩枝掌。

鴉霜彈彈尾巴。「我想花楸星若是身體無恙，也會同意這個辦法。嫩枝掌跟我們住在一起的這段時間，不會受到任何傷害。」他環顧他的族貓們。「我們要好好照顧她。她得留在這裡，直到風族給我們兜蘚為止。」

紫羅蘭掌注視著嫩枝掌，看見她姊姊眼裡閃現恐懼，心跟著揪緊，於是趕緊站到她旁邊，身子輕輕擦過嫩枝掌的毛髮。「沒關係，」她低聲說道：「我不會讓妳受到欺負。如果鴉霜保證妳會安全，就一定會很安全。」

嫩枝掌對她感激地眨眨眼睛。

「帶她去妳的窩穴。」鴉霜告訴紫羅蘭掌，然後朝虎心點頭示意：「到外頭站崗，天亮之後，褐皮接你的班。嫩枝掌待在這裡的這段時間，絕不可以讓她自己獨處。」他語帶警告地看著族貓們。「我們要好好利用這次機會，幫生病的族貓拿到解藥。早上我會派出一支隊伍去跟棘星洽談。」

空地上的附和聲此起彼落。紫羅蘭掌推著嫩枝掌朝見習生窩走去。嫩枝掌腳步僵硬地走在前面，被迫低身鑽了進去。

紫羅蘭掌跟在後面，慶幸終於擺脫了族貓們的目光。「我就說妳不應該來這裡！」她瞪著她姊姊，惱火到全身毛髮都在刺癢。她為嫩枝掌的處境感到難過，但這是她咎由自取。

嫩枝掌的肩膀垮了下來。「影族貓跟棘星說了之後，不知道棘星會怎麼想？我真是鼠腦袋。」

她的語氣難過到連紫羅蘭掌都不忍苛責她。她用鼻子輕觸她姊姊的面頰。「妳的確是鼠腦袋，」她輕聲揶揄：「但妳心地善良啊。」

嫩枝掌疲憊地靠在她身上。

「來吧，」紫羅蘭掌把她推進臥鋪裡。「妳一定累了，我們先休息吧。」

嫩枝掌爬進用青苔襯底的蕨葉鋪裡，坐了下來。

紫羅蘭掌蜷伏在她身邊。「沒關係，」她承諾道，「也許這真的可以逼風族給我們解藥。所以妳也算是在幫影族的忙。如果風族真的給了我們藥，治癒了族貓，妳就是大功臣了。」

嫩枝掌滿懷希望地抬眼迎視紫羅蘭掌的目光。「會成功的，對吧？」

紫羅蘭掌喵嗚道：「我敢打賭如果妳的族貓知道這是在救貓兒的命，絕對不會介意的。」

「那赤楊掌會很開心。」嫩枝掌在她妹妹旁邊躺下來。「可是松鴉羽覺得我是鼠腦袋，不過他一向都這麼認為，所以也沒差啦。」

「妳先睡一覺，別想太多。」紫羅蘭掌心情好多了。她以前從沒機會安慰過別的貓兒。她可以感覺到嫩枝掌不再那麼緊張，心情也跟著放鬆下來。

「我想我累了，」嫩枝掌喵聲道：「我一整夜沒睡。」

「那就睡吧。」紫羅蘭掌輕聲催促。「到了早上，就會沒事了，一向都是這樣。」

嫩枝掌把鼻頭擱在腳爪上，紫羅蘭掌用身子緊緊圈住她。能跟自己的姊姊同睡一張臥鋪真好。她感覺到嫩枝掌的體溫慢慢滲進她的毛髮裡，於是也閉上眼睛，輕聲喵嗚，慢慢陷入夢鄉。

第十八章

「赤楊掌！」

一聲嘶叫喚醒了他。他扭頭抬眼，灰濛濛的曙光正滲進見習生窩，他眨眨眼睛。葉掌在臥鋪裡蠕動，但沒有醒來。雲雀掌和蜂蜜掌還在打呼。

藤池站在他臥鋪旁邊，一臉憂心。「你有看到嫩枝掌嗎？」

赤楊掌猶帶睡意地看著她。「昨晚就沒見到她了。」他望向她的臥鋪，是空的。

「她本來要跟我參加黎明巡邏隊的，」藤池緊張地喵道：「但是我找不到她。」

「她可能去後面方便了，妳有去那裡找嗎？」赤楊掌壓低音量。

「我當然找過了。」藤池很是惱火。「我整個營地都找遍了，她不在營裡。」

赤楊掌此刻完全醒了，驚恐像閃電流竄全身。嫩枝掌從轟雷路回來的路上始終不吭聲。他知道她肯定嚇壞了。她本來抱著很大的希望。但他以為回到營地和族貓們分食獵物後，就會讓她好過一點。他焦急地看著藤池：「妳不會認為她做了什麼傻事吧？」

氣呼呼的藤池不耐地說：「什麼?你意思是她又跳進湖裡?」

赤楊掌從臥鋪裡爬出來。「她可能只是出去走一走，釐清自己的思緒。」

「她是見習生，」藤池厲聲道：「本來就說好要參加黎明巡邏隊的。她可以晚一點再去釐清思緒。」赤楊掌從藤池眼裡看得出來她不純粹是懊惱而已，銀白色母貓其實是在擔心。「她年紀太小，不能單獨待在林子裡。」藤池開始踱步。「要是被狐狸攻擊怎麼辦？她才學過一招半式的格鬥技巧。搞不好她已經出去一整個晚上了。我應該看緊她的。我知道她回來之後心情一直不好。」

「這也不是妳的錯。」赤楊掌試著按壓下內疚的心理。他和嫩枝掌同住一個窩穴，他應該更警覺才對。他應該留意到她的不告而別。他甩甩毛髮。「光這樣擔心也沒用。」他走出窩外。「松鼠飛知不知道她不見了？我們應該趕在她派出巡邏隊之前先知會她。總得有誰出去找嫩枝掌吧。」

棘星正在高突岩上，下方有幾隻雷族戰士圍著松鼠飛。

蕨毛、白翅和煤皮已經朝入口走去，顯然要出外巡邏狩獵。

「白樺樹那裡有個老鼠窩。」白翅的眼睛炯炯發亮。

「我們先抓松鼠好了。」煤皮提議道：「牠們還沒睡醒，動作比較遲鈍。」

玫瑰瓣朝赤楊掌跑過來。「雲雀掌醒了嗎？」

「還沒。」赤楊掌沒有停下腳步。

「這些見習生喔！」玫瑰瓣氣呼呼地說：「最晚起床的總是他們。」

她離開時，嘴裡不停嘟囔，赤楊掌從花落和蜂紋中間擠過去，試著捕捉松鼠飛的目光。她又在組織另一支巡邏隊。

「櫻桃落和火花皮，你們可以……」

赤楊掌打斷她：「嫩枝掌失蹤了。」

松鼠飛朝他扭頭。「失蹤多久了？」

藤池趕了上來。「我們不知道。我猜她應該是夜裡溜出營地。」

「妳找過所有的窩穴了嗎？」松鼠飛抬眼看著棘星，彈動尾巴，向他示意。

「是啊，」藤池回報：「連我們方便的穢物處還有營地四周，我都找過了，就是找不到她。」

「追蹤得到她的氣味嗎？」松鼠飛挪動位置，棘星跳了下來，在她旁邊著地。

「我追蹤不到。」藤池告訴她。

「出了什麼事？」棘星皺起眉頭

「嫩枝掌失蹤了。」松鼠飛告訴他。

花落走上前。「天亮前下過雨，所以一定是天亮前走的，氣味都被雨水沖掉了。」

棘星的目光探向荊棘圍籬。「有誰來過營地嗎？」

赤楊掌的心跳加快。難道他認為有誰來營地帶走嫩枝掌？**不可能！**他甩開這念頭。嫩枝掌一直很難過。「很可能是她想出去走走，就走了。」他告訴棘星：「她很難過沒找到她母親。」

松鼠飛惱火地抽動尾巴：「她可能正在自哀自怨地在林子裡遊盪吧。」

藤池毛髮豎了起來。「難道妳年輕時就沒做過這種事？」

松鼠飛迎視銀白色母貓的目光，眼神柔和了下來。「對不起。妳說得沒錯，她一定是很難過。」她對花落點頭示意：「妳帶一支巡邏隊到湖邊找找，好嗎？獅焰，」她朝金色公貓轉身：「帶兩個戰士去影族邊界。藤池可以帶暴雲和冬青叢去風族邊界。」

赤楊掌多少寬心了點，做點什麼總是好的。「我可以加入搜索隊嗎？」他問道。

棘星搖搖頭。「營地比較需要你，你去忙巫醫貓的事吧。」

他說話的同時，松鴉羽正好從巫醫窩裡出來，盲眼掃視空地。「赤楊掌？」

赤楊掌肩膀立刻垮了下來。松鴉羽八成會讀心術。這隻性情乖戾的巫醫貓不可能准他到林子裡晃，一定會要他待在這裡計算罌粟種子的數量或者幫忙綑藥草。他無精打采地朝巫醫窩走去。「我來了。」

「我們會找到她的。」藤池在他後面喊道。

他回頭看她一眼。「謝了。」

松鴉羽把他趕進巫醫窩裡。「外面在吵什麼啊？是有見習生忘了怎麼狩獵嗎？」

赤楊掌充耳不聞松鴉羽的諷刺，緩步經過還在臥鋪睡覺的蕾光，來到巫醫貓的儲藏室。「嫩枝掌不見了。」他拉出一大堆葉子，開始分類。

葉池正把葉子放進岩壁旁所收集的山泉水裡，再鋪好陰乾。「不見了？」她停下動作，對赤楊掌眨眨眼睛。

「希望她別又跑去游泳。」松鴉羽嘟囔道。

為什麼大家老愛提這件事？赤楊掌突然火大，朝他轉身。「你就只在乎自己，你到底有關心過誰嗎？」

松鴉羽當場愣住，藍色盲眼緊緊盯住他，彷彿像正常的明眼貓一樣看得到他。「我當然也關心其他的貓！」他呸口道：「我感應得到營裡每隻貓的心情。從他們的喵聲、他們的腳步聲和甩打尾巴的聲音就能感應到。這些噪音從來沒停過。但如果每隻貓的心情我都要在乎，我還能專心工作嗎？」

赤楊掌一臉驚詫地瞪著他。松鴉羽對族貓們的心情真的那麼敏感嗎？「那你知道嫩枝掌很難過嗎？」

「她昨天拖著腳步走進營地，像是肩上扛了一頭獾一樣。」松鴉羽回答：「我當然知道她很難過。但我不知道她會在半夜跑出去。我又沒讀心術。」

赤楊掌轉身回藥草堆。「你覺得她不會有事吧？」

「我相信她很快就回來了。」葉池向他保證道。

「吸點新鮮空氣和多運動，對她有益無害，」松鴉羽猝然說道：「她一抓到獵物，可能就回家了。嫩枝掌不是那種喜歡獨享生鮮獵物的貓兒。」

赤楊掌很是驚訝地瞥了他一眼。**這算是在誇獎嫩枝掌嗎？**

薔光在臥鋪裡伸懶腰，醒了過來。她打著呵欠說：「太陽出來了嗎？」

「都快爬上坑地了。」松鴉羽朝赤楊掌走過去，把藥草從他前面掃開。「我來整理藥草，你去幫薔光作運動。」

赤楊掌鬆了口氣。幫乾燥的藥草分類，一定要很專心，幫薔光運動就簡單多了。

「出了什麼事？」薔光對走過來的他皺起眉頭。

赤楊掌擔心到毛髮都在微微抖動，但他不想掩飾。「嫩枝掌不見了。」他用腳爪勾住薔光的腳爪，幫忙拉直。

「不見多久了？」蓄光轉動肩膀，伸展身軀。

「她晚上不見的。」

「有掙扎的痕跡嗎？」蓄光眼裡閃著憂色。

「沒有，」赤楊掌朝她的後腿移動，將其中一隻後腿架在他的腳爪之間，然後拉動它，活動無力的肌肉。「沒有狐狸入侵的痕跡，也沒有陌生貓兒的氣味。我想是她自己離開的。」

蓄光扭頭，目光射了過來。「她會不會不回來了？」

「我不知道。」赤楊掌不願想這問題。但蓄光的話狠狠戳進他心裡。她會不會因為發現自己母親死了，就開始重新思考自己在部族裡的角色？可是這結果應該更讓她覺得雷族現在是她唯一的家啊？他的心揪了起來，**又或者這會令她覺得她根本不屬於任何地方**。他抓住蓄光的另一隻後腿，前後活動。等到他覺得蓄光的筋骨比較活動開來時，松鴉羽卻在這時清了清喉嚨。

「她要是選在這時候棄部族而去，未免太笨了，」他嘟囔道：「可是嫩枝掌並不笨。」

赤楊掌惱火到全身微微刺癢。「那你幹嘛以前老說她笨？」要不是松鴉羽對嫩枝掌這麼不友善，也許她就會比較有歸屬感。

「我對哪一個不說笨啊？」松鴉羽把一坨新鮮的藥草和其他藥草放在一起。「嫩枝掌才不希望我對她輕聲細語，拿她當小貓看呢。」

你又知道了？正當赤楊掌在幫忙前後活動蕾光的腿時，空地上傳來驚詫的喊聲。

他放下蕾光的腿，豎直耳朵。

松鴉羽正在嗅聞空氣。「是影族貓。」

「在我們營地？」赤楊掌的心頓時抽緊。他朝入口走去，穿過荊棘叢。

他看見鴉霜、焦毛和褐皮在空地上，生起不祥的預感。他們有嫩枝掌的消息嗎？

獅焰、鴿翅和蜂紋在旁看守。灰紋跟蜜妮站在長老窩外面，雲雀掌、葉掌和蜂蜜掌擠在生鮮獵物堆旁興奮地竊竊私語。玫瑰瓣和錢鼠鬚在營地邊緣踱步，頸毛聳了起來。

棘星快步過來會合。「你們來這裡做什麼？」他停在鴉霜面前，眼裡射出怒火。

獅焰上前一步。「他們在邊界等，我們一靠近，就找上我們，說要跟你談一談。」

鴉霜垂下頭。「我們相信你會想知道嫩枝掌目前平安無事。」

赤楊掌衝到前面。「她在哪裡？她怎麼了？」

鴉霜目光沒有離開雷族族長。「半夜的時候，我們在營地裡發現她。」他的尾巴不停抽動。赤楊掌不免懷疑影族副族長其實是在幸災樂禍。「雷族都教見習生趁別族睡覺的時候入侵營地嗎？」

棘星瞇起眼睛。「當然沒有，」他呸口道：「我不知道她到那裡做什麼。」

赤楊掌快步走到他父親旁邊。「她可能只是想見紫羅蘭掌。她很難過她母親的事，所以也許只是想找……」

鴉霜提高音量蓋過他：「棘星，你們的見習生現在都沒大沒小了嗎？還是雷族戰士向來習慣跟族裡的小輩請益？那也許你應該去育兒室一趟，那裡的小貓可能也有意見要表達。」他的喵聲充滿諷刺。

灰紋冷哼一聲。「小貓的事，輪不到你來教訓我們，」他吼道：「至少他們不會背叛自己的部族，去幫惡棍貓賣命。」

鴉霜頸毛立時豎起，但刻意不理會雷族長老，繼續說道：「嫩枝掌會待在我們那兒一陣子。」

赤楊掌驚駭不已。**莫非嫩枝掌決定留在她妹妹的部族裡？**

棘星彈動尾巴。「我不相信。雷族貓從來不會棄雷族而去，投奔影族。」他的目光瞬時瞟向褐皮，眼裡閃過一絲愧意。

褐皮緩緩地眨著眼睛。「還是有啊。」棘星的姊姊以前就選擇投奔影族。

棘星蠕動著腳，顯然有點語塞。「那不一樣，那是因為我們的父親在影族。」

褐皮背上的毛髮服貼了下來。「嫩枝掌的妹妹也在影族啊，」她提醒棘星：「不過這不是她待在我們那裡的原因。」

焦毛齜牙咧嘴。「我們要留她下來，直到你們同意幫忙我們。」

赤楊掌看了他父親一眼，恐懼緊緊攫住他。**嫩枝掌！**

「她是在我們那兒作客，」鴉霜說得圓滑。「我們會好好照顧她。」

棘星的目光不屈：「你要我們幫什麼忙。」

褐皮和鴉霜互看一眼。赤楊掌看見眼帶詢問的她看見鴉霜點點頭，這才走上前來。

「我們的族貓病了。黃蜂尾和橡毛都在和死神拔河，扭毛也染上同樣的病。花楸星病到水塘光寸步不敢離開他。現在就連蓍草葉和小蛇也病了。」

「小貓也病了？」松鼠飛從高突岩下方的暗處走出來。

褐皮朝她眨眨眼睛。「這種病正在部族裡散播，我們束手無策。」

「除非有兜蘚。」鴉霜瞪著棘星。「但你也聽到一星說的話了，他不讓我們去摘。」

棘星不安地將目光從影族副族長身上移開。「你怎麼會認為我們幫得上忙？」

「一星沒有遷怒你們，」鴉霜喵聲道：「再說雷族跟風族的關係向來比我們跟他們的關係好。所以也許你能說服得了他讓我們共用藥草。」

褐皮用圓亮的眼睛央求地看著他：「你可以告訴他你的部族需要用到這種藥草。」

「我絕不撒謊。」棘星抬起下巴。

褐皮注視著他。「可是你會幫我們吧？」

松鼠飛走到她的伴侶貓旁邊：「我們不能眼睜睜看著長老和小貓死去，哪怕不是同一部族。」

棘星壓低聲音對她說：「妳憑什麼認為一星會給我們藥草？」

「難道我們不該試試看嗎？」松鼠飛施壓道。

錢鼠鬚穿過空地，身上棕黃乳白相間的毛髮全聳了起來。「為什麼我們應該幫助影族？我們的族貓被他們挾持了！」

鴉霜不懷好意地瞇起眼睛。「所以你們才應該幫忙我們啊。」

赤楊掌緊張地瞪著影族副族長。「如果我們不幫，你會傷害她嗎？」

鴉霜爪子戳進土裡。「她會留在我們那裡，直到我們取得藥草為止。」

他根本沒在回答我！赤楊掌很想狠刮影族副族長一巴掌。他竟敢威脅見習生！他的喉間發出低吼。

「噓，赤楊掌。」棘星要他安靜，然後冷冷地迎視鴉霜的目光。「你的要求我們會列入考慮，等我們決定了，再通知你。」

鴉霜垂下頭。「很好。」

「你就任由他們這樣欺負我們嗎？」錢鼠鬚驚訝地望著雷族族長。

棘星沒理他。「你們可以走了。」他告訴鴉霜。「鴿翅和蜂紋會護送你們回邊界。」他朝兩名戰士點頭示意。

赤楊掌看著影族隊伍朝入口走去，心裡一陣寒意。

錢鼠鬚快步走向棘星，尾巴不停甩打。「我們應該攻擊他們的營地，救出嫩枝掌。」

玫瑰瓣也走過來附和她的同窩夥伴，眼裡閃著怒光。「要把她救回來太容易了。他們有一半的族貓病了，另一半跑去加入惡棍貓。」

灰紋穿過空地。「就算我們把嫩枝掌救了回來，又怎樣？」他停在棘星面前：「影族還是需要解藥啊。」

棘星對長老眨眨眼睛：「那關我們什麼事？」

松鼠飛愣了一下。「當然關我們的事！生病的小貓是所有部族的責任。」

棘星的眼色一黯。「要是我們提出要求，風族還是拒絕我們怎麼辦？」

赤楊掌看著戰士們面面相覷，緊張到肚子裡像有好多條蟲在爬。嫩枝掌一定嚇壞了。她被挾持在陌生的部族裡。「我們還是必須做點什麼啊。」他脫口而出。

棘星表情嚴肅地看著他。「會的。」他承諾道：「只是我們得先決定要做什麼。」他轉身，跳上亂石堆，彈動尾巴示意松鼠飛跟上。

赤楊掌一臉緊張地看著他們消失在族長窩裡。他們會做出什麼決定呢？赤楊掌快步走進營地，嘴巴叼著百里香。他很高興能在新葉季一開始的時候就找到這種藥草，只不過他的心思仍在嫩枝掌身上。他絞盡腦汁一整個早上，想要找個藉口去影族營地探訪水塘光。這樣或許有機會跟嫩枝掌說上話。

棘星站在空地上，松鼠飛、松鴉羽和葉池在他旁邊。赤楊掌一進到空地邊緣，棘星便抬眼看他：「你回來啦！」雷族族長語氣聽起來挺愉快的。

赤楊掌朝他們走去，把百里香擱在地上。他們殷切地望著他。難道他們有了嫩枝掌的最新消息？「怎麼了？」

「我們有個計畫。」松鼠飛告訴他。

赤楊掌靠了過去，心跳加快。

棘星迎視他的目光。「我要你和葉池到風族去一趟，找隼翔談一談，必要的話，也跟一星談一下。」

赤楊掌的嘴巴發乾。他看了松鴉羽一眼。他可以理解棘星何以要把這任務託付給巫醫貓，因為可以降低衝突發生，但不是應該派松鴉羽去比較好嗎？「為什麼是我？」

松鴉羽沒好氣地說：「顯然你比較不會得罪他們。」他話語聽起來帶刺，彷彿棘星的決定惹惱了他。

葉池對赤楊掌眨眨眼睛。「這個任務需要一點技巧和禮貌。」她瞥了松鴉羽一眼。

盲眼巫醫貓氣呼呼地說：「我不懂為什麼我們不能直接上高地把兜蘚摘回來？」

棘星瞪著他。「我們想平和地解決這件事，而不是愈搞愈糟。」

「再說，」葉池語氣溫和地插嘴道：「我們也不知道那種藥草長什麼樣子。」

「不就是帶有灰色斑點的暗綠色葉子嗎？是有多難找啊？」松鴉羽嘟囔道。

「棘星已經決定了，」葉池語氣堅定地說道：「赤楊掌跟我去。我們會先找隼翔談，到時再看有沒有機會去摘藥草。」

赤楊掌緊張地蠕動著腳。「要是風族惱火我們越過邊界，那怎麼辦？」

「所以我才要派巫醫貓去啊，」棘星解釋道：「就算是一星也不能拒絕你們越過邊界。」

松鼠飛眼色一黯。「這一點我不太同意，他最近愈來愈不講道理了。」

「他會聽我們的嗎？」赤楊掌緊張地問道。

「我不知道，」葉池承認道：「所以我們才需要先跟隼翔談啊。如果能得到隼翔的支持，也許他會說服一星想通道理。不管怎麼樣，我們總得試試看。這不只是為了嫩枝掌著想，也是為了水塘光著想。」她面帶憂色。赤楊掌突然恍然大悟，她一定是很擔心曾受過她訓練的水塘光得獨自面對正在影族裡肆虐的傳染病。

赤楊掌抬起下巴：「我們什麼時候走？」

「愈快愈好，」棘星喵聲道：「我要嫩枝掌盡快回來。」

「我們可以走了嗎？」赤楊掌揮打尾巴。

「如果你準備好了，我們就可以走了。」葉池告訴他。

他們向族貓們點點頭，道聲再會，便離開了營地，循著小路走向風族邊界，感覺像是要去月池一樣。只是他們沒有沿著河往坡上爬，反而躍過它，上了高地。他們爬上坡地，四周都是石楠叢。前方出現金雀花叢，黃色花蕊在午後陽光下尤其鮮豔奪目。

赤楊掌緊張地環顧四周。「我們要不要停下來，等風族巡邏隊出現？」他問葉池。

「我們去找他們。」她低身鑽進石楠叢裡。

赤楊掌跟著鑽進去。腳下的泥煤地很鬆軟，扎人的蕨葉不斷摩擦他的身子。當他們出來時，赤楊掌瞥見金雀尾的淺灰白色身影出現在草地盡頭，儘足跟她在一起。

葉池停下腳步，抬起尾巴：「嗨！」她在坡地這頭喊道。

風族貓兒扭頭張望，瞪看他們，眼裡有怒光閃現。

赤楊掌挨近葉池，心跳得厲害。

「別擔心，」她低聲道：「別忘了，我們是巫醫貓。」

她揚高尾巴，風族貓一路跑過山腰來找他們。

燼足先抵達，毛髮豎得筆直。「你們來我們的領地做什麼？」

葉池一無所懼地迎視他的目光：「我們需要找隼翔談一下。」

金雀尾趕了上來。「談什麼？」

葉池吸吸鼻子：「這是巫醫貓的事。」

赤楊掌朝她眨眨眼睛，滿臉崇拜。她都不害怕嗎？金雀尾和燼足貼平耳朵，眼裡盡是疑色。

葉池抬起下巴。「你們是要帶我們去找他，還是我們自己去？」

金雀尾抽動著耳朵。「我們帶你去。」她心不甘情不願地低吼回答。

風族貓轉身爬上坡，葉池的毛髮輕輕擦過赤楊掌。「跟緊我。」她低聲道。

赤楊掌跟著金雀尾和燼足走進風族營地時，心跳聲大到連自己都聽得到。雖然營地位在山腰處的凹地裡，但綠草茵茵的寬闊空地還是有種缺少遮蔽物的感覺。野風掃過空地四周的金雀花，灌進赤楊掌的毛髮。

風族貓紛紛從營地邊緣如波擺盪的長草堆裡走出來，眼裡閃著驚訝。風皮大步朝他們走來，憤慨地挺起胸膛。「你們來這裡做什麼？」

「他們想找隼翔談一談。」燼足告訴他。

風皮瞇起眼睛。

附近的夜雲緊張地瞥看空地前面的窩穴入口。**那是一星的窩穴嗎？**

金雀尾停下腳步，朝營地金雀花圍籬的一處開口點頭示意。「他在那裡。」

葉池垂頭致意，低身鑽進去。

赤楊掌趕緊跟在後面，慶幸終於不必再吹風，也終於躲過風族貓的好奇目光。

隼翔正忙著將琉璃苣的葉子撕成小片，再緊緊綑綁起來。他抬眼看見走進來的葉池和赤楊掌。「你們來這裡做什麼？」喵聲裡帶著驚詫。

葉池揮動尾巴。「巫醫貓本來就可以互相拜訪，不是嗎？」

隼翔緊張地朝窩穴入口看了一眼。「一星知道你們來了嗎？」

「他現在應該知道了吧。」葉池據實以告。

赤楊掌回頭看，還以為風族族長會火大地衝進巫醫窩。

「他會不高興的。」隼翔警告道。

「我們又不是影族貓。」葉池直言道。

「這陣子一星對任何貓都不信任。」隼翔壓低聲音：「連自己的族貓也一樣。」

葉池瞪大眼睛：「為什麼不信任？」

隼翔看著自己的腳，沒有答腔。

「少掉一條性命，也不至於對他造成這麼大的影響吧？」葉池的耳朵不耐地抽動。「難道惡棍貓還對他做過什麼可怕的事？」

隼翔很是提防地豎起毛髮。「荊豆皮被殺，再加上把傳染病帶進湖區，這還不夠嗎？」

葉池愣了一下。「你們這裡也有貓生病嗎？」

「還沒，」隼翔的眼裡閃著憂色。「但要是傳染過來了呢？」

葉池聳聳肩。「如果水塘光的夢是真的，你們的領地就有解藥啦。」

隼翔快步經過她身邊，朝入口走去，往外窺看，彷彿是在查探有誰在偷聽。「這是你們來的原因嗎？」他低聲道，同時朝葉池轉身。

赤楊掌的心跳加快。**風族貓願意幫忙了嗎？**

葉池迎視他的目光：「影族挾持了嫩枝掌，他們不肯讓她回來，除非我們說服得了一星給他們兜蘚。」

隼翔瞪大眼睛。「他們把她綁架了？」

葉池嘆口氣。「這隻愚蠢的小貓自己半夜跑去影族找她妹妹，結果當場被逮。」

赤楊掌挺起胸膛。「她只是很難過她母親的事。」他辯解道。

葉池朝他眨眨眼睛。「別管她的理由是什麼了。目前的狀況就是她被影族挾持，除非我們給他們兜蘚，他們才肯放她回來。」

隼翔皺起眉頭。「我真希望我幫得上忙。」

「那就幫忙啊。」葉池勸他。

「我不能違抗一星的命令。」隼翔爭辯道。

「有貓兒快死了！」葉池把鼻口伸了過去。「你是巫醫貓，怎麼可以坐視不管？」

「一星把荊豆皮的死和他少掉的那條命算在影族頭上。」隼翔垂下眼睛。

「你又不是不知道他根本不講道理。」葉池大聲說道。

赤楊掌簡直不敢相信。「是惡棍貓殺了荊豆皮，又不是影族！」

「但影族都沒反擊啊，」隼翔爭辯道：「一星認為影族在保護惡棍貓。」

「他們能怎麼辦？」葉池的尾巴掃過窩穴的沙地。「他們有這麼多見習生跑去跟惡棍貓住在一起，換作是一星，他肯出兵攻擊自己的貓嗎？」

「如果他們背叛了風族，他絕不會手下留情。」隼翔冷冰冰地回答。

葉池縮張著爪子。「這樣永遠討論不出一個結果。我們為什麼要在乎是誰攻擊了誰？我們是巫醫貓。我們的責任就是治病。我們需要兜蘚，這不只是為了讓嫩枝掌能回來，也是因為沒有這種解藥，影族貓必死無疑。」

她深深看進隼翔的眼裡。赤楊掌真希望風族巫醫貓可以答應。

隼翔不安地豎起毛髮。「你們還是必須問一星的意見。」

恐懼像石頭一樣掉進赤楊掌的肚子裡。他很不想面對憤怒的風族族長。他曾在大集會上見識過他發飆的樣子。要是連一星的族貓都怕他，可想而知他對不受歡迎的訪客絕對不會客氣。

「來吧。」隼翔從他們旁邊擠過去，低頭鑽出窩穴。

赤楊掌緊張地眨眨眼睛看著葉池。「你真的認為我們說服得了他嗎？」

「總得試試看。」葉池跟著隼翔走進空地。

滿腹恐懼的赤楊掌匆匆跟在她後面。

赤楊掌從金雀花的窩穴出來時，一星正在空地前方踱步。風族族長的怒目始終盯著正朝他走來的葉池和隼翔。

赤楊掌尾隨在後，腳步像石頭一樣沉重。

一星齜牙咧嘴，目光瞟向赤楊掌。「你把棘星的小貓帶來了，」他吼道：「棘星是膽小如鼠到不敢自己上門來嗎？」

赤楊掌頓時怒火中燒：「棘星什麼都不怕！」

「那就可能是他太傲慢了，」一星的喵聲帶著不屑。「我想你們八成是來求取兜蘚的，難道影族去跟他哭哭啼啼過了？」

赤楊掌面對著風族族長，盡量不讓自己的腳爪發抖。「影族挾持了嫩枝掌，除非你們給他們兜蘚，才肯放她回來。」

他感覺到葉池警告意味地瞟了他一眼。莫非他話說太快了？

一星挺起身子，眼裡閃著怒光。「標準的影族做法。若是無法正當得到他們想要的東西，就玩陰的。」

「他們保證不會傷害她。」赤楊掌脫口而出，希望能修補他剛剛犯的錯。他可不想讓一星更討厭影族。

一星吸吸鼻子。「那你們幹嘛那麼擔心？就讓她留在那兒啊。她在那裡有個妹妹，不是嗎？也許她住得很開心呢！」

葉池上前一步。「嫩枝掌不是癥結所在。我們當然會想念她，但如果花楸星保證不傷害她，就絕對不會傷害她。他一定會守住自己的承諾。」

一星貼平耳朵。「就像他對惡棍貓守住承諾一樣。」

赤楊掌氣到尾巴不停抽動。一星太不講理了。「他沒有對惡棍貓承諾過什麼。」

「那他們為什麼還在那裡？」一星怒瞪赤楊掌。

赤楊掌急著想找個答案給他，但風族族長又繼續說道。

「影族准許惡棍貓住在他們的領地附近，」他的音量抬高，漸成怒吼。「結果付出了愚蠢的代價，失去了旗下幾位最優秀的見習生。當那隻所謂『很特別』的小貓回來時，他們竟立刻接納她，結果現在她跟他們住在一起……誰知道會提供什麼消息給她的惡棍貓朋友！現在的影族貓又弱又蠢，根本不配我們出手協助，甚至不配被稱作是部族貓。他們跟惡棍貓已經沒什麼兩樣。就讓他們留下嫩枝掌吧，最好全死於傳染病！我才不會被他們唬，也別想脅迫我幫助他們。星族降大禍給他們，也只是剛剛好而已。」

赤楊掌瞪著一星那雙怒火中燒，儼然失心瘋的眼睛，只覺得恐懼像冰水一樣漫上了他全身。他瞥了葉池一眼，發現見她一臉不可置信地瞪著風族族長。

「走吧，」她大聲對赤楊掌說：「我們在這裡只是浪費時間。」她以央求的眼神看了隼翔一眼。但風族的巫醫貓卻往後退，一逕盯著自己的腳，彷彿全身被羞愧淹沒。

葉池轉身朝營地入口走去。

赤楊掌匆匆跟在後面，他感覺到一星的怒目仍一路尾隨，緊張得毛髮發燙。「我們接下來該怎麼辦？」他絕望地喃喃低語。

第十九章

淺淡的陽光從圍籬縫隙滲進來，嫩枝掌正在影族的見習生窩裡來回踱步。松樹汁液的味道嗆得她反胃，她好想念雷族營地裡特有的霉味。

紫羅蘭掌不安地看著她。「妳要不要到窩穴外面走走？」

「我不想出去。」嫩枝掌焦慮到肚子微微刺痛。這不是她的部族，她又不認識這裡的貓。她只覺得自己送上門來被逮的這件事，實在蠢透了。「我只想待在窩裡。」昨天紫羅蘭掌去跟曦皮上課時，她都躲在見習生窩裡。雖然影族在飲食上並無虧待她，但還是等到紫羅蘭掌回來之後，她才覺得鬆了口氣。窩穴入口總是擺著生鮮獵物等她吃，還有浸過水的青苔供她解渴。可是同住見習生窩穴的白樺掌和獅掌都只是回來睡覺而已，幾乎無視她的存在。他們今早離開臥鋪，走進空地後，她才覺得自在了一點。

紫羅蘭掌不耐地偏著頭。「妳不能永遠待在這裡啊。」

嫩枝掌愣在原地。「我也希望不會永遠待在這裡啊。」

紫羅蘭掌沒理會她的回答，冗自說：「曦皮說我明天放假，可以陪妳。她很擔心妳。她說年輕貓兒需要多運動。現在是新葉季，森林裡到處都聞得到獵物的氣味。」

「可是我只聞得到松樹汁液的味道。」嫩枝掌低吼。「再說，鴉霜絕不會准我到森林裡遊蕩。昨晚我聽見窩穴外面有戰士站崗，他就怕我跑掉。」

紫羅蘭掌眨眨眼睛，一臉歉意地看著她。「我知道妳不喜歡被留在這裡。但妳盡量看開點嘛。」

外面的腳步聲啪噠啪噠地響。「草心說雷族貓都會爬樹。」小螺紋的喵聲響起。

「她還告訴我，如果小貓不乖，他們就會把小貓丟進湖裡。」小花的聲音顫抖。

小螺紋哼了一聲：「妳別青蛙腦袋了，妳都已經那麼大了，還相信那些育兒室故事。再不到一個月，我們就要當見習生了。」

「要是她聞起來味道很怪，那怎麼辦？」小花苦惱地說道。

「那就暫時憋住氣啊。」入口一陣窸窣作響，小螺紋衝了進來。「我們來看妳。」他對著嫩枝掌眨眨眼睛。「還好嗎？」

「還好吧。」嫩枝掌一臉無措地看著灰白色小公貓。

在他後面，有雙眼睛眨巴眨巴地從縫裡窺看她。「她在那裡嗎？」小花尖聲問道。

「她當然在。」小螺紋翻翻白眼。「不然會在哪裡？」

一隻銀色小母貓偷偷爬了進去。她一看見嫩枝掌，立刻瞪大眼睛。「妳今天看起來跟一般的貓兒沒兩樣啊。」

「那妳以為我長得什麼樣子？」她怒瞪著小花。

小花一臉若有所思。「昨晚在月光下，妳看起來好像一隻狐狸喔。」

紫羅蘭掌的鬍鬚微微抽動。「妳的腦袋裡裝得都是毛啊?!」

「才沒有呢！」小花反駁道。「是焦毛和鼠疤說，所有雷族貓都是披著貓皮的狐狸。」

嫩枝掌火大地彈動尾巴。「焦毛和鼠疤只是一對嘴很碎的老傢伙。」

小花覺得這話有趣，於是脫口而出：「那我可以告訴他們，妳說他們嘴很碎嗎？」

「不行！」嫩枝掌頓時警覺，全身毛髮跟著豎了起來。

小螺紋仍瞪著她看。「妳很特別這件事是真的嗎？」

嫩枝掌和她妹妹互看一眼。她已經很久沒去想特不特別的這件事了。前陣子她一直忙著想讓自己成為最稱職的部族貓。

嫩枝掌沒有回答，反倒是紫羅蘭掌代答：「只有星族知道我們到底特不特別，祂們也沒告訴我們。」她快步朝入口走去，往外窺看。「你們到底來這裡做什麼？」

「我們很無聊。」小螺紋抱怨道。

「草心把所有時間都給了小蛇。」小花難過地說道。

「她病了。」小螺紋告訴嫩枝掌。

小花蠕動著腳。「希望等我們的命名大典舉辦時，她的病已經好了。」她嗚咽道。

嫩枝掌突然很同情這兩隻小貓。「你們要我們陪你們玩嗎？」她提議道：「我們可以教你們一些狩獵技巧。」

小螺紋的眼睛一亮。「好啊！」

嫩枝掌蹲了下來，示範追蹤的姿勢，可是小螺紋眨眨眼睛看著她。

「這裡的空間不夠，我們去外面好了。」他喵聲道。

「外面？」嫩枝掌看著他，心突然揪緊。

「這主意好！」紫羅蘭掌把她推向入口。「來吧，嫩枝掌，我們到外面去。」

嫩枝掌不甘願地被紫羅蘭掌推出窩穴。小花和小螺紋從旁邊擠出去，衝進空地。

嫩枝掌在空地邊緣遲疑了一下。清晨陽光透過濃密的樹冠斑駁灑在營地上。

褐皮站在空地前面，影族戰士們不安地繞著她踱步，虎心則在幾條尾巴遠的地方專心聽她宣布事情。「雪鳥和松鼻都病倒了，」褐皮告訴他們。「巫醫窩裡沒有足夠空間容納他們，所以鴉霜正幫忙把他們全移到戰士窩。」

「我們注意到了。」石翅咕噥埋怨。

褐皮沒理他。「在他們痊癒之前，你們都要搬到長老窩去睡。」

「完了，」爆發石翻白眼，「再也不能睡覺了！鼠疤的打呼聲跟獾一樣吵。」

「這也是沒辦法的事，」褐皮語氣不耐。「你們今天都得出兩趟狩獵任務。虎心，在雪鳥痊癒之前，你可以幫忙指導獅掌嗎？」

虎心點點頭。「我會帶她一起去狩獵。」

「很好，」褐皮轉向焦毛。「你的訓練課程也可以全以狩獵為主嗎？我要生鮮獵物堆裡的獵物充足無虞。」她看了一眼昨天的狩獵成果，只剩一隻乾癟的老鼠和一隻了無生氣的畫眉在那裡。然後她朝曦皮眨眨眼：「妳帶紫羅蘭掌去狩獵。」

「可是我答應她今天早上可以去陪她姊姊。」曦皮告訴她。

褐皮的目光射向嫩枝掌，表情看起來鬆了一口氣。「我們的訪客終於走出窩穴了。」嫩枝掌很驚訝，褐皮竟然向她垂頭致意。「如果妳餓了，就自己去拿獵物吃。」

她在空地另一頭喊道。

「呃……謝謝妳。」嫩枝掌結結巴巴。

紫羅蘭掌從她旁邊擦身而過。「妳看吧，影族也不像雷族說得那麼壞，對不對？」

她說話的同時，霧雲和漣漪尾從她旁邊衝過去，撞到正在空地上走來走去的小貓。

「嘿！」小螺紋氣呼呼地在他們後面喊道。「小心點好不好！」

戰士們沒理他。

「你遲到了。」褐皮厲聲道。

「那又怎樣？」漣漪尾彈動尾巴。

「我要每隻貓兒今天都出外狩獵。」褐皮告訴他。

霧雲聳起全身毛髮。「可是我們昨天都在狩獵，難道今天不能換成巡邏邊界嗎？」

「邊界的事可以緩一緩，」褐皮告訴他。「我們有太多病貓得照顧。」

漣漪尾停在她面前，伸爪搓鼻子。「病貓又不吃東西。幹嘛抓那麼多獵物？」

霧雲喵聲附和。「我們現在只需要比平常少一半的獵物……」

一聲尖叫打斷了她的話。白樺掌和獅掌正在獵物堆前面拉扯爭奪畫眉，他們互相低吼，各自緊咬著畫眉的兩端不放。

褐皮對著他們大吼：「你們就不能分著吃嗎？」

白樺掌不屑地瞥她一眼，然後猛地從他同窩夥伴那裡搶了畫眉過來。

獅掌怒目瞪著他叼著畫眉走開。

嫩枝掌挨近她妹妹。「在雷族，見習生得先幫部族抓到獵物，才准吃東西。」

紫羅蘭掌聳聳肩。「反正是昨晚剩下來的獵物。」

嫩枝掌驚訝到毛髮都豎了起來。她知道影族不是雷族，但她總以為所有部族都會遵守戰士守則。

正當嫩枝掌奇怪兩個部族怎麼差這麼多時，獅掌竟朝她哥哥嘶聲喊叫，接著大吼一聲，追了上去，撲上他的背，將畫眉從他爪間撞開，抬起後腿猛踢他。

「她把爪子伸出來了！」嫩枝掌驚訝地看著白樺掌的毛髮被扯落，空中飛舞。白樺掌好不容易掙脫，痛苦地吼叫。嫩枝掌朝戰士們轉身，以為會有戰士奔過去攔阻他們。

但霧雲竟坐下來，開始舔洗她的肚子。

褐皮繼續下達命令，彷彿眼前什麼事都沒發生。「虎心，」她朝暗色公虎斑貓點頭示意：「你去溝渠附近狩獵，那裡應該有很多老鼠窩穴。」

嫩枝掌再也無法保持緘默：「你們怎麼不制止？」

白樺掌已經掙脫開來，開始攻擊他妹妹。他的腳爪狠擊她的肩膀，將她的下巴壓制在地，並伸爪順勢沿著她的腰腹劃過去。她痛苦哭嚎。

焦毛冷冷地迎視嫩枝掌的目光。「才剛開始，」他喵道：「讓他們打完再說。」

「可是他們可能傷了彼此。」嫩枝掌倒抽口氣。

霧雲抬眼。「要是他們受傷了，也是自找的。」

嫩枝掌衝向那兩隻打架的小貓。「住手！」她伸出爪子，勾住白樺掌的頸背，把他從妹妹身上拉下來。

白樺掌眼裡閃著怒火，霍地轉身，伸爪劃她鼻口。受到驚嚇的嫩枝掌蹣跚搖晃，疼痛像火苗一樣竄流全身。獅掌跳了起來，嘶聲一吼，也朝她揮爪。兩名見習生同時攻擊她，她警覺到了，及時伸爪擋開，試圖不要傷到他們。

「住手！」褐皮的吼聲從空地另一頭傳來。母貓朝他們跑過來，衝進混戰裡，一把推開兩隻影族見習生。「鴉霜保證過她不會受到傷害。」

嫩枝掌退後，紫羅蘭掌衝到她旁邊。「妳應該讓他們打完的。」

嫩枝掌全身顫抖地看著她妹妹：「你們這裡都是這樣啊？」

紫羅蘭掌迎視她的目光，一臉不解：「難道雷族不是嗎？」

「當然不是。」嫩枝掌簡直不敢相信耳裡所聞。她環顧空地，看著態度自若的戰士們和遍體鱗傷的見習生。他們看起來都對眼前的事毫不在乎。小螺紋和小花正在觀看，亢奮到兩眼發亮。

「妳為什麼要阻止他們？」小螺紋快步來到嫩枝掌旁邊。

小花隨後加入。「害我們都不知道究竟誰會打贏。」

嫩枝掌只覺得反胃。**我想回家！**她突然為紫羅蘭掌感到擔心。**她在這種地方長大，她會不會最後也變得跟他們一樣？難怪她會加入惡棍貓！**正當她思緒紊亂時，戰士窩的入口一陣窸窣作響，水塘光跌跌撞撞地走了出來。

巫醫貓的眼裡盡是疲憊。

「病貓們的情況怎麼樣？」褐皮快步朝他走去。

「我已經盡力了，」水塘光回頭看窩穴一眼。「但我需要更多艾菊和琉璃苣。」

「獅掌和白樺掌可以幫你採集。」褐皮告訴他。

獅掌氣呼呼地說：「我們一定得幫忙嗎？摘藥草好無聊喔。」那場架似乎沒對她造成什麼影響。

「你們一定要去。」褐皮語氣嚴厲。「曦皮也會跟著去，免得你們偷懶。」

「那等我們吃飽再去。」獅掌告訴玳瑁色母貓。後者低下身子，咬了一口畫眉，剛剛那一場架已經讓畫眉沾滿泥巴。

白樺掌一把抹去鼻口上的鮮血，也在她旁邊坐下來吃。

嫩枝掌瞪著他們看。要是他們本來就打算分吃一隻畫眉，幹嘛剛剛還打得昏天暗地的？而且他們的族貓病得這麼嚴重，他們怎麼還有心情先進食？「我可以幫忙。」她快步走到水塘光旁邊。「我以前常幫忙赤楊掌，所以我知道琉璃苣和艾菊長什麼樣子。如果你願意的話，我可以幫忙去摘。」

「不行！」褐皮的目光射向她。「妳不准離開營地。」

「那麼至少讓我幫點忙。」嫩枝掌用央求的目光看著水塘光。他的毛髮枯槁，毛髮下的肋骨歷歷可見。他顯然好幾天沒睡好，也沒吃好。「我幫你拿點食物來。」嫩枝掌快步走到生鮮獵物堆，抓起那隻乾癟的老鼠，叼回來給水塘光，丟在他腳下。「你先吃吧，我去幫忙查看病貓。」

水塘光一臉感激地看著她。「橡毛需要喝水。」

「這我會。」嫩枝掌告訴他。

「扭毛也需要。」他身子僵硬地蹲下來，開始啃食老鼠。「戰士窩後面有青苔，但需要先泡水。」

嫩枝掌扭動鼻頭，示意紫羅蘭掌：「妳來幫忙。」

褐皮驚訝地看著她。「妳真善良。」

嫩枝掌對她眨眨眼睛。「既然我得待在這裡，就得發揮一點用處。」

說完彈動尾巴，快步走進戰士窩。

一股酸味在她走進昏暗的窩穴內時迎面撲來。

紫羅蘭掌跟著她走進去。「好噁喔。」

「別理這味道。」嫩枝掌在雷族巫醫窩裡待的時間久到早就能分辨出疾病的氣味。只是她從沒聞過這麼強烈的疾病氣味。她蹲在離入口最近的臥鋪旁邊，一隻老公貓像獵物一樣癱躺在發臭的青苔上，毛髮凌亂打結。「這是誰？」嫩枝掌低聲問紫羅蘭掌。

「是橡毛，」紫羅蘭掌告訴她。「是我們的長老。」她移動到下一床臥鋪。「這是扭毛。」一隻毛髮亂蓬蓬的母貓心神不寧地躺在惡臭的臥鋪上。

幾床臥鋪之外，有隻黑色母貓虛弱地抬起頭。「我的喉嚨好痛。」

紫羅蘭掌對她眨眨眼睛：「松鼻，我們等下就拿水給妳喝，到時不那麼痛了。」她穿梭在各臥鋪之間，病貓們全都呻吟不斷。最後她停在窩穴後方一床小臥鋪旁邊。一隻年輕貓后蹲在臥鋪旁，焦急地看著潮溼的蕨葉鋪上一隻不停蠕動的小母貓。

「嗨，草心，」紫羅蘭掌輕聲問道：「小蛇怎麼樣了？」

草心眼裡閃著淚光，眨巴眨巴地看著她：「我從沒見過她病得這麼重。」

小蛇發出呻吟聲，草心伸出一隻腳爪撫摸她的腰腹安慰她。

嫩枝掌全身發抖。**這些貓兒真的病了！**她突然明白鴉霜何以會出此下策地強押她在這裡。影族非常需要兜蘚。她頓時怒火中燒。要是能讓一星看看這些因他的頑固而受苦的貓兒們就好了。

她面對紫羅蘭掌。「妳都去哪裡泡青苔？」

「長老窩旁邊有個水池。」紫羅蘭掌告訴她。

「好。」嫩枝掌快步走到窩穴後面，看到水塘光先前提到的那堆青苔，叼起一塊最厚的，隨即朝窩穴外走去。

紫羅蘭掌也叼了一些跟在後面。她們從白樺掌和獅掌身邊經過，這兩名見習生正跟在焦毛和虎心後面跑出營地。紫羅蘭掌奔到嫩枝掌前面，帶她去水池處。水池裡的水很清澈，匯集在四周長滿蕨葉的凹坑裡。嫩枝掌把青苔丟進去。「等每隻病貓都喝過水之後，我們再去收集新鮮的臥鋪材料。」她環顧營地，很是慶幸營地角落有蕨葉叢生。

紫羅蘭掌對她眨眨眼睛。「妳怎麼會照顧病貓？」那語氣聽起來對她刮目相看。

「我以前常窩在巫醫窩裡，」嫩枝掌解釋道：「可能學到了很多吧。」她低下身子，把溼透的青苔從水池裡撈上來，再快步回去窩穴。

就在紫羅蘭掌把青苔拿到松鼻的臥鋪那兒時，嫩枝掌也在橡毛旁邊蹲下來。老公貓閉著眼睛。她把溼青苔往他的面頰推。「你要舔一下嗎？」她哄道。

橡毛咕噥出聲，沒有睜開眼睛。於是嫩枝掌用牙齒咬住青苔，遞到公貓的嘴脣旁，輕輕按壓，讓水流進他嘴裡。橡毛抽動了一下，開始咳嗽，然後就把水吞了進去。

紫羅蘭掌在松鼻的臥鋪那裡朝她看。「她不肯喝。」陰黯的眼神滿布憂慮。

「吞水很痛啊。」黑色母貓聲音沙啞地說道。

「我來試試看，」嫩枝掌穿過窩穴，將紫羅蘭掌推開。「妳幫我把水拿去給扭毛和其他貓兒喝。」

紫羅蘭掌很快點頭，朝入口走去，半途停下來收拾了一下橡毛臥鋪上的青苔。

「我知道很痛，但妳必須喝點水。」嫩枝掌拿著滴水的青苔，按在貓后嘴邊。當水沿著下顎滴下時，松鼻倏地睜開眼睛。她張開嘴巴吞了一點，不停咳嗽。然後又不肯喝了，反而睜開眼睛，瞪著嫩枝掌：「紫羅蘭掌嗎？」她迷迷糊糊地問：「是妳嗎？」

「我是她姊姊。」嫩枝掌輕聲告訴她。

「你是獅掌嗎？我的小貓呢？」松鼻一臉困惑。她焦急地望向空地。「水塘光和白樺掌呢？我要你們全待在我身邊。」

「水塘光在吃東西。」嫩枝掌輕聲告訴她。

「那白樺掌呢？」貓后呆滯的目光裡閃現驚恐。

「他也是你的小貓？」

「是啊。」松鼻虛弱地撐起身子。「他還好吧？他沒病吧？」

「他很好。」嫩枝掌安慰道，松鼻這才安心，又躺了回去。

「那妳呢？獅掌？」松鼻對她眨眨眼睛。「妳病了嗎？」

「沒有。」嫩枝掌心想該怎麼告訴松鼻，她不是獅掌。但松鼻神情絕望地看著她，害她於心不忍。她不記得以前有誰曾以這樣的眼神看著她。

「我要白樺掌，」松鼻沙啞地說道：「我要他在這裡，還有妳和水塘光。」

「他出去上課了。」

「可是我需要他。」松鼻眼裡盡是絕望。

「我在這裡。」嫩枝掌的喉頭一緊。獅掌知不知道她的母親有多愛她？

「松鼻？」水塘光快步走進窩穴裡。

松鼻的眼神柔和了下來，彷彿看見她的另一隻小貓，就能減緩她的疼痛似的。

嫩枝掌挪到一旁，騰出位置讓水塘光蹲下來。「我們正在拿水給所有病貓喝。」她告訴他。「接著我們會再去拿新鮮的蕨葉幫他們更換臥鋪。」

水塘光一臉憂色地眨眨眼睛看著她。「他們需要更多藥草。」

「你還有嗎？」嫩枝掌掃視窩穴。

水塘光朝一坨碎葉堆點頭示意。「有艾菊、款冬和琉璃苣。」他累到話都說得口齒不清。「我得把它們嚼成泥，他們才好吞下去。」

「讓我來吧。」嫩枝掌告訴他。

水塘光看著她。「妳又不是巫醫貓。」

「我以前常幫忙松鴉羽和赤楊掌，」嫩枝掌走向藥草堆。「你需要休息。如果你累倒了，就不能幫忙你的族貓了。」

水塘光的尾巴垂了下來。「我閉一下眼睛好了。」他把下巴擱在他母親的臥鋪上，有他在旁邊，松鼻總算安下心來，她的喘息聲咻咻作響，吹亂了水塘光的毛髮。

水塘光的眼睛慢慢闔上，呼吸漸沉，陷入夢鄉。嫩枝掌在藥草堆旁蹲下來。她以前看過赤楊掌怎麼做，於是也叼起一口藥草，開始咀嚼。

紫羅蘭掌快步走進窩穴，嘴裡叼著正在滴水的青苔。

嫩枝掌朝睡著的巫醫貓點頭示意，要紫羅蘭掌別吵醒他。紫羅蘭掌眼睛眨巴眨巴地看著水塘光，眼神頓時柔和了起來。她把沾溼的青苔放在橡毛旁邊，快步走到嫩枝掌那裡。「妳在做什麼？」她低語問道。

「我想趁水塘光休息的時候，幫忙弄藥草給病貓們吃。」嫩枝掌快步走到橡毛的臥鋪，將藥泥吐在腳掌上，再抹在生病的公貓嘴上，她感覺得到對方粗糙的舌頭摩搓著她的腳墊，在舔她的藥草。「等妳把水分給大家喝之後，可以去收集蕨葉嗎？我們再來幫他們換乾淨的臥鋪。」

「當然好。」紫羅蘭掌走出窩穴。

嫩枝掌目送她離開，不覺鬆了口氣。紫羅蘭掌樂於幫助自己的族貓。雖然她在這裡長大，但並沒有變得像白樺掌和獅掌那樣自私自利。事實上，她一點也不像影族貓。

疲累至極的嫩枝掌全身僵硬，她蜷起身子，躺在紫羅蘭掌旁邊的臥鋪裡。白樺掌和獅掌早就睡著了，他們的肚子撐得很飽，因為病貓沒胃口吃的獵物，全進了他們的肚子裡。紫羅蘭掌坐了起來，正在梳洗。

「我累到不想梳洗了。」嫩枝掌低聲道。

「我想洗掉身上噁心的藥草味。」紫羅蘭掌一邊舔一邊回答。

嫩枝掌已經清掉爪間的藥泥，太陽下山時，她雖然吞了兩隻地鼠，但藥泥的味道仍殘留在她嘴裡。她一肚子掛慮。橡毛病得這麼重，小蛇也是。而其他貓兒也還在和病魔奮戰中。**要是夜裡有誰死了，那怎麼辦？**

但至少水塘光已經充份休息過了。他趁她和紫羅蘭掌幫忙照顧病貓之際，睡了一整天。最後還是松鼻叫醒他。松鼻醒來的時候，眼睛變得比較有神。當她發現她兒子還睡在她的臥鋪上時，不禁喵嗚輕笑出聲。

嫩枝掌一想到松鼻眼裡流露出來的欣喜之色，便覺得好像有根刺扎在她的心。「妳覺得我們的母親對我們的疼愛程度也像松鼻對水塘光、白樺掌和獅掌的那種疼愛嗎？」

紫羅蘭掌停止梳洗。「我從來沒想過這件事。」

嫩枝掌皺起眉頭。「為什麼沒想過？」她納悶紫羅蘭掌為何總是看起來冷冰冰的？

紫羅蘭掌放下正在舔的腳爪。「我覺得她既然走了，就沒必要再想她了。」

「妳不會想她嗎？」

「我有松鼻了。」

「可是松鼻今天沒有特別問到妳，」嫩枝掌直言道。「她只問了自己的小貓在不在。」她搜尋紫羅蘭掌的目光，想知道她的反應，但紫羅蘭掌似乎不為所動。嫩枝掌突然同情起她來了。紫羅蘭掌是打從什麼時候開始不再指望有誰會愛她？

「我的想法是，有松鼻養育我，總比什麼都沒有要好吧。」紫羅蘭掌俐落回答。

嫩枝掌目光哀愁地看著遠方。至少她有百合心。這隻雷族貓后很疼她，也對她很好。但她知道她們終究不是真正的血親。「我只是想像這世上真的有一隻貓很愛我們，就像松鼻愛她的小貓們一樣。」

「喔，嫩枝掌，」紫羅蘭掌一臉同情地看著她。「妳總是希望能跟誰很親。」

「妳不希望嗎？」嫩枝掌皺起眉頭，一臉不解。

「我猜我只是覺得這種事不太可能吧。」她用鼻口輕觸嫩枝掌的面頰。「不過我很高興我有個姊姊。」

嫩枝掌心頭一陣暖意。「我也是，」她迎視紫羅蘭掌的目光。「我想是因為我來了這裡，我們才有機會更瞭解彼此。」她搜尋紫羅蘭掌的目光，只希望她妹妹也有同感。

紫羅蘭掌眼帶淚光，但又突然噗嗤一笑，偎在嫩枝掌身旁。「我們絕對不要忘記我們擁有彼此喔。我們是血親，這種關係比族貓或同窩夥伴的關係都還要親。而且我們會永遠這麼親，什麼都改變不了它。」

「妳答應我囉?!」嫩枝掌焦急問道，緊張到肚子微微刺癢。

「我答應妳。」

第二十章

兩個日出過後，紫羅蘭掌在黑暗中眨了眨眼睛，然後睜開來。她被空地裡的聲音吵醒，於是豎耳傾聽，鼻孔呼出來熱氣多少暖和了她冰冷的腳爪。

這時突然傳來一聲吼叫，她愣了一下。

她扭過頭去，低吼聲劃破夜裡空氣。「嫩枝掌，快起床！」她用力戳著嫩枝掌。

嫩枝掌抬起鼻口，幾乎睜不開眼睛。「什麼事？」她的喵聲充滿睡意。

「妳聽！」紫羅蘭掌豎直耳朵。

「你們不能闖進來！」焦毛的吼聲在窩穴外傳來。

「我們是來帶我們的族貓回家！」棘星的喵聲打斷影族戰士們的咆哮聲。

嫩枝掌瞬間瞪大眼睛。「是棘星！」

臥鋪裡的白樺掌和獅掌也被驚醒。

「吵什麼啊？」白樺掌半睡半醒。

紫羅蘭掌的心頓時揪緊。「快！」她低頭試圖把嫩枝掌頂出臥鋪。「我們快躲起來。」

嫩枝掌卻把爪子深戳進蕨葉裡，拒絕離開。「躲起來？為什麼？他是來救我的。」

紫羅蘭掌充耳不聞。「我們可以從窩穴後面的荊棘叢底下鑽出去，再從穢物處溜到外面。如果跑得夠快，就可以躲進林子深處，他們絕對找不到我們。」

嫩枝掌瞪著她：「可是我想被他們找到。」

紫羅蘭掌當場愣住。「妳說什麼？」她不懂。嫩枝掌不是說她跟她是最親的嗎？她們才聊過姊妹這件事……還說這比什麼關係都重要。**妳讓我相信了妳！**「妳答應過我，我們要永遠做最親密的姊妹。」

松鼠飛的吼聲在外面響起。「我們會待到你們把她交出來為止。」

「滾出去！」曦皮嘶聲怒不可遏。

「把嫩枝掌還給我們！」

獅焰！紫羅蘭掌心上一驚，她認出雷族公貓的聲音。雷族竟然派出了最厲害的戰士出來。她嚇得不知所措。「快跟我去躲起來。」她央求她。

嫩枝掌看著她，充滿歉意。「我不能。」她喵聲道。「我必須回我的部族。」

白樺掌扭頭過來，怒瞪嫩枝掌。「妳哪兒都不准去！」然後放聲嘶叫，從臥鋪那裡撲過來，撞上她。

「不！」紫羅蘭掌驚嚇不已。「不要傷害她！」

淺棕色公貓將嫩枝掌撞倒在地，壓制住她。

紫羅蘭掌的尖牙深戳進他的頸背，將他拉開。

嫩枝掌掙脫開來，衝出窩穴。

白樺掌朝紫羅蘭掌轉身，發出怒吼。

獅掌從臥鋪裡跳出來。「出了什麼事？」

「雷族要來帶嫩枝掌回去！」紫羅蘭掌趕在同窩夥伴們行動之前，先擠過他們身邊，跟在嫩枝掌後面衝了出去。

雷族貓齊聚入口附近，毛髮豎得筆直。紫羅蘭掌認出其中的棘星、松鼠飛、獅焰、雲尾、和花落。月光下，他們的眼睛炯炯發亮。他們先瞥了她一眼，才又把目光瞟回其他影族貓身上。他們還記得她嗎？她小時候曾經跟他們住在一起。

「嫩枝掌！」紫羅蘭掌看見她姊姊衝向他們，胸口頓時揪緊。

漣漪尾撲向她，但嫩枝掌及時逃過，又左閃右躲路上的麻雀尾和霧雲。她低身從焦毛和穗毛旁邊經過，後兩者正拱起背，面對入侵的雷族貓。

紫羅蘭掌失望地看嫩枝掌投進松鼠飛懷裡，躲在她旁邊。「妳不能走！」她喊道。

站在雷族貓那裡的嫩枝掌看著她：「我不能留在這兒。」

為什麼不能？紫羅蘭掌怒火中燒。若是她執意離開，為何昨夜還哀求她要緊緊維繫住姊妹情？她快步向前，聳起毛髮，這時焦毛和霧雲、麻雀尾、漣漪尾一字排開，白樺掌也衝過來加入他們。

虎心從暗處大步走出來，面對雷族貓。「你們真的以為可以不費一兵一卒，就帶走她嗎？」

棘星眼帶不屑。「就算打起來，也不會耗掉我們太多時間。」

紫羅蘭掌全身顫抖。他說得沒錯。現在有這麼多影族貓生病，又有這麼多年輕影族貓投奔惡棍貓，影族戰士根本寡不敵眾。

「讓他們走吧！」喵聲沙啞的鴉霜，腳步沉重地從窩穴裡出來。他從族貓中間擠了出來，面對棘星。「你可以帶她走了。」

焦毛瞪著影族副族長，毛髮豎得筆直。「你在說什麼？」

「我們已經留她留得夠久了，」鴉霜低吼：「這個計畫一開始看起來是不錯，但現在卻感覺錯得離譜。這裡有太多病貓，我們應該趁她還沒染病之前，就送她回去。憑什麼要讓嫩枝掌跟著我們大家一起受苦？」

「她沒有受苦！」紫羅蘭掌絕望地哭喊。

焦毛沒理她，直接對著鴉霜大吼：「難道我們還有別的辦法可以拿到兜蘚嗎？」

穗毛站在他的窩穴夥伴旁邊：「我們的族貓都快死了！」

「雷族很清楚這一點，」鴉霜告訴暗棕色公貓。「風族也很清楚這一點。如果他們不在乎無辜的貓兒一個個死去，那就由星族去審判他們吧，這不關我們的事。影族才是真正的戰士！」他用譴責的目光看著棘星。

棘星瞪大眼睛，眼帶內疚。「我們試過了，」他喵聲道：「我們派葉池和赤楊掌去懇求一星，但一星鐵了心要讓你們嚐嚐苦頭。」

鴉霜齜牙咧嘴，「所以你就這樣放任他？」

棘星的目光閃過不安。他看了松鼠飛一眼，四周的雷族戰士也不安地蠕動著腳。

「我們走吧！」他最後說道。

紫羅蘭掌絕望地看著嫩枝掌。**我們對妳這麼好！妳也幫了水塘光這麼大的忙！**她應該對影族有感情啊？「妳為什麼不能留下來？」她哀傷地問道。

嫩枝掌一臉不解。「雷族是我的部族啊！」

可是我是妳的血親啊！雷族貓開始撤退，一個接一個走進通道，紫羅蘭掌的心像石頭一樣往下墜。她看著嫩枝掌漸漸被陰影吞沒。**她走了！**

虎心朝鴉霜轉身，眼裡射出怒火：「你怎麼可以放他們走？」

穗毛甩打尾巴。「你害我們唯一的希望破滅了。」

鴉霜眼帶愁雲地注視著他們：「我不能再賭上一隻年輕貓兒的性命。要是她在這裡病死了，怎麼辦？」

「那麼雷族就會懂我們所受的苦了。」穗毛厲聲道。

「再怎麼樣，我們都應該拚命把她留下來。」焦毛面對著他，雙耳貼平。

「就算雙方打起來，也阻止不了他們。」鴉霜語氣疲累。「哪怕我們設法留住了嫩枝掌，你們就真的以為雷族有辦法讓一星改變主意嗎？」

穗毛齜牙咧嘴。「你這個懦夫！」他吼道。

焦毛挺起胸膛。「如果是花楸星，一定不會放她走。」

「這場病花楸星恐怕撐不下去了。」鴉霜表情嚴肅地提醒他。

「他有九條命！」焦毛反駁道。

「但他的命正一條一條流逝。」

鴉霜這番話令紫羅蘭掌嚇得倒抽口氣。**這是真的嗎？**他們族長的九條命真的在慢慢流逝嗎？

穗毛探出鼻口，逼近鴉霜。「你最好祈禱他不會死，」他嘶聲道：「因為你根本不是族長的料。」

曦皮快步過來站在鴉霜旁邊。「你胡說什麼。」

褐皮也附和她。「鴉霜的決定是對的。嫩枝掌花太多時間照顧病貓們，很可能也會染病。要是她為了我們而病死，你們覺得星族會怎麼想？更何況一星是鐵了心要讓我們吃足苦頭，這你們又不是不知道。把嫩枝掌留在這裡，改變不了任何事情。」

穗毛咆哮道：「改不改變得了，反正也永遠不可能知道答案了。」他轉身背對鴉霜，昂首闊步地穿過空地離開，焦毛跟在後面，白樺掌和獅掌緊隨在後。漣漪尾和霧雲緊張地互看彼此，最後也決定跟著那群憤憤不平的貓兒離開。虎心快步走進暗處，毛髮不安地如波起伏。

褐皮眨眨眼睛，看著鴉霜：「你的決定是對的。」

曦皮把他推向窩穴。「他們只是一時氣憤，明天早上就沒事了。」

一時氣憤？紫羅蘭掌看著族貓們一個接一個地沒入暗處，心跟著痛了起來。嫩枝掌走了，**是她選擇離開的。**悲傷迷濛了她的雙眼。**我為什麼要讓自己相信她真的很愛我？**

✦✦✦

紫羅蘭掌把滴水的青苔往扭毛的嘴裡壓，就像嫩枝掌教她的方法一樣。窩穴裡很悶熱，新葉季的太陽將窩穴照得暖哄哄的，外頭的陽光遍灑空地。

嫩枝掌離開後，紫羅蘭掌沒有回去睡覺，反而跑去幫忙水塘光。至少疾病的臭味可以掩蓋嫩枝掌留下來的味道。

扭毛突然開始喘氣不止，她不停猛咳，揮爪一把推開青苔。老母貓在臥鋪裡虛弱地扭動，無力招架來勢洶洶的連串咳嗽。恐懼猶如火花竄流紫羅蘭掌全身。「水塘光！」她朝巫醫貓扭頭。後者正低身挨近小蛇，將綠色藥泥沾在她嘴巴四周。

紫羅蘭掌一出聲喊叫，巫醫貓立刻回頭查看，目光射向還在臥鋪裡咳嗽不止的扭毛。最後咳嗽聲變成呼嚕呼嚕的喘鳴聲。老母貓看上去毛骨嶙峋，像被強風吹襲，搖搖晃晃。「快去拿百里香！」水塘光下令道。

紫羅蘭掌瞪著他看：「我不知道它長什麼樣子！」

「它有木質的莖梗和很小的葉子……」水塘光話說一半，扭毛突然癱軟。

紫羅蘭掌嚇呆了：「我去找。」

「不用了。」水塘光的喵聲悲傷。他瞪著老母貓，淚眼模糊。

「她死了？」紫羅蘭掌全身冰冷。扭毛動也不動地躺著，像睡著了一樣。「也許她病好了，只是在休息？」扭毛不可能死掉。

水塘光用腳爪輕觸扭毛的腰腹。「她跟星族去了。」

「不！」紫羅蘭掌首度親眼目睹死亡的孤涼與死寂，嚇得全身毛髮像被火花流竄。

老母貓動也不動，看上去就像地上一隻死掉的獵物。紫羅蘭掌再也招架不住，拔腿就跑，衝向入口。她疾奔穿過空地，完全無視瞠目以對的族貓們。

「妳要去哪裡？」曦皮的喵聲從空地另一頭傳來。

紫羅蘭掌沒有回答。她跑進入口通道，衝出營地，憂傷像撲來的浪潮吞沒了她，她大口吞進營地外頭的松樹氣味，試著與憂傷博鬥。她的族貓們奄奄一息。嫩枝掌走了。她在族裡找不到可以說話的伴……那種真正可以說話的伴。那一瞬間，她突然很想念針尾。要是針尾在，一定知道該怎麼辦。她會滿不在乎地彈彈尾巴，告訴紫羅蘭掌這沒什麼好難過的。她會說扭毛躺在星族那片陽光普照的狩獵場上，絕對比擠在臭哄哄的臥鋪上咳得半死快樂多了。她會告訴她，她不需要嫩枝掌，因為有她在就夠了。

我應該留在她身邊的，自從紫羅蘭掌重回影族之後，就試著不去想針尾。她也試著不去擔心針尾跟惡棍貓相處得如何，總是盡量專注在眼前事務上。她甚至試著將族貓擺在第一位。但此刻如浪襲來的憂傷卻令紫羅蘭掌猛然驚覺針尾從來沒有背叛過她。針尾離開影族時，甚至也將她帶走。**背叛的是我。**紫羅蘭掌愧疚到全身毛髮微微刺痛。

她遠離營地。

「妳要去哪裡？」曦皮從營地裡快步出來，在後面喊道。

紫羅蘭掌回頭看：「扭毛死了，」她直言不諱地說：「我需要呼吸一點新鮮空氣。」

曦皮瞪著她看，目光驚詫。「她死了？」

「是啊。」紫羅蘭掌轉身離開，進到林子裡，同時聽見曦皮的毛髮擦過荊棘叢，知道那隻乳白色母貓正倉皇地走回營地。

紫羅蘭掌腳步沉重地繼續往前走。太陽晒得到的林地很是溫暖，至於陰暗處則涼颼颼的。紫羅蘭掌甩開一切念頭，發現自己竟不自主地朝以前的領地走去……惡棍貓管轄下的領地。**我是想去見針尾嗎？**紫羅蘭掌猶豫不定。她希望能有針尾安慰她，就像以前小時候針尾安慰她那樣。可是她知道就算她回去找針尾，針尾也不太可能對她好了。

正當紫羅蘭掌後悔不已時，突然聽見熟悉的聲音。

「瞧瞧，」針尾從一棵松樹後面鑽出來，擋住去路。「看看誰來了？」

紫羅蘭掌的心猛地一跳。「針尾！」她老朋友的毛髮看起來光滑無比，肩膀底下的肌肉如波起伏。紫羅蘭掌喵嗚地輕聲尖叫。

針尾怒目以對，回頭瞥了一眼。雨跟在後面走出來，停在她旁邊。他原先那隻受傷的眼睛不見了，被淺色毛髮蓋住，剩下一隻獨眼冷冷覷著她。

紫羅蘭掌覺得一股涼意上身。針尾看起來不是很高興見到她。「很抱歉當初我走得很匆忙。」她趕緊說道：「我當時真的不知道該怎麼辦。」

針尾瞇起眼睛。「所以妳就趁夜逃了。」

「我不是逃。」紫羅蘭掌甩開心裡的罪惡感。「我只是覺得自己不屬於那裡。」

針尾的眼神像是很受傷。紫羅蘭掌往前趨近。「我真的很抱歉，我應該先跟妳說的，可是……」她瞥了雨一眼，聲音愈說愈小。針尾和雨是伴侶貓了嗎？也許她選對了離開的時間。搞不好針尾的生活已不再有空間可以容納她。

她發現針尾正瞪著她，綠色目光不懷好意。她的受傷眼神不再，取而代之的是威嚇。紫羅蘭掌身子縮了回去。「其他貓兒好嗎？」她緊張地問道。

「他們好不好，關妳什麼事？」針尾嘶聲道：「妳現在是影族貓，妳剛剛就是從那兒來的，不是嗎？」她用力吸聞紫羅蘭掌身上的味道。「妳聞起來就像隻部族貓。」

紫羅蘭掌突然覺得自己好渺小。

「妳為什麼要回去？」針尾的提問聽起來像是指控。

紫羅蘭掌又看了雨一眼，忍不住盯著他那隻已然不見的眼睛。

雨很是興味地抽動鬍鬚。「我想她是害怕她那張漂亮的臉會被毀容。」

「你是說她是膽小鬼嗎？」針尾上前一步。

紫羅蘭掌縮起身子。「部族才是我的家。」她小聲說道。

「叛徒！」針尾貼平耳朵。

妳還不是也背叛了自己的部族！紫羅蘭掌真希望自己有勇氣說出來。針尾在影族出生，影族貓是她的血親。**至於我，只是因為預言才被接納。**可是雨和針尾不懷好意地瞪著她。「每隻貓兒都必須找到一條屬於自己的路。」

針尾冷哼一聲：「妳這話聽起來像是部族貓說的話。」

「我本來就是部族貓。」紫羅蘭掌下定決心硬起來，哪怕她的心正在狂跳。

針尾退了回去，眼裡有光閃現。「所以妳就索性讓我孤伶伶地醒來，不知道妳跑到哪兒去了。」

紫羅蘭掌遲疑了一下。**她是真的難過！**這隻毛色光滑的銀色母貓真的曾因為我的離開而感到受傷嗎？「我要走了。」紫羅蘭掌無助地說道。

針尾露出尖牙。「我們可以把妳帶回去。我相信暗尾會很高興見到這隻很特別的部族貓又回來了。」

「我不想回去當惡棍貓。」紫羅蘭掌盡量不讓自己的腳爪發抖。

「誰說妳有選擇權的？」針尾嘶聲說道。

紫羅蘭掌以哀求的目光看著她。「對不起，針尾，我只想回家。」

針尾看了雨一眼。「你覺得呢？」她問道：「我們應該把她帶回我們的營地嗎？」

雨瞪著紫羅蘭掌看，他的目光深不可測。

紫羅蘭掌大氣不敢喘。她環顧林地，尋找脫逃的可能。要是她直接衝到溝渠面的荊棘叢裡，或許能利用交纏糾結的枝葉擺脫他們。還是她就直接原路跑回去，畢竟她腳步向來輕盈，或許可以跑得比他們快。

「你怎麼說？」針尾追問：「我們應該帶她回去嗎？」

「不用了。」

雨的喵聲像寒風掃向紫羅蘭掌。她吁了口氣，這時雨又繼續說道。

「心不向著我們，帶回去也沒用，再說，她看起來太嫩了。」他用力吸吸鼻子。

「她的毛都還沒長齊呢。」

但就在她好不容易放鬆全身肌肉時，他又瞪著她說：「不過我們很快就會再見面了。」

恐懼突然朝紫羅蘭掌襲了上來。雨昂首闊步地轉身跟著針尾離開，紫羅蘭掌這才發現她全身都在發抖。她往後退了幾步，轉身，逃回營地。

✦✦✦

太陽沉進林子後方，整片空地被潮溼的空氣籠罩。紫羅蘭掌蹲在空地邊緣，腳邊擱了一隻吃了一半的老鼠。她的族貓們正靜靜地繞著空地中央那具屍體移動。扭毛已經從窩裡被搬出來，放在那裡，她的腳被整齊塞進身子底下。褐皮和曦皮已經梳理過她的毛髮。霧雲、麻雀尾和鼠疤拿來很多松果和剛綻放的報春花，擺在她屍首四周。現在他們坐在暮色裡，準備守夜。

紫羅蘭掌看著他們，心亂如麻。嫩枝掌已經離開，扭毛死了，針尾不再是我的朋友。**我那樣不告而別，憑什麼認為她還當我是朋友？**她忘不了針尾在說到她醒來發現紫羅蘭掌不見時，眼裡的痛楚神情。

鴉霜從他窩裡出來，腳步像長老一樣僵硬，毛髮也顯得凌亂。紫羅蘭掌坐了起來，隱約感到不安。他是傷心過度嗎？還是出了什麼問題？他停在扭毛屍首前面，彈動尾巴，示意族貓們走近。

紫羅蘭掌穿過空地，停在獅掌和白樺掌旁邊。水塘光在扭毛屍首的另一頭眨眨眼睛看著她。焦毛和穗毛坐在一起，眼色陰黯。

「在我出生前，扭毛就是位忠心耿耿的影族戰士。」鴉霜的喵聲沙啞。「她始終如此，從未改變。她曾與我們併肩作戰，擊退黑暗森林的貓。每一場仗，她都奮不顧身地衝上前線。她像保護自己小貓一樣保護著族貓。」

就在影族族長繼續說話的同時，穗毛竟瞇起眼睛，將他像獵物一樣打量。

「星族會歡迎她回到天家，她在那裡有很多朋友，還有她的一隻小貓，叫小露，從今以後，將有無數美好的狩獵日子等著她。」他垂下頭。「她將永遠活在我們心中。」

鼠疤低下身子用牙齒叼住一株報春花，擱在扭毛屍首上。扭毛的兩個孩子霧雲和麻雀尾也挨過身去，最後一次用鼻頭輕觸她的毛髮。鼠疤在他的老友身邊安坐下來，就在這時，鴉霜竟開始咳嗽。

他的族貓們立刻轉頭，望著鴉霜，只見他咳到蹲下身子，不停抽搐。粗啞的咳嗽聲迴盪在傍晚的空氣裡。紫羅蘭掌愣在原地。她這時才發現他其實已經高燒到目光呆滯了。恐懼像火花竄流她全身，水塘光趕緊衝到副族長旁邊。

「快拿艾菊來！」水塘光喊道。

可是大家動也不動。

影族副族長病了。再也沒有誰可以接下領導大任。

紫羅蘭掌害怕到全身發軟。**這場疾病會滅了影族嗎？**

第二十一章

岩坡上的赤楊掌上氣不接下氣地在最後一段路停下腳步，這條路是通往月池的。他爬到腳墊都發燙了。葉池蹬跳到他前面。松鴉羽則停在他後面。

「走快點！」盲眼巫醫貓嘴裡嘟囔：「月亮不會整夜掛著等我們。」

但是赤楊掌還是有點猶豫。坑地邊緣站著一位戰士，正低頭俯看他們。赤楊掌認不出對方是誰，但聞得出是風族的氣味。「看來隼翔又帶了個保鑣來。」他告訴松鴉羽。

「是兔躍。」松鴉羽從赤楊掌旁邊擠過去。

「你怎麼知道？」赤楊掌在他後面吃力地爬著。

「我一路上就聞到他的味道了。」松鴉羽氣喘吁吁地說道：「我就在想隼翔這次怎麼會只帶一個戰士？」

「也許是因為一星覺得一個副族長就抵過兩名戰士。」赤楊掌揣測道。

「也許吧。」松鴉羽聽起來不太相信。他抵達坡頂時，朝兔躍點頭致意後，便從旁邊走過去。

赤楊掌跟在後面，緊張地瞥了風族副族長一眼，後者面無表情地看著他們。自從他跟葉池去過一趟風族營地之後，他就不再相信任何風族貓了。也許他們都跟一星一樣脾氣暴躁，性格多疑。

他快步走下路面有許多凹痕的岩徑。月池就座落在坑地裡。半輪明月的水中倒影被野風掀起一陣陣漣漪。野風在隱蔽的崖間盤旋而下，吹亂了赤楊掌的毛髮，但他不覺得冷。新葉季終於掙脫了禿葉季的箝制。夜裡的空氣充斥著各種香味。

柳光正坐在蛾翅和水塘光旁邊。但影族貓一看到葉池，便立刻迎上前來。

「嫩枝掌還好嗎？」她一抵達水邊，水塘光便這樣問道。

「她很好。」葉池很有禮貌地垂頭致意。

嫩枝掌被雷族貓帶回來之後的那幾天一直很安靜，而且老是心不在焉。當赤楊掌問到她在影族那段時間的事情時，她只告訴他，他們對她很好，但她很高興終於不必再住在一個漫無紀律的部族裡。每當她說到影族時，眼裡總帶著一絲憂傷，但只要再追問下去，她便會承認雖然她一點也不想念影族，但是她還是好希望能跟紫羅蘭掌在一起。

「有個血親在身邊，總是好的。」她喃喃低語。

這時赤楊掌就會用鼻頭輕觸她的面頰，希望自己能說些什麼來安慰她。

坑地裡的水塘光眼帶感激。「嫩枝掌很了不起。」

赤楊掌抵達池邊。他眨眨眼睛，看著水塘光。嫩枝掌究竟做了什麼，能令巫醫貓如此欽佩？「了不起？」

「她幫忙我照顧病貓，」水塘光解釋道。「她知道該給哪些藥草，也知道如何餵病貓吃藥。」

松鴉羽嘴裡嘟囔：「看來那段時間她在我旁邊跟前跟後的，也不算浪費時間。」

赤楊掌沒理會性情乖戾的巫醫貓，反而為嫩枝掌感到驕傲。「嫩枝掌向來熱心。」

葉池緊張地探身過去。「病貓們的情況如何？」

水塘光眼裡的光采剎時褪去。赤楊掌這才注意到他的樣子好疲憊，毛髮枯槁，久未梳洗，尾巴下垂。「扭毛前幾天死了。」他喵聲道。

隼翔不安地蠕動著腳，避開影族巫醫貓的目光。他在集會前就得知扭毛的死訊嗎？他覺得她的死，自己也有責任嗎？

水塘光繼續說道：「他們的病情都沒有改善。小蛇病得只剩下皮包骨。花楸星的九條命正一條條消失。」他壓低聲音，同時看著仍站在坑地頂端的兔躍。「現在就連鴉霜也病了。」

赤楊掌看見葉池和隼翔不安地互看一眼。他的心頓時揪緊。影族現在沒有族長了。此刻的他們比任何時候都來得脆弱。

蛾翅走上前來。「我們搜找過河族領地，但都沒找到符合你描述的那種藥草。」

柳光豎起耳朵。「我們在想白樺樹的樹液也許有幫助。河邊有一棵白樺樹的幼苗，樹皮很嫩，刮得下來。如果你們需要的話，我們可以收集一些樹液，幫你們送過去。那樹液很甜，如果病貓吃不下，可以靠它補充體力。」

松鴉羽好奇地偏著頭。「白樺樹的樹液？它可以治咳嗽嗎？」

「我們還不確定。我們才剛發現它的用處。」柳光告訴他。「不過反正食用它也是有益無害。在一星回心轉意之前，也許值得一試。」

赤楊掌的胃頓時揪緊。自從他上次見過一星之後，便很確定這位族長是不可能改變主意的，他的思緒飛轉。**要是一星鐵了心，最後會有多少影族貓被他害死？**還會有影族貓倖存下來嗎？他怒火中燒。「為什麼各部族不能團結起來，逼一星交出藥草呢？」

隼翔不安到毛髮如波起伏。

葉池眨眨眼看看赤楊掌，顯然對他喵聲裡的憤怒感到驚訝。

水塘光的耳朵不停抽動。「要是有這麼簡單，就好了。」

「就是這麼簡單啊！」赤楊掌的毛髮豎得筆直。「我們要連手反抗一星。」

葉池的尾巴掃過岩面。「赤楊掌，你說得沒錯。但我們得先得到族長的支持。我不確定他們是否已經為這件事做好發動戰爭的準備。」

赤楊掌低吼：「他們應該做好準備！難道他們不在乎影族正在奄奄一息嗎？每隻貓兒的命不是都一樣重要嗎？」

隼翔看了兔躍一眼。他朝戰士點頭示意，後者就轉身消失在谷地邊緣。「我想我有一個更平和的解決辦法。」

巫醫貓們全都轉頭看他。

赤楊掌的心狂跳不已。「什麼辦法？」

隼翔緩步走向水池。「在我告訴你們之前，我得先跟星族聊一聊。我必須確定我的做法是對的。」

赤楊掌看著風族巫醫貓在池邊蹲下來，鼻頭輕觸水面。好奇心在他肚子裡嚙咬。

「你覺得他這話什麼意思？」他對葉池眨眨眼睛。

「我們先去找星族吧，」她輕聲說道：「到時他就會告訴我們了。」

貓兒們環著池邊排開，赤楊掌也跟著葉池加入他們。蛾翅在水邊躺下來等候。赤楊掌閉上眼睛，蹲伏下來，鼻口輕觸水面。

草地在他眼前開展，陽光普照，和煦的微風吹亂了他的毛髮，腳下岩石變成柔軟的青草，和風徐徐吹來，草浪如波，搔得他毛髮發癢。

一隻臉很大的灰色母貓朝他緩步走來，厚重的毛髮滿布星光。祂喵嗚出聲地趨近。赤楊掌垂頭致意，納悶對方是誰。

「我是黃牙。」祂在他面前停下來。

黃牙！赤楊掌聽過這隻母貓的英勇故事，祂為了拯救部族，親手殺了自己的兒子。他對祂眨眨眼睛，心跳不免加快。「祢是來告訴我，嫩枝掌和紫羅蘭掌就是我們註定在幽暗處找到的兩隻小貓嗎？」每次來到月池邊，他的思緒便不免縈繞在這個問題上。

黃牙眼帶興味地抽動鬍鬚。「你有沒有想過？由你自己去發現，可能也是預言的一部分。」

赤楊掌緊張地探身過去。「這意思是她們是預言的一部分囉？」

黃牙一逕盯著他看：「意思是我不告訴你。」

赤楊掌皺起眉頭，氣餒到全身毛髮都微微刺癢。

黃牙大聲喵嗚：「啊，我忘了小夥子一向心浮氣躁。」祂繞著他轉，豐厚的尾巴掃過他的腰腹。「我只是來稱讚你的勇敢發言。」

「有嗎？」赤楊掌迎視祂的目光，一臉不解。

「就是剛剛啊，你跟其他巫醫貓在一起的時候。」祂站立不動。「一開始我本來還很納悶你到底有沒有具備巫醫貓該有的條件，但我剛剛看到你願意為了自己的信念而勇敢發聲，所以我現在確定星族的確做對了選擇。」

的確？赤楊掌皺起眉頭。「祢沒有選我？」

「星族貓不見得總是有志一同。」

赤楊掌想起他已經好幾個月沒被託夢了。「祢們為什麼有時候什麼話都不說？」

「難道你情願每一步路都由我們來指示？」黃牙偏著頭。「你不想走出屬於自己的一條路嗎？」

「祢說得也對。」赤楊掌目光越過祂，好奇是不是還有其他星族貓在這裡。「可是有些路自己走，太難了。而且我們也根本看不到還有哪些路可以走。」他想起失落的天族。「祢們從來沒提過天族，祢知道他們現在在哪裡嗎？」

黃牙眨眨眼睛，沒有答腔。赤楊掌惱火地縮張著爪子。「那麼影族的事怎麼辦？」他想到一星、想到影族、想到垂死的貓兒們。「為什麼祢們告訴了水塘光去哪裡找兜蘚，卻不肯告訴一星應該放手讓水塘光去採集。」

「若是這樣，有誰學得到教訓？」黃牙開始消失，毛髮在明亮的陽光下漸漸透明。

「別走！」赤楊掌想問祂，該怎麼救助影族。可是草地上的黃牙幾成一縷輕煙。

「為自己的信念勇敢發聲吧。」祂的喵聲在風裡擺盪。

赤楊掌的眼睛倏地睜開，眨巴眨巴地先適應谷地裡的昏暗。其他貓兒陸續站起來。

葉池蓬起全身毛髮，抵禦夜裡的寒氣。「星族有跟你說話嗎？」她問他。

「黃牙告訴我，要為自己的信念勇敢發聲。」赤楊掌低聲道。

葉池看了松鴉羽一眼，眼帶興味。「這要在巫醫窩裡執行，恐怕有點困難。」

隼翔揮動尾巴，亢奮到眼裡像有火光在跳。「我跟他們談過了，」他喵聲道：「我知道該怎麼做了。快跟我來！」他跳上地面有很多凹洞的小路。「兔躍，可以了，星族說可以放手去做。」

赤楊掌一臉驚詫地快步跟在風族巫醫貓後面。「什麼可以了？」

蛾翅、柳光、松鴉羽和葉池也跟了上來。

水塘光快步緊跟在後。「發生什麼事了？」

隼翔已經跟在兔躍後面，跳下陡峭的岩塊。風族貓的毛髮豎得筆直。赤楊掌聞到恐懼的氣味。他們很害怕！害怕什麼？他很不安，心跳跟著加快，跟著他們跌跌撞撞地爬下去，直到抵達地勢較平坦的河岸處，這才鬆了口氣。

「這是兔躍的點子，」隼翔在他追上時，這樣告訴他。「他堅持今晚單獨護送我來參加集會，然後在路上告訴我他的計畫。我本來不太確定，這也是為什麼我必須先跟星族談過才行。」

赤楊掌的思緒紊亂。**隼翔在說什麼？**

風族貓回頭看其他巫醫貓一眼。「快點！」他彈動尾巴示意，快步跟在兔躍後面。

「我們要去哪裡？」赤楊掌上氣不接下氣地追著風族貓。

「去高地。」隼翔朝覆滿石楠的坡地點頭示意，那片坡地往下綿延到河邊。兔躍已經跨過邊界，進入風族領地。

隼翔緊跟著。赤楊掌在氣味記號線那裡猶豫了。「一星不准我們踏入他的領地。」葉池和水塘光追了上來。他們眨眨眼睛，看著隼翔和兔躍，一臉不解。風族貓停下腳步，滿心期待地望著他們。

「跟我來！」野風將兔躍的喊聲往他們的方向吹。「但是要快，我們必須很快！」

「我們會告訴你們兜蘚長在哪裡，」隼翔告訴他們。「你們要多少就摘多少。」

「那一星怎麼辦？」赤楊掌瞪看著他。

「一星不知道。」兔躍不耐地彈動尾巴。「他不會知道的。他錯了，他不該不管貓兒的死活。是惡棍貓傷害我們，不是影族。影族貓沒必要為別的貓的暴行付出代價。」

松鴉羽、蛾翅、和柳光也隨後抵達邊界。

「怎麼回事？」松鴉羽氣喘吁吁地說。

「兔躍和隼翔要讓我們採集兜蘚。這是兔躍的點子。」赤楊掌朝風族副族長點頭，很是佩服他的熱血和義行。他興奮到毛髮豎得筆直，可是一看到布滿石楠的坡地，還是忍不住害怕。要是被風族巡邏隊發現怎麼辦？他硬生生推開這個念頭。**誰理他們啊?!**影族貓需要解藥。星族已經同意了。

水塘光已經越過氣味記號線，緊跟著穿梭於石楠叢間的兔躍身後。赤楊掌快步走在他們後面，隼翔在他旁邊。「還很遠嗎？」

「再爬過一個山頭，就到了。」隼翔喵嗚道。

✦✦✦

黎明前的寒氣漫進森林，等到赤楊掌抵達雷族營地時，寒氣已經滲進骨子裡。葉池把她採集到的兜蘚送進巫醫窩裡，離開時，順道跟赤楊掌點頭道了聲晚安。

松鴉羽停在空曠的空地上，此起彼落的輕微鼾響從四周的窩穴暗處傳來。

「水塘光還有漫漫長夜等著他呢。」他對赤楊掌輕聲說道。

「我真希望我能跟他回去，幫忙他餵藥。」赤楊掌衷心盼望水塘光還來得及拿藥草救治他的族貓們。

「今天晚上偷偷摸摸的勾當已經夠多了。」松鴉羽喃喃說道。

「希望兔躍和隼翔不會惹上什麼麻煩吧？」赤楊掌蓬起毛髮抗寒。

「希望一星不會發現。」松鴉羽喵聲道：「不過就算發現了，他要是敢跟他們翻臉，也太鼠腦袋了。畢竟他需要這兩隻貓兒的支持，尤其如果他對他的族貓們也一樣這麼不講道理的話。」

赤楊掌的思緒飄回到上次的經驗，他記得他看到風族族長對葉池發飆時，風族戰士們眼裡流露的恐懼。「至少我們今晚可能救了很多條命。」

「而且萬一這種病傳染到我們這兒來，解藥也都備齊了。」松鴉羽蠕動著腳爪。

赤楊掌努力不讓自己全身顫抖。他疲累已極，很想快點回到溫暖的臥鋪裡。但松鴉羽似乎心裡還有事，於是他在漆黑的空地上等雷族巫醫貓開口。

「今晚你的表現很不錯。」松鴉羽的藍色盲眼在月光下閃閃發亮。「我本來還在想你什時候才敢開口直言。」

「我以前也開過口啊……」

松鴉羽打斷他。「跟我這種很『獾』的貓頂嘴，哪叫開口直言啊？你要是敢為了自己的信念去嗆別族的貓兒，那才算數啊。反正我很為你感到驕傲。」

赤楊掌眨眨眼睛，納悶松鴉羽這番話是他自己想像出來的。也許他已經回到臥鋪裡睡覺，他只是在做夢而已。

松鴉羽轉身朝自己的窩穴走去。「我想你已經準備好，可以正式升格為巫醫了。」

赤楊掌目送他離開，驚訝到說不出話來。這是真的嗎？他就快有正式的巫醫名號了？**是要叫赤楊斑？赤楊葉？還是赤楊焰呢？**他走向見習生窩穴的時候，腦袋裡迅速閃過幾個可能的名字。突然間，他不再覺得冷。他想像其他巫醫貓用新名字跟他打招呼，全身不禁暖哄哄了起來。他一直很難為情自己是他們當中唯一的見習生，尤其水塘光才受了兩個月的訓，就被升格為正式的巫醫。他興高采烈地鑽進窩穴，爬進自己的臥鋪。

也許我真的可以成為偉大的巫醫貓。

第二十二章

紫羅蘭掌又撕咬了一小口麻雀肉下來，放在雪鳥臥鋪的旁邊。白色母貓正在康復。自從水塘光帶兜蘚回到營地之後，不到半個月，肆虐影族已久的惡疾便漸漸消弭。但死亡的惡臭味仍籠罩在影族營地裡。黃蜂尾在扭毛死後那晚也跟著離世。更糟的是，鴉霜病情嚴重到連兜蘚也治不好他，於是幾天後也死了。影族失去了他們的副族長。

正當雪鳥挨身過來，舔食麻雀的碎肉時，紫羅蘭掌瞥了曦皮一眼。她導師正眼神茫然地輕輕梳理著橡毛的毛髮。當初光滑鬚和刺柏爪去投奔惡棍貓時，就已經夠讓她難受了，如今她的伴侶貓鴉霜也死了，對她來說更是一大打擊。但她毫無怨言，還是堅守工作崗位。紫羅蘭掌真希望其他族貓也能師法曦皮。霧雲和麻雀尾自從扭毛死後，就幾乎不再出外打獵。哪怕鴉霜都已經死了，但紫羅蘭掌還老聽見他們在低聲抱怨鴉霜放嫩枝掌回去，說什麼如果當初留下嫩枝掌，也許就能說服雷族出手幫忙，早點拿到解藥，副族長就不會死了。

鼠腦袋！紫羅蘭掌又撕咬了一塊麻雀肉下來，放在雪鳥前面。水塘光總算在沒有挾持誰的情況下取得了藥草。

蓍草葉在她的臥鋪裡發出輕微的鼾聲，水塘光這時正在松鼻前面，低身傾聽她的呼吸聲，耳朵抵著她的肋骨。雪鳥、橡毛、蓍草葉和松鼻是最後一批痊癒中的貓兒。短短幾天，他們就復原良好，窩穴裡總算能清出空間來放乾淨的臥鋪。荊棘叢底下現在又變回以前的戰士窩了。花楸星也好得差不多，重回族長的崗位，紫羅蘭掌只希望影族可以又像以前一樣井然有序。花楸星的身子還是很虛，但已經任命虎心擔任新的副族長，也將螺紋掌、蛇掌和花掌升格為見習生。育兒室現在空蕩蕩的，草心又回到了戰士的工作崗位上。

自從水塘光使用兜蘚之後，蛇掌就復原得很快。紫羅蘭掌瞥見那隻蜂蜜色的虎斑貓現在就躺在空地旁的一小片陽光底下。螺紋掌和花掌正在她後方的長草堆裡練習潛行追蹤的技巧。

「他們還好吧？」焦毛突如其來的聲音嚇了紫羅蘭掌一跳。她轉身看見暗灰色公貓正大搖大擺地走進窩穴裡，臉上皺著眉頭。他剛剛一定是去看過雪鳥和蓍草葉了。

水塘光轉身面對公貓。「雪鳥的呼吸好多了，」他回報道：「等蓍草葉休息夠了，就可以離開巫醫窩了。」

蓍草葉睜開眼睛，「嗨，焦毛。」她虛弱地跟她父親打招呼。

焦毛怒目看著水塘光。「她看起來沒有比較好啊。」

「她只是累了，睡飽了覺就可以……」

可是焦毛沒讓巫醫貓說下去。「要是花楸星行動快一點，她就不會生病了。還有要是鴉霜沒把嫩枝掌放回去，她早就有兜蘚可以服用了。」

水塘光眨眨眼睛看著公貓。「你錯了。棘星說一星雖然知道我們有嫩枝掌在手上，還是拒絕合作。」

「棘星何必告訴我們實話？我們挾持的是他的見習生。」焦毛怒目瞪著他。雪鳥吞下另一口麻雀肉。「焦毛，你別再兇他了，水塘光救了我們一命。要不是他，恐怕會有更多貓兒喪命。」

焦毛嘴裡嘟囔：「要是我們的族長更強一點，就不會有誰喪命了。」

紫羅蘭掌瞇起眼睛。營裡有誰比花楸星和鴉霜更強？這隻公貓似乎打定主意不滿到底。也許他曾經以為副族長一職是由他來繼任，而非虎心。所以他只是趁機表達自己的不滿。

她的思緒被獅掌打斷。年輕母貓從窩穴入口探進頭來。「松鼻還好嗎？」她眨眨眼睛，焦急地看著她母親。

水塘光朝他妹妹快步走過去。「她今天好多了。」

穗毛的喵聲從外頭傳來。「獅掌，要是妳別老煩她，她就會好得更快點。」

「我才沒有煩她……」

「穗毛！」松鼻急切地呼喚她的伴侶貓。

公貓從獅掌旁邊擠過去，快步走到她臥鋪旁。「水塘光有好好照顧妳嗎？」

「當然有，」她掠了水塘光一眼。「我真為他感到驕傲，他靠自己的力量救了整個部族。」

獅掌在入口那頭氣呼呼地說：「要是他有告訴我們他是去採集兜蘚，白樺掌和我也可以去幫忙啊。」獅掌的喵聲裡藏著妒嫉嗎？

「那時根本沒有時間請求援手，」水塘光告訴他妹妹。「我要是不趕快去採集，就沒機會了。」

「一星為什麼會改變主意？」焦毛看著水塘光，眼裡閃著疑色。

「可能是星族有傳話給他吧。」水塘光閃爍其詞。他一直沒有對任何貓兒吐實他能採集到兜蘚的背後原因。顯然他現在還不打算說出實情。

嘴裡仍在嘟囔的焦毛，昂首闊步地離開窩穴。穗毛很是心疼地用鼻口輕觸松鼻的額頭，也跟著走了。

曦皮對紫羅蘭掌眨眨眼睛。「妳應該餓了。」自從天亮以後，她們就在幫忙水塘光。「我們去看看生鮮獵物堆還剩下什麼東西可以吃。」

紫羅蘭掌將麻雀留在雪鳥旁邊，然後跟水塘光點頭示意。「要我幫你帶點東西回來吃嗎？」

水塘光搖搖頭。「等我這邊忙完了，我自己會去拿。」

巫醫貓看起來比以前瘦好多。曦皮八成也注意到。

「你要好好照顧自己，」乳白色母貓警告他。「如果你倒下了，影族就沒有巫醫貓了。」

水塘光朝她垂頭致意。「我很快就忙完了。」他承諾道。

紫羅蘭掌跟著曦皮走到生鮮獵物堆那裡，看到昨天抓到的田鼠和蜥蜴還留在原地。曦皮環顧營地。「沒有狩獵隊出去嗎？」早晨的太陽都快攀上樹頂。霧雲和麻雀尾仍坐在平坦的岩面上半閉著眼睛。焦毛和穗毛則在空地的盡頭交頭接耳。

曦皮滿心期盼地望向花楸星的窩穴。為什麼麼影族族長還不出來？虎心呢？

爆發石快步走向曦皮。他喵嗚出聲，跟他母親打招呼。「希望虎心可以快點組織一支狩獵隊。」他看了田鼠和蜥蜴一眼。「我好想吃新鮮的獵物喔。」

曦皮把硬掉的田鼠丟給紫羅蘭掌，再把蜥蜴拉到面前。「為什麼虎心不組織狩獵隊呢？」

「花楸星把他叫進族長窩了，」爆發石告訴她：「也許他們正在商討誰適合去狩獵。」

「希望他們別討論太久。貓兒們肚皮餓久了，火氣就會上來。」她低下身子，咬掉蜥蜴的頭，開始咀嚼。

紫羅蘭掌打了個哆嗦。她從來不愛吃蜥蜴，不過族貓們都愛吃，活像那是什麼美味佳餚似的。

她嗅聞田鼠，味道有點不新鮮了，不過她發現自己好餓，於是大口去咬。正當鼠肉的麝香味在她舌尖流竄時，她突然看見爆發石的頭轉向花楸星的窩穴。花楸星和虎心終於現身入口，相偕朝族貓們走來。

褐皮立刻轉身，面對他們。但漣漪尾卻不屑地瞇起眼睛，緩步穿過空地，在穗毛耳邊低聲說話。暗棕色公貓齜牙咧嘴，目光冰冷地射向花楸星。

紫羅蘭掌嘴裡的田鼠好像瞬間乾掉似的。那幾個戰士在說什麼？看上去不會是什麼好話。

虎心快步走到空地前面。花楸星站在他旁邊。「我們在討論狩獵隊的事。」他喊道，目光掃過族貓們。「我們的族貓們正在復原當中，胃口都很好。但其中幾位還不適合出外狩獵。這表示剩下的成員必須比平常更賣力地狩獵。我希望今天傍晚以前，生鮮獵物堆可以堆滿獵物。」

焦毛和穗毛互看一眼。

虎心繼續說道：「穗毛，你帶獅掌、霧雲、螺紋掌和漣漪尾去溝渠那邊狩獵。焦毛帶白樺掌、草心、花掌和麻雀尾去湖邊狩獵。曦皮帶紫羅蘭掌、褐皮、還有爆發石去靠近邊界的赤楊林那裡狩獵。現在是新葉季，那兒會有不少獵物，但要小心惡棍貓。」

曦皮直起身子，吞下最後一口蜥蜴，朝副族長點頭表示答應。

穗毛瞪著虎心：「那你和花楸星要去哪裡狩獵？」

「花楸星需要多休息。」虎心告訴他。「他的體力還在恢復當中。」

「我看他蠻好的啊。」穗毛一臉不屑地上下打量族長。

花楸星的眼裡有光閃現。「如果部族需要我去，我就會去狩獵。」他聲音沙啞地說道。

焦毛朝仍有幾隻病貓躺在裡頭的窩穴點頭示意：「部族的確需要你去。」他低吼。

虎心的眼神一黯。「你不應該拿你的健康來冒險。」他對花楸星說道。

花楸星迎視副族長的目光。「我必須證明給部族看，我還是很強的。」

穗毛冷哼一聲。「太晚了。」他用力彈動尾巴，朝外頭走去，隊員們趕緊跟上。

紫羅蘭掌看著他離開，心情不安到毛髮如波起伏。她朝曦皮看，希望能消除自己的疑慮。但她的導師已經跟著其他狩獵隊員走出營地。**我回來影族的目的是因為我想依照戰士守則來過活**，但現在她總覺得影族已經忘了他們身為戰士的價值是什麼了：他們好像忘了忠誠這回事。

她跟在曦皮後面離開。**也許今晚的大集會會提醒他們部族貓的真正意義。**

✦✦✦

紫羅蘭掌把最後一片乾掉的青苔塞進剛鋪好的蕨葉臥鋪裡，然後用後腿坐起來，欣賞自己的傑作。外面的圓月正在升起，月光明亮到整個營地都被點亮，甚至還滲進了長老窩裡。

鼠疤點頭稱許新的臥鋪。「橡毛會很高興的。」

「水塘光說他明天就可以回長老窩了。」紫羅蘭掌告訴他。「我希望他能睡得舒服點。」她瞥了鼠疤那床破爛的臥鋪一眼。「如果你願意的話，我明天也可以幫你鋪一個新的臥鋪。」

鼠疤的喉間傳出歡喜的喵嗚聲。「那太好了。」他的目光覷向窩裡的第三床臥鋪，那床臥鋪已經冰冷多時。「沒有扭毛在，這裡冷清了好多。」他難過地喃喃說道。「橡毛的話又不多。」

「影族貓集合！」花楸星的喊叫聲在窩穴外響起。

紫羅蘭掌朝鼠疤眨了眨眼睛，就衝了出去。**拜託讓花楸星點名我去參加大集會吧！**她好奇這次不知道能不能見到嫩枝掌，但隨即甩開這念頭。**我幹嘛要見她？**她心裡隱約一股怒意。**是她棄我而去的。**

褐皮和虎心滿心期待地站在花楸星旁邊。爆發石在空地邊緣緊張地用腳爪刮著草地，吃剩的生鮮獵物還在他腳邊。曦皮穿過營地，朝花楸星走去，尾巴揚得老高。

紫羅蘭掌趕緊過去找她導師。花楸星開始點名參加大集會的貓兒，紫羅蘭掌興奮到腳爪微微刺癢。「褐皮、虎心、紫羅蘭掌。」**我被選上了！**紫羅蘭掌喵嗚輕叫，來到曦皮旁邊。

「水塘光！」花楸星喊到他的名字時，巫醫貓已經穿過空地。

「曦皮、爆發石、穗毛、霧雲、螺紋掌、麻雀尾、花掌。」

紫羅蘭掌回頭瞥了一眼，掃視空地，尋找年輕見習生們。**這是他們第一次參加大集會！**花掌兩眼炯亮地快步朝花楸星走去。螺紋掌緊跟在後。

這時紫羅蘭掌瞥見穗毛，快樂的喵嗚聲頓時哽住。他沒有上前來，仍然站在空地邊緣，弓著肩膀。霧雲站在他旁邊。兩名戰士的眼神陰暗。他們為什麼不快過來？

「焦毛、麻雀尾。」花楸星繼續點名，顯然沒注意到他剛點到名的幾隻貓沒有上前集合。

焦毛怒瞪著影族族長。「我們不去。」他的吼聲像利爪一樣劃破黑暗，響徹了整座營地。

虎心和褐皮扭頭望向暗灰色公貓。曦皮也轉身看他。

紫羅蘭掌不可置信地看著穗毛、麻雀尾、霧雲、和漣漪尾快步過去加入焦毛的陣營。他們全都不懷好意地瞪著花楸星。

焦毛甩打著尾巴。「我們為什麼要去跟那幾個拒絕幫助我們的部族碰面？」

穗毛嘶聲道：「他們根本存心讓我們等死。」

花楸星從褐皮和虎心中間擠過去，在打算造反的戰士們面前停下腳步。「我是影族族長，我說了算。」

焦毛氣呼呼地說：「當鴉霜拱手把嫩枝掌交給雷族時，你在哪裡？」

「挾持一名見習生，並無法改變任何事情。」花楸星指責道。褐皮已經把他生病期間，族裡發生的事告訴他了。「再怎麼樣，部族貓都不能拿疾病當藉口挾持見習生，那是惡棍貓才會有的行為。」

「像惡棍貓又怎樣？」穗毛上前一步。「他們會眼睜睜看著無辜的貓兒死去，也不願拿出解藥嗎？還是只有部族貓會做出這種事？」

霧雲的耳朵不停抽動。「一星的行徑那麼惡劣，其他部族卻放任不管。我們不像他們，也不想要像他們。」

花楸星瞪大眼睛，一臉同情。「如果你想說出自己的委屈，何不到大集會上去說。

去跟別的部族說，也許就可以讓他們明白他們的行徑有多惡劣。」

「以前去那裡說什麼都只是白費唇舌，」焦毛齜牙低吼：「現在去還不是一樣？」

「我會把你的意見轉告他們。」花楸星語帶安撫。「你可以留在這裡，到時我再告訴你他們說了什麼。」

焦毛瞇起眼睛，眼帶威嚇。「如果你執意要去大集會，就別回來了。」他嘶聲道：「影族不需要一個像你這麼弱的族長。」

他說話的同時。穗毛朝營地入口轉身。

紫羅蘭掌的心頓時揪緊，因為她看到幾個暗色身影魚貫進入空地。她嗅到惡棍貓的氣味。等到那幾個身影走進月光裡，她才認出裡頭有暗尾、雨、烏鴉、和其他同夥。紫羅蘭掌突然覺得反胃。針尾也在其中，還有光滑鬚和苜蓿足。除了蜂鼻之外，惡棍貓全員到齊。難道蜂鼻離開了他們？還是病死了？

紫羅蘭掌緊挨著曦皮，很不恥自己的腳竟然在發抖。**他們來這裡做什麼？他們為什麼跑來了？**

穗毛走上前去跟惡棍貓們打招呼，向暗尾垂頭致意之後，才朝花楸星轉身。「我們需要新的領導者，」他吼道：「很強的領導者。」

花楸星眼神暴怒，他怒瞪穗毛，目光惡狠狠地掃過所有背叛者，最後落在暗尾身上。「你是在提議把我們的部族拱手讓給惡棍貓嗎？」他的喵聲冰冷。

紫羅蘭掌看見花楸星肩上的肌肉如波起伏。大病初癒的他肋骨仍歷歷可見。可是當他聳起頸毛時，她才又想起他其實是位很凶狠的戰士。

他面對暗尾。「你別想奪走這個部族，除非我死了。」

暗尾眼裡閃著得意。「聽起來有道理。」

惡棍貓首領隨即撲上花楸星。

紫羅蘭掌倒抽口氣。

花楸星用後腿撐起身子，卻被暗尾的攻擊力道撞得蹣跚後退。花楸星的利爪子戳進地裡，後腿微微發抖，準備回擊齜牙低吼的惡棍貓。但暗尾的眼裡兇光一現，迅速回頭，咬住影族族長的頸子。

花楸星發出呼嚕作響聲，在暗尾下方不停扭動身子，試圖掙脫。但影族族長八成是重心不穩，因為暗尾猛力一扭，就將他扳倒，側躺在地，頸間的利牙仍緊咬不放。

快救救他！紫羅蘭掌看著族貓們。他們圍了上來，嚇得瞪大眼睛。**為什麼他們不肯出手幫忙？**她的目光來回巡看部族貓和惡棍貓。**針尾？妳在哪裡？**可是她一看到她朋友，就知道她是不可能出手制止的，因為她自始至終都神情亢奮地觀賞著這場擂臺賽……就像其他惡棍貓一樣。

花楸星嘶聲作響，好不容易掙脫暗尾的箝制，朝惡棍貓轉身，但暗尾速度更快。他鑽進花楸星肚子底下，往上一頂，影族族長摔在地上。暗尾利爪一揮，劃過影族族長的鼻口。血濺空地，在月光下釋出陰冷的光。

虎心齜牙低吼，撲上惡棍貓首領。

終於出手了！紫羅蘭掌傾身向前，雙耳充血。

褐皮也跟在虎心後面撲了上去，他們連手將暗尾從花楸星身上推開，利爪不停猛擊，暗尾節節敗退到他的同夥裡。

虎心看了褐皮一眼，雙雙發出低吼，朝群情激憤的惡棍貓逼近。但就在此時，虎心環目四顧，這才發現似乎只有他和褐皮挺身而出，保護他們的族長。「等等。」他向褐皮嘶聲喊道，同時掃看營地。褐皮四腳立刻著地，瞇起眼睛，怒瞪著入侵的惡棍貓。

其他影族貓都在旁觀，沒有動作。

虎心和褐皮互看彼此，神情不安，慢慢後退。

其他影族貓怎麼了？紫羅蘭掌不敢相信地瞪著他們。難道他們真的希望由惡棍貓首領來取代花楸星？

她瞥了花楸星一眼，只見他蹣跚站了起來，鼻口汩汩流出鮮血，染黑了頸毛。他朝曦皮的方向後退，紫羅蘭掌看得出來，他全身都在發抖。曦皮扶著他，穩住他的身子。虎心和褐皮來到他們旁邊，緊挨在一起，活像被困住的老鼠。

紫羅蘭掌眨眨眼睛，看著擠成一團的族貓們，只覺得反胃。「我們該怎麼辦？」她低聲問道，同時監看著惡棍貓的動靜。

花楸星看著她，眼神痛苦。「我們去大集會。」他抬高下巴，緩步前進。虎心和褐皮跟了上去。紫羅蘭掌也走在後面，曦皮在她旁邊。

穗毛齜牙吼道：「只要你們敢離開營地，」他提醒影族族長，「就不准再回來。」

「水塘光！」花楸星彈動尾巴示意巫醫貓。「跟我們一起走。」

水塘光匆匆追在他後面。

「等一下，」穗毛擋住他兒子的去向。「你不能離開，你的部族需要你。」

水塘光停下腳步，毛髮凌亂。他朝病貓們所在的窩穴看了一眼，然後又環目巡看族貓們和惡棍貓。

穗毛繼續說道：「影族不能再少了巫醫貓。要是松鼻又舊病復發，那怎麼辦？如果你的母親因你的離開而病死，你能心安嗎？」他朝水塘光趨近。「要是有任何一隻族貓死了呢？」

水塘光的眼裡閃著疑慮。

花楸星停下腳步，看著年輕的巫醫貓。「如果你決定留下來，我能理解。」他語氣冰冷。

水塘光垂下目光。「我不能離開，」他低聲道：「我誓言要保護我的族貓們。」

他轉身退回巫醫窩裡。光滑鬚快步上前，目光緊盯著曦皮。「難道妳不想念我和刺柏爪嗎？」

紫羅蘭掌感覺到旁邊的曦皮愣了一下，但她的導師刻意躲開她孩子的目光。「你們背叛了部族。」她喃喃說道。

「但我們已經回來了，我們想幫助這個部族。」光滑鬚的眼睛在月光下閃閃發亮。

「鴉霜已經死了，妳只剩下我們了。」

曦皮挺起胸膛。「我還有爆發石。」可是當她瞥看那隻年輕公貓時，卻見他往後退。「你要留下來？」她的語氣彷彿不敢相信。

「我還能去哪裡呢？」爆發石低聲說道。「你們又能去哪裡呢？這裡是我們的家啊。」

曦皮猶豫了。

「妳不能留下！」紫羅蘭掌一臉絕望地看著她，但她察覺得出來導師眼裡的無奈。

「他說得沒錯，」曦皮低聲道：「我離不開我的小貓。而且這裡是我唯一的家。我怎能離開？」她一臉歉意地對著她的父親花楸星眨眨眼睛，然後是褐皮和虎心。

影族族長轉身離開，難掩失望。他抬起尾巴，從惡棍貓中間走過去，低身鑽進通道。虎心和褐皮跟著他，全身毛髮豎得筆直。

紫羅蘭掌看了針尾一眼，後者正得意洋洋地覷著花楸星離去。**我怎麼感覺自己好像不認識她了，**紫羅蘭掌心想道，困難地吞吞口水，**但其實她就是我認識的針尾啊！**她不是總愛質疑部族裡的所有規矩嗎？就是這一點令紫羅蘭掌感到害怕……而且是心驚膽跳的怕。

紫羅蘭掌把目光從針尾身上移開，跟在族貓們後面離去。

「等一下！」當她經過針尾身邊時，後者的喵聲傳進她耳裡。銀色母貓的氣味迎面撲來。「妳要去哪裡？我以為妳會留下來。拜託別再離開我了。」

紫羅蘭掌迎視針尾那雙央求的眼睛。哪怕她的四隻腳急著離開，但針尾希望她留下來的這個說法，多少打動了她，甚至在她心底深處注入了一股暖意。「妳不需要我，妳已經有很多朋友。」她的目光掃向雨。「而且妳有他了。」

「可是他們不是我的血親，不像妳。」針尾不安地看著她。

我的血親。她對針尾也有同樣感覺。紫羅蘭掌突然感到內疚。針尾曾經是影族裡唯一對她好的貓兒，而她的回報卻是不告而別地棄她而去。她應該再次棄她而去嗎？這樣公平嗎？

「拜託妳留下來。」針尾懇求她。「在妳還沒來之前，影族是一個很強大、很勇敢的部族，我們可以一起重建影族，讓它再度強大起來。妳會以身為影族貓為榮的。」她環顧惡棍貓。「這些貓兒都懂缺乏歸屬的感覺是什麼。他們會像我一樣對妳忠心耿耿。我們彼此之間就像血親一樣，有哪隻貓兒比我跟妳更親呢？」

紫羅蘭掌想起當初雷族族長在毫不出聲制止的情況下，就讓花楸星硬生生地拆散她和她姊姊，還有嫩枝掌是如何棄她而去，回到雷族貓身邊。針尾說得沒錯，只有她是紫羅蘭掌真正最親的貓兒。

她對針尾眨眨眼睛：「好吧，」她喵聲道：「我留下來。」

針尾開心地喵嗚叫，鼻口緊緊抵住紫羅蘭掌的面頰，紫羅蘭掌浸淫在她的氣味裡。感覺真好。她轉身背對營地入口，看著她的新部族。花楸星、虎心和褐皮已經鑽進入口，消失其中。

第二十三章

嫩枝掌緊張地蠕動著腳爪。無以數計的氣味迎面撲來，此起彼落的交談聲只是更令她焦慮。**紫羅蘭掌會來參加大集會嗎？**每次她一想起她當初義無反顧地離開影族，任由紫羅蘭掌絕望地目送她離去，就覺得有罪惡感。

波掌在她旁邊四處張望。這位河族見習生目睹眼前這一幕，眼睛跟她、夜掌、和風掌一樣都瞪得斗大。「這是我們第一次參加大集會。」

蜂蜜掌哼了一聲：「我已經參加很多次了。」

波掌的妹妹挨了過來，這時斑掌和蕨掌也朝他們走來。「我不知道這裡會有這麼多貓欸。」她小聲說道。

「別擔心，絲柏掌。」波掌用鼻子搓搓她妹妹的耳朵。「有停戰協定，記得嗎？所以我們在這裡很安全。」

「哈囉！」斑掌停下腳步，朝波掌眨眨眼睛。「妳是新來的，對吧？」

波掌點點頭。

蜂蜜掌衝到他前面。

「我先認識他們的。」蜂蜜掌自豪地說道。

「那又怎樣？」斑掌怒瞪著她。

嫩枝掌朝長草堆轉動耳朵，希望能聽見朝空地快步走來的腳步聲。風族、雷族、和河族已經到了，但影族在哪裡？他們又遲到了嗎？

棘星和霧星正在巨橡樹的下方交談。一星已經坐在他們上方的樹枝上，他垂下眼皮，彷彿是刻意避開其他族貓的目光。嫩枝掌好奇他是不是很愧疚沒把兜薛交給影族。

他們會不會是因為這樣才沒到？難道有太多貓兒病了？自從嫩枝掌離開影族之後，她就一直擔憂，如今的她更憂心了。要是紫羅蘭掌病了怎麼辦？她試圖甩開這念頭，但是她又想到她妹妹在巫醫窩裡照顧病貓的樣子。她很有可能染病。嫩枝掌還記得那些病貓病得有多嚴重。橡毛會不會死了？還是黃蜂尾或其他病貓死了？那紫羅蘭掌呢？

她還記得她離開時，她妹妹眼神受傷的樣子，不免內疚。**我必須離開！雖然妳是我的血親，但是雷族是我的家！**她希望能有機會向紫羅蘭掌解釋，她們永遠都是姊妹，哪怕她們必須分住在不同部族。可是她還有機會向她解釋嗎？

她看了看坐在葉池和松鴉羽中間的赤楊掌一眼。如果影族沒有現身大集會，他會去查探一下影族嗎？也許他會讓她跟著去。

蜂蜜掌的喵聲打斷了嫩枝掌的思緒。「波掌說河族小貓還沒升格為見習生之前就要學會游泳。」

「不可能！」斑掌大聲說道：「他們不會淹死嗎？」

波掌打趣地哼了一聲：「河族貓生來就會游泳。」

斑掌瞪大眼睛：「我最討厭弄溼我的毛了。」

嫩枝掌心不在焉地看著他們。她沒有仔細聽，心思仍留在她妹妹身上。

蜂蜜掌朝河族見習生眨眨眼睛。「我這輩子從來沒踏進河裡。」

波掌聳聳肩。「妳應該試試看，」她喵聲道：「河水很好玩的。魚尤其好吃。」

絲柏掌一臉靦腆地看著蜂蜜掌。「如果妳願意的話，我們可以教妳游泳。」

蜂蜜掌打了個哆嗦。「不，謝了。」

波掌的眼裡閃著淘氣。「妳害怕是不是？」她朝林子的方向點頭示意。林子後面的湖水在月光下閃閃發亮。

蜂蜜掌蓬起毛髮。「我當然不怕。但是水太冷了。」

「才不冷呢。」波掌穿過貓群，往林子走去。「來吧。」

蜂蜜掌跟上去。

「妳不能去！」嫩枝掌突然回神，快步跟在他們後面。「大集會馬上要開始了。」

蜂蜜掌瞪看著她。「可是影族還沒到啊。」

她說話的同時，一星的喵聲突然在空地上響起。「我不想等了。我們開始吧！」

霧星和棘星互看一眼，也爬上橡樹，在風族族長旁邊坐定自己的位置。

棘星的目光射向長草堆，似乎盼望影族現身，然後才朝正往前聚攏的部族貓們眨眨眼睛。「新葉季帶來了更多的獵物和美好的氣候。雷族過得很富足。」他轉向霧星，垂頭致意。

「河族不缺獵物，而且你們也看到了，我們多了兩位見習生，波掌和絲柏掌。」部族貓不約而同地轉頭看著他們，兩隻年輕的貓兒很不自然地蠕動著身子。

一星傾身向前，正準備向貓群開口，長草堆卻窸窣作響。

嫩枝掌扭頭去看，緊張到心跳像漏了一拍。**是影族嗎？紫羅蘭掌跟來了嗎？**她看見花楸星緩步走進空地，褐皮和虎心跟在後面。她緊張地朝後面張望，可是後面沒有其他貓兒跟著。

嫩枝掌焦急到全身毛髮都豎了起來，這時花楸星停在貓群外圍，抬頭望著棘星。

「只有我們來。」他簡短說道。

嫩枝掌看見他的毛髮豎得亂七八糟，鼻口有乾掉的血跡。他剛打過架！她的目光移向褐皮和虎心。這兩隻貓看起來則是毫髮無傷。**影族族長究竟出了什麼事？**

棘星在樹枝上移動位置，示意花楸星上來坐在他們旁邊。影族族長穿過貓群時，棘星向他喊道：「你痊癒了。」月光下的表情如釋重負。

花楸星跳上低矮的樹枝，站在他旁邊。「整個部族都痊癒了。」

霧星一臉驚訝。「那麼你怎麼不帶他們來？」她的目光轉向褐皮和虎心，後兩者也擠到貓群前面來。

花楸星抬起下巴。「他們不願意來，」他的目光憤怒地射向貓群。「他們認為你們背叛了我們，竟然放任一星扣住我們最需要的藥草。」

一星咆哮：「你們的病不是好了嗎？根本不需要它！」

花楸星對著風族族長齜牙低吼：「我們會康復，是因為兔躍和隼翔良心不安，給了我們藥草！」

驚詫聲在貓群裡此起彼落。嫩枝掌伸長脖子，目光越過前面幾隻大貓的頭顱。隼翔似乎正縮起身子，兔躍則是面無表情地冷冷看著貓群。嫩枝掌好奇到連毛髮都豎了起來。為什麼赤楊掌垂眼低頭?為什麼松鴉羽挺起胸膛?難道他們早就知情?顯然只有一星不知道。

風族族長眼裡射出怒光。他瞪著兔躍：「這是真的嗎？」

他的副族長表情堅定地抬頭看他。「我沒辦法對一個垂死的部族見死不救。」

隼翔走上前來。「我問過星族，」他喵聲道：「祂們告訴我，出手相救是對的。」

一星背上的毛全聳了起來。他把驚詫的目光從巫醫貓身上移到花楸星那裡，但他還沒開口，影族族長就彈動尾巴：「不過一星，你對惡棍貓的看法的確沒錯。」

一星瞪著他。

「我們早在幾個月前，就該把他們趕出領地邊緣。」花楸星的肩膀垮了下來，解藥一事所引發的怒氣似乎消退了。突然之間，他看起來蒼老好多，月光下的毛髮乾澀枯槁，大病初癒的他，肋骨仍歷歷可見。「他們奪走了我的部族。」

「這話什麼意思？」棘星沿著樹枝走過來，鼻口朝他探近，下方貓群驚聲連連。

花楸星迎視雷族族長目光。「在我們出發之前，惡棍貓進入我們的營地。」

霧星愣了一下。「你們打起來了嗎?有很多貓受傷嗎？」

「沒有打起來。」花楸星的目光閃著羞愧。「我的族貓選擇了他們。」

「選擇他們？」棘星語氣不解。「什麼意思？」

「他們說不管是誰，只要今晚來這裡參加大集會，就不用再回影族了。」

嫩枝掌一臉困惑地瞪著影族族長。**可是紫羅蘭掌在哪裡？她不可能決定跟惡棍貓為伍……可能嗎？**嫩枝掌看到花楸星身子底下的腳爪在顫抖，心裡升起一陣涼意。他看起來不再像位族長，反而像是隻飢餓、受驚的獨行貓。

一星齜牙咧嘴：「我以前就說過，影族貓跟惡棍貓沒什麼兩樣。」

花楸星怒瞪著他，整個精神突然又回來了。「你胡說，他們只是犯了錯。」

虎心從下方喊道：「相信不久之後，影族貓就會恢復理智，把入侵者趕走。」

褐皮站在她兒子旁邊，下巴抬得高高的。「他們被這場傳染病嚇壞了。他們就像受驚的小貓一樣在找強者來保護他們。」

一星不懷好意地彈尾。「為什麼他們不找花楸星保護他們？難道他不夠強嗎？」

花楸星在樹枝上穩住腳步，抬起頭，挺起肩膀。「我在生病，鴉霜也死了，影族好幾天都群龍無首，這一切拜你之賜。如果你早點給我們解藥，就不會發生這種事了。」

嫩枝掌四周響起附和的低語聲。她轉頭看，發現河族貓和雷族貓都在點頭，就連一些風族貓也用指責的目光瞪著一星。

「過去的事就不必再提了。」棘星的語調冷靜。「我們很歡迎花楸星、褐皮、和虎心來雷族暫住。他們可以待到他們的族貓發現自己錯了，回心轉意為止。」

褐皮難過地嘶聲道：「要是他們真的知道自己錯了就好了。」

棘星一臉同情地眨眨眼睛。「我知道你覺得被他們背叛了，但部族的精神絕非幾場疾病和區區幾隻惡棍貓便能毀掉。」

一星咕噥道：「在影族可不見得。」

花楸星立刻朝風族族長轉身，露出尖牙。嫩枝掌的心頓時揪緊。他要攻擊一星嗎？她大氣不敢喘。但薑黃色公貓猶豫了一下，最後決定後退，朝棘星轉身。「謝謝你的提議。能借住雷族是我們的榮幸。」

蜂蜜掌在嫩枝掌旁邊冷哼一聲。「這下可好，」她語調嘲諷地氣呼呼說道：「營地裡竟然要住進影族貓了。」

嫩枝掌幾乎沒聽到她的同窩夥伴在說什麼，**紫羅蘭掌在哪裡？**她為什麼決定跟惡棍貓為伍？會不會是他們挾持她，不讓她離開？她有危險嗎？嫩枝掌的心像被利爪揪住一樣劇痛。

「妳還好吧？」蜂蜜掌瞪著她那一身聳得筆直的毛髮。

「我妹妹，」嫩枝掌聲音沙啞地低聲說道。「她還在惡棍貓那裡。」她有股衝動，想直接衝到影族營地，她必須跟紫羅蘭掌談一談，她必須確定她安然無恙。

✦✦✦

第二天，嫩枝掌身後響起腳步聲，藤池追了上來。她們正趨近影族邊界，藤池顯得猶豫。「妳真的很擔心，是不是？」

「如果換作是鴿翅還待在影族，妳就懂我的心情了。」嫩枝掌沒好氣地說道。

藤池沒有回答，但還是跟在嫩枝掌旁邊。

「我只是想確定她安然無恙。」嫩枝掌覺得不好意思。她也不願意自己的態度這麼目無尊長，但這件事真的很重要。

「要是影族又挾持妳，怎麼辦？」藤池直言：「這次可沒有鴉霜可以放妳走了。」

嫩枝掌繼續往前走，恐懼在她肚裡翻攪，她只能設法按壓下去。「再危險我也得去。妳可以回營地，我不介意自己去。」

藤池不安地抽動耳朵。「我不能讓妳獨自穿過邊界。」

嫩枝掌看了藤池一眼。「也許我溜過去時，妳可以等在這裡。」她不希望害她的導師惹禍上身。

「我不會讓妳離開我的視線。」藤池不再吭聲，她們爬下陡坡，躍過一條溪。嫩枝掌在對岸停下腳步，喘口氣。

藤池停在她旁邊。「雷族營地裡住著影族貓，實在有點怪。我很不習慣。」

「我猜也是。」嫩枝掌又朝邊界走去。

藤池跟在她旁邊。「兩個族長和兩個副族長同住一個營地裡，實在太擠了。妳有沒有看到虎心和松鼠飛今天早上為了決定先派巡邏隊還是狩獵隊出去，僵持不下的場面？我還以為松鼠飛會氣到揍他呢。這就好像一隻兔子老在她旁邊出餿主意一樣。還有那個花楸星……」藤池翻白眼。「像影子一樣老跟在棘星旁邊，沒事就在後面下指導棋。」

「他們看起來還好吧，」嫩枝掌彈動尾巴說道：「反正他們很快就走了，不是嗎？」

「應該吧。」藤池語氣聽起來不太相信。「我希望他們早點回去，尤其是虎心。」

嫩枝掌看著她的導師。「為什麼？」

藤池沒有看她。「我不認為他待在營地裡，對鴿翅來說是件好事。」

「為什麼不是好事？」嫩枝掌皺起眉頭，一臉不解。「他看起來不壞啊。」她記得以前虎心和鴿翅在林子裡巧遇時，曾經有過的劍拔弩張場面。

「才怪。」藤池壓低音量。「妳懂擔心自己姊妹的那種感覺，對吧？所以我們才會來這裡。」

嫩枝掌一臉驚訝地看著她。「當然懂。」

藤池掌彈動耳朵。「好吧，這是祕密，妳別說喔。虎心和鴿翅以前曾互有好感。」

「好感？」嫩枝掌過了一會兒功夫才弄通這意思。「妳是說他們喜歡彼此？」

「我想不只是喜歡吧。」藤池語氣不以為然。「可是他們分屬不同部族，所以根本不會有結果。要是舊情復燃就慘了。」

嫩枝掌繼續往前走，她的心緒紊亂。鴿翅和虎心分屬不同部族……就像她跟紫羅蘭掌一樣。藤池難道看不出來，相較之下，和自己的血親分屬不同部族，不是更慘嗎？她根本找不到適當的方法去關心她妹妹，因為她完全不知道她過得怎麼樣。

她突然回神，因為有影族氣味竄進鼻子裡。她們已經離邊界很近。她看得到荊棘沿著氣味記號線蔓生。她慢下腳步，帶著藤池來到領地邊緣，偷偷摸摸地沿著氣味記號線走。她在荊棘盡頭附近環目四顧，掃視前方的林地。那裡不再是橡樹林，取而代之的是幽暗的松樹林。

她瞇起眼睛，心想通往影族營地的捷徑在哪裡。她上次來過，但那時有夜色作掩護。但此刻天色明亮，她不免疑慮她的灰色毛髮有偽裝的效果嗎？也許她們還是回去比較好。藤池說得沒錯。要是這次被抓，可沒有鴉霜和花楸星來保護她們。只有惡棍貓。

前方蕨葉叢一陣抖動，地面有腳步拖行聲。

「快點躲起來！」藤池急忙躲進荊棘叢裡，一把將身後的嫩枝掌也拖了進來。荊棘上的刺勾咬著嫩枝掌的毛髮，疼得她皺起一張臉，但藤池又把她往深處拉。

她聽見有兩隻影族貓一邊說話，一邊朝她們走近。

一隻母貓喵嗚道：「暗尾還不習慣組織隊伍，你看他今天早上光是派誰出去狩獵，就傷透他的腦筋，看起來就像一隻滿頭霧水的獾。」

嫩枝掌當場愣住。她認出這個聲音。**是針尾！**她鑽到荊棘叢邊緣，往外窺看。

銀色母貓正走在一隻獨眼公貓的旁邊，看起來很自鳴得意。「他應該找個副族長來幫他，」她的身子輕輕擦過公貓。「比如說你啦。」

公貓停下腳步，注視著針尾。「妳還記得我上次挑戰他的領導權，結果落得什麼下場嗎？」

「雨，這次你不用挑戰他，」針尾語調輕柔地說道：「你只是提議你可以幫忙。」

雨興味昂然地抽動鬍鬚。「妳應該向他自薦，」他喵道：「妳很適合當副族長。」

他傾身向前，用鼻子摩搓針尾的面頰。嫩枝掌試著從荊棘叢裡掙脫出來。針尾很關心紫羅蘭掌。她一定會幫忙的，不是嗎？

「嫩枝掌！」藤池抓住她尾巴。

但嫩枝掌擺脫掉她導師的腳爪，衝了出去，擋在針尾面前。她甩掉身上的刺。「針尾，妳必須幫幫我！」

針尾瞪大眼睛。「嫩枝掌？妳在這裡做什麼？」

「我必須跟紫羅蘭掌談一談。」

「紫羅蘭掌在營地裡。」

「可是我必須知道她安然無恙。」嫩枝掌無視旁邊的獨眼公貓，後者一臉驚訝地看著她。

藤池從荊棘叢裡鑽出來，站在她旁邊。「對不起，擅自闖入。」她歉意地說道。

「可是嫩枝掌一直很緊張她妹妹，我們只要確定她沒事，就會走了。」

「她當然沒事！」針尾豎直毛髮。「妳以為我會讓她出什麼事嗎？」

「我要見她一面。」嫩枝掌腳爪戳進布滿落葉的林地。既然都大老遠來了，她下定決心一定要見到紫羅蘭掌。因為針尾也可能在說謊。

針尾皺起眉頭。「我不可能去幫妳把她找來。」

嫩枝掌以哀求的目光看著她。「可是妳以前也幫過忙啊，記得嗎？我們那時還是小貓，妳和赤楊掌會偷偷帶我們出來，讓我們見上一面。現在也一樣啊。」

針尾的喉嚨裡發出不耐的低吼聲。

嫩枝掌挨上前去。「如果妳怕暗尾，我可以理解。我很樂意親自去營地一趟。」

雨目光凌厲地射向她。「妳倒是挺勇敢的。」

嫩枝掌聳聳肩。「我只是想見我妹妹而已。」**求求祢，星族，千萬別讓他們聞到我身上的恐懼氣味。**

雨瞥了針尾一眼。「妳最好去找她來，」他嘟囔道。「免得她害我們惹禍上身。」他怒目瞪視藤池。「妳是她的導師？」

藤池抬起下巴。「是啊。」

「妳不應該讓她來這裡的。」

「這就跟你要怎麼阻止風，不讓它吹進樹林裡一樣難嗎？有些事根本無從爭辯。」

針尾惱火地彈動尾巴。「你們在這裡等。」然後轉身，跑步離開。

雨待在原地，看著嫩枝掌和藤池。他歪著頭：「大集會開得怎麼樣？」他的喵聲裡帶著興味。「其他部族很想念我們嗎？」

藤池的毛髮聳了起來。「惡棍貓有什麼好想念的？」

「花楸星沒說嗎？」雨故作無辜地問：「我們現在是影族貓了，就跟你們一樣。」

藤池縮張著爪子。「不，你們不是！你們或許占領了影族的營地，但你們還是如假包換的惡棍貓。」

雨的鬍鬚不停抽動。

嫩枝掌看得出來這樣激怒她，令他很樂。「別理他。」嫩枝掌坐下來，目光始終望向針尾的消失處。

藤池在她旁邊不安地蠕動身子。

雨瞪著她們，眼神冰冷。

頭頂上方的雲層綿亙於淺藍色的天空。剛發芽的嫩葉在徐徐微風裡打顫。等待似乎沒有盡頭。還好最後嫩枝掌終於聽見腳步聲。她連忙豎起耳朵。

熟悉的黑白色身影在樹幹之間忽隱忽現。紫羅蘭掌正朝她們跑來，針尾跟在後面。

「紫羅蘭掌！」嫩枝掌衝過去找她，她迅速從雨旁邊擠過去，嚇了後者一跳。不過她很快就煞住腳步，因為她看見紫羅蘭掌眼裡的怒意。

「我的星族老天，妳來這裡做什麼？」紫羅蘭掌怒瞪著她。「妳會害針尾惹禍上身的。暗尾問她為什麼又跑回營地裡，她只好撒謊。」

嫩枝掌對著她妹妹眨眨眼睛。難道紫羅蘭掌只擔心針尾會不會惹禍上身，卻無所謂能不能跟她見上一面？「我也可能惹禍上身，不是嗎？」她沒好氣地說道：「我們是不應該來這裡，但是我必須確定妳沒事。」

「我當然沒事。」紫羅蘭掌看了針尾一眼。「我在這裡有朋友罩我。」

嫩枝掌心裡不免惱火。她把她妹妹一路推開，走到針尾聽不到她們對話的地方，這才壓低音量，嘶聲問道：「妳真的沒事嗎？」也許紫羅蘭掌只是在演給惡棍貓看。

「就真的很好啊！」紫羅蘭掌抽離身子。

嫩枝掌仍然對她輕言細語：「妳可以跟我和藤池回去，不必待在惡棍貓這裡。妳可以加入雷族，跟我住在一起。」她神情絕望地看著紫羅蘭掌那雙琥珀色眼睛。這是她們可以再次團聚的好機會。

紫羅蘭掌皺起眉頭。「我為什麼要跟妳回去？妳當初不也是不想加入影族，不想跟我住在一起？」

「我當時不想離開妳，只是我不能棄我的族貓而去。」

「我也不能啊。回妳的部族去吧，我回我的。」

嫩枝掌瞪著她。「我們還是姊妹吧？」

紫羅蘭掌緩緩眨眨眼睛。「應該吧。」她又看了針尾一眼。「可是我們各自都有了自己的部族，也各自找到了自己的歸屬。」

嫩枝掌瞪著她。紫羅蘭掌是在告訴她，她們再也不可能重聚了嗎？

這時有隻腳爪撞上嫩枝掌的腰側。「別再竊竊私語了。」針尾擠到她們中間，怒瞪著嫩枝掌。

「沒關係，」紫羅蘭掌喵聲道：「反正我們話也說完了。」

「很好。」針尾揮動尾巴，兩眼還是瞪著嫩枝掌。「那就滾吧！」

藤池走了過來。「一切都還好嗎？」

嫩枝掌點點頭。「都很好……」

針尾腳爪一揮，劃上嫩枝掌的耳尖。「我說滾！」

瞬間的劇痛，嚇得嫩枝掌縮起身子。

「妳好大膽！」藤池撲上針尾，嘶聲怒吼，把她拖到地上，用後腿蹬她肚子。針尾用力掙脫，朝著藤池齜牙低吼。散落的毛髮四周飛舞，空氣裡瀰漫著血腥味。

「不要打了！」驚恐猶如火花竄流嫩枝掌全身。雨快步上前。「沒有必要打架！」

針尾和雨繞著她們轉，眼睛瞇成一條縫，喉間發出低吼。

紫羅蘭掌一把推開嫩枝掌，神色驚慌地看著獨眼公貓。「快逃！不想受傷就快離開這裡！」

藤池朝嫩枝掌點頭示意。「我們走！」

嫩枝掌拔腿就跑。她疾奔繞過荊棘叢，越過氣味記號線，腳下的碎葉被踐踩得四處飛舞。她感覺到氣喘吁吁的藤池正尾隨其後，也聽見雨和針尾緊追不放的腳步聲。她更賣力地前奔，死命衝進雷族領地，藤池緊跟在後，也跳到邊界這頭來。後方的腳步聲嘎然止住。她回頭一看，針尾和雨弓背站在邊界處。紫羅蘭掌難掩憂傷地瞪大眼睛，站在他們旁邊。

再會了，紫羅蘭掌。嫩枝掌慢下腳步，胸口發燙。這會是她最後一次見到她妹妹嗎？現在的影族已經成了惡棍貓的天下，她們還有機會再見面嗎？她的腳爪發麻，害她差點站不穩。憂傷哽在她心裡。她和紫羅蘭掌各自選擇了不同的部族。也許這樣的決定終將慢慢扼殺她們之間的血脈親情。

第二十四章

赤楊掌仔細檢查嫩枝掌的耳朵。她耳尖的傷口又裂開了，他聞得到鮮血滲出的氣味。太陽已經西沉，但有半輪明月的月光從巫醫窩的入口滲進來，光線夠亮，他還是可以工作。

松鴉羽在水池邊儲存了一些藥草，專門用來處置貓兒的割傷和刮傷，赤楊掌伸爪去拿。金盞花可以治療任何感染問題。「我忘了妳是怎麼弄傷的？」赤楊掌故意若無其事地問道。她第一次來找他敷藥時，他就問過了，那時的傷口是新傷，但她只是聳聳肩，說那是上課時不小心弄傷的。

這次她一樣聳聳肩。「我不記得了。只是今天傷口又被荊棘勾到。」她是在保護同窩夥伴嗎？是不是有見習生練戰技時太過火了？

他把金蓋花的葉子嚼成泥，心裡仍不免擔憂。他總覺得事有蹊蹺。自從影族惡棍貓切斷與其他部族的關係之後，嫩枝掌就變得很沉默。他把藥泥吐在腳爪上。「妳是在擔心紫羅蘭掌嗎？」

嫩枝掌垂目望著地面，讓赤楊掌把藥泥塗在她耳朵上。「我真希望她沒有跟惡棍貓在一起。」

「她有針尾。」

赤楊掌的這句話似乎令嫩枝掌更喪氣，這下連肩膀也垮了下來。

「而且還有松鼻和水塘光啊。」赤楊掌試圖亡羊補牢，可是嫩枝掌仍然望著地面。

「她是在那裡長大的，」他提醒她。「影族對她來說可能就像她的家一樣。」

嫩枝掌眼神空洞地看著他。「好了嗎？」

他一時間無法理解她這話是什麼意思。她是在叫他別再談紫羅蘭掌和影族的事嗎？

「我的耳朵？」嫩枝掌看他沒有回答，又問了一次。「我的耳朵弄好了嗎？」

「喔……弄好了。」赤楊掌懷疑她剛剛是不是根本沒在聽他說話。

「謝了。」她轉身就要離開。

「嫩枝掌，」他在她後面喊道：「要是妳真的有什麼事，會告訴我吧？」

她朝他眨眨眼睛，難掩悲傷。「會啊。」她的聲音小到幾乎像是說給自己聽。

「妳還好吧？」

嫩枝掌欲言又止，然後垂下頭。「我很好。」她保證道：「只是有點難過而已。」

她抬起目光，他看見她眼裡的誠懇。

赤楊掌頓時如釋重負。他們之間的關係並沒有破裂。她只是需要一點時間想清楚這段時間的種種遭遇。「如果妳需要我，我隨時都在。」他告訴她。

「謝謝你。」她轉身離開窩穴。

「赤楊掌！」松鴉羽的喵聲從空地上響起。

赤楊掌急忙出去，腳爪仍沾著金盞花的藥泥。

松鴉羽和葉池正在入口旁邊等候。松鴉羽轉頭，藍色盲眼望向半輪明月。「我們可不想遲到，」他沒好氣地說道：「尤其是今晚。」

赤楊掌不免亢奮，他不敢相信這一刻終於到來。他快步走向松鴉羽和葉池，棘星也穿過空地，朝他走來。

「今晚對你來說很重要。」他的父親慈愛地舔舔他的耳朵。

赤楊掌朝他眨眨眼睛，突然緊張起來。「我希望我不會搞砸這個典禮，要是我忘了自己該說什麼，那怎麼辦？」

「你該說什麼？」

「我願意。」

棘星喵嗚說道：「我相信你不會忘記。我真希望我也能到場觀禮。」他的目光滿是驕傲。

我也希望啊。赤楊掌暗自希望他的命名大典可以在族貓面前舉行，而不是在月池的巫醫貓們面前。他想聽見族貓們為他歡呼，就像他們曾為火花皮歡呼一樣。可是這是星族的典禮，不是雷族的，所以理當在他們的聖地舉辦。典禮過後，星族貓會跟他說話嗎？他希望會。因為他想知道他的祖靈們是否以他為榮。

松鼠飛在幾條尾巴之距的空地那裡來回踱步。

「花落、莓鼻、火花皮、還有褐皮，」她朝空地邊緣的戰士們彈動尾巴。「我要你們跟我一起去狩獵。」

赤楊掌開心地朝他姊姊眨眨眼睛。火花皮兩眼炯亮，趁松鼠飛還在說話的時候，也朝他眨了眨眼，疼愛之意盡在不言中。

「現在我們多了好幾張嘴要餵，所以得多抓點生鮮獵物。」她的目光瞟向花楸星和虎心，他們正在高突岩底下分食一隻鴿子。

虎心舔舔腳爪。「我跟你們去狩獵。」他自告奮勇。

松鼠飛彈動尾巴。「你留在這裡，褐皮會跟我們去。」

褐皮望向花楸星。「我可以去嗎？」

松鼠飛頸毛豎了起來。「妳不必問他。」她厲聲說道：「雷族的狩獵隊是由我在編派和決定。」

花楸星向褐皮點了點頭，影族母貓這才穿過空地，松鼠飛看到這一幕，氣到毛髮都豎了起來。

花落和莓鼻快步走過來集合，雷族副族長怒瞪著他們。「你們也需要花楸星同意才能過來嗎？」她意有所指地看了褐皮一眼。「還是有我的命令就夠了？」

花落和莓鼻一頭霧水地看看彼此。褐皮別開目光，假裝沒聽見雷族副族長的語帶諷刺。

赤楊掌蠕動著腳爪，對影族貓在雷族營地裡所引起的紛爭感到不安。**他們不會永遠待在這裡的，**他告訴自己。他看了虎心一眼，這隻虎背熊腰的公貓，目光又落在鴿翅身上了。

他好像老是盯著藍眼母貓。但此刻的鴿翅似乎沒有察覺，她正在跟蜂紋深談。但虎心一直看著他們，而且只要蜂紋挨近鴿翅，他就瞇起眼睛。

赤楊掌全身發顫。**鴿翅和虎心之間真的有什麼曖昧嗎？看來影族貓還是愈早離開愈好。**

「快一點。」葉池的喵聲打斷了他的思緒。松鴉羽已經鑽進入口通道。

「祝你好運！」火花皮在松鼠飛旁邊喊道。

松鼠飛很是驕傲地看著他。「我們等你回來！」

「謝了！」赤楊掌跟在葉池和松鴉羽後面，低身鑽進通道，跟著他們前往月池，心跳不免加快。

✦✦✦

「你認為他會來嗎？」隼翔的目光始終盯著坑地邊緣。

赤楊掌循著他的目光望過去，嗅聞空氣裡有無水塘光的氣味。「我猜要是惡棍貓不參加大集會，那麼一定也不會讓水塘光來這裡。」

松鴉羽彈動尾巴。「他不會來的。」他喵聲道。

葉池朝盲眼巫醫貓猛地轉頭。「你就這麼肯定？」

「也沒有，」松鴉羽喵聲道：「我只是很確定他不會來了，就像我很確定自己不想整晚坐在這裡受凍等他。我們開始吧。」

雖然是新葉季，夜裡還是很寒涼。墨黑的夜空布滿閃爍的星子。蛾翅點頭附和，巫醫貓圍著赤楊掌，往前聚攏。

赤楊掌愣在原地，心跳加快。「我們不能再等一下嗎？」他希望水塘光能參加他的命名大典。這一刻他已經等了很久。「我想要他參加。」

松鴉羽冷哼一聲。「你想要怎樣都可以，但影族已經做了決定，不是你能改變的。」

葉池朝赤楊掌眨眨眼睛。「就算水塘光沒辦法來參加你的命名大典，他也知道你一定會成為稱職的巫醫。他向來很欣賞你。」

但他都已經救了那麼多條命了，我到現在卻就只會綑藥草而已。但赤楊掌趕緊甩開這種怨懟的念頭，因為他自己很清楚，他並不想跟影族巫醫貓易地而處。他現在總算想開了，他今天升格為巫醫貓，全是靠自己的努力。

松鴉羽抬起下巴。「我們開始吧。」

赤楊掌面對他，全身亢奮不已。他終於要正式受封為巫醫了。

「我，松鴉羽，乃雷族巫醫貓，在此召喚我的戰士祖靈們眷顧這位見習生。他受過嚴格訓練，已經嫻熟巫醫之道，未來將在祢們的扶持下，貢獻所學給部族。」松鴉羽看著赤楊掌，藍色目光銳利到赤楊掌都錯以為這隻盲眼貓能看穿他的心思。他感覺到腳爪熱燙，相形之下，腳下岩石更顯冰冷。

「赤楊掌向來能與星族自由溝通，」松鴉羽繼續說道：「祢們挑選了他，乃明智的選擇，他忠心耿耿，意志堅定，聰明機警。個性慈悲卻不失強悍，這種組合實屬難得。

部族有他服務，是一大福音。」

赤楊掌驚訝到毛髮全聳了起來。松鴉羽在讚美他！他感覺得到其他貓兒都目不轉睛地看著他，害他不好意思到全身像在燒灼一樣，他靦腆地蠕動腳爪，挺直背脊。**我一定要表現得像隻巫醫貓！**

松鴉羽繼續說道：「你，赤楊掌，願意承諾堅守巫醫之道，絕不插手部族之間的爭戰，平等醫治所有貓兒，哪怕必須犧牲自己的性命嗎？」

赤楊掌朝他眨眨眼睛，嘴巴發乾。「我願意。」

「那麼我代表星族正式冊封你為巫醫貓，賜你巫醫名號。赤楊掌，從此刻起，你將更名為赤楊心。星族將以你的無私奉獻和慈悲為榮，歡迎你正式加入雷族巫醫貓的行伍。」松鴉羽上前一步，將鼻口抵住赤楊掌的頭顱。「做得好。」他輕聲說道。

赤楊掌抽回身子，感覺到導師的溫暖鼻息迴盪在他耳邊。他心裡滿是驕傲。

「赤楊心！赤楊心！」其他巫醫貓異口同聲地大喊他的新名字，歡呼聲響徹坑地岩壁，直達天聽。

松鴉羽朝月池轉身。「我們來跟星族交流吧。」他蹲伏下去，用鼻頭輕觸池水。葉池緩步朝水邊走去，迎視赤楊心的目光，眼裡盡是驕傲。「恭喜你。」她輕聲喵嗚。

「謝謝。」赤楊心在她旁邊低下身子，心裡滿是喜悅。他低下鼻口，輕觸水池。剎那間，他全身被陽光籠罩，溫暖無比。他朝光亮處眨眨眼睛，原來他又回到當初遇見黃牙的那片草原。他往前走了幾步，腳下草葉柔軟。「黃牙？」他滿懷希望地掃視草原。沒有祂的蹤影。但在野地邊緣，卻看見有兩隻貓兒坐在一棵樹的低矮樹枝上晒太陽。他朝他們跑過去，尾巴在後面翻飛。

淺棕色母虎斑貓和淺灰色公貓似乎沒看見他。陽光下，他們毛髮光滑，閃閃發亮。淺棕色母虎斑貓朝公貓眨眨眼睛，尾巴從樹枝上垂下來。公貓迎視母貓的目光，眼睛又圓又大，炯炯有神，耳朵豎得筆直。赤楊心趨近時，聽見他們正在低聲交談。他在樹底下止住腳步，抬頭仰望。他應該出聲招呼他們嗎？他應該告訴他們他來了嗎？他現在是巫醫貓了嗎？但就在他抬眼的那一剎那，落葉像雨一樣灑落身上，在風中翻飛，輕輕拂過他的臉和鬍鬚。那是五角形的葉子。

擁抱你們在幽暗處所找到的，因為只有他們才能使天空轉晴。

那聲音在他腦海裡響起。

又是那個預言。星族再次告訴他。

心狂跳不已的赤楊心在月池邊突然扭頭，醒了過來。坑地的寒氣襲身，他眨眨眼睛。其他貓兒還在和星族交流，只有躺在池邊的蛾翅看著他。

但赤楊心幾乎視而不見她的存在，因為他的思緒飛轉。那些葉子是五角形的！**五角形！五個部族！**他突然懂了這個預言的含意，而且比以往任何時候都來得確定。

我們必須找到天族！

國家圖書館出版品預編目資料

貓戰士六部曲．二，雷電暗影／艾琳．杭特（Erin Hunter）
著；高子梅譯．-- 初版．-- 臺中市：晨星，2018.02
面；　公分．--（貓戰士；47）

譯自：Thunder And Shadow

ISBN 978-986-443-397-1（平裝）

874.59　　　　106024385

貓戰士六部曲幽暗異象之 II

雷電暗影 Thunder And Shadow

作者	艾琳．杭特（Erin Hunter）
譯者	高子梅
責任編輯	陳品蓉
校對	許仁豪、陳品蓉、蔡雅莉
美術編輯	黃偵瑜
封面繪圖	萬伯
封面設計	陳嘉吟
創辦人	陳銘民
發行所	晨星出版有限公司 407台中市西屯區工業30路1號1樓 TEL：04-23595820　FAX：04-23550581 行政院新聞局局版台業字第2500號
法律顧問	陳思成律師
初版	西元2018年02月01日
再版	西元2023年05月20日（六刷）
讀者訂購專線	TEL：（02）23672044 /（04）23595819#212
讀者傳真專線	FAX：（02）23635741 /（04）23595493
讀者專用信箱	service@morningstar.com.tw
網路書店	http://www.morningstar.com.tw
郵政劃撥	15060393（知己圖書股份有限公司）
印刷	上好印刷股份有限公司

定價250元

（缺頁或破損的書，請寄回更換）

ISBN 978-986-443-397-1

☐ 我已經是會員，卡號 ____________________

☐ 我不是會員，我要加入貓戰士會員

姓　名：________________ 性　別：_________ 生　日：________________

e-mail：____

地　址：☐☐☐_______縣／市_______鄉／鎮／市／區________路／街

_______段______巷______弄______號_______樓／室

電　話：____

☐ 我要收到貓戰士最新消息

貓戰士鐵製鉛筆盒抽獎活動

將兩個貓爪和一顆蘋果一起貼在本回函並寄回，就可以獲得晨星出版獨家設計「貓戰士鐵製鉛筆盒」乙個！

貓爪在貓戰士書籍的書腰上，本書也有喔！蘋果則是在晨星出版蘋果文庫的書籍書腰上！

哪些書有蘋果？科學怪人、簡愛、法布爾昆蟲記、成語四格漫畫...更多請洽少年晨星官方Line ID：@api6044d

點數黏貼處

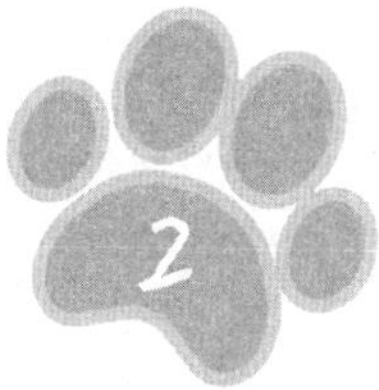

請填妥後對折裝訂，再貼妥郵票寄出

請黏貼
8 元郵票

407

台中市工業區30路1號

晨星出版有限公司

TEL：（04）23595820　FAX：（04）23550581
e-mail：service@morningstar.com.tw
http://www.morningstar.com.tw

請沿虛線摺下裝訂，謝謝！

加入貓戰士俱樂部

【貓戰士會員優惠】

憑卡號在晨星出版社購書可享優惠、擁有限定商品、還能獲得最新消息等會員福利。

【三方法擇一，加入貓戰士會員】

1. 填妥本張回函，並寄回此回函。
2. 拍照本回函資料，加入官方Line@，再以Line傳送。
3. 掃描後方「線上填寫」QR Code，立即填寫會員資料。

Line ID：
api6044d

「線上填寫」
QR Code

★寄回回函後，因郵寄與處理時間，需2～3週。